VOLUME
2
聖女の姉ですが、
なぜか魅惑の公爵様に
仕えることになりました
一ノ谷鈴
Illust.八美☆わん

フローリア＝アンシア

デジレ=ドゥーガル
私がつまんでいた方のお菓子を
ぱくりと口にした。私の指ごと。
「行儀の悪い振る舞い
というのも、中々に新鮮だ」

「……えっ……？」

私とレナータが、同時に声を上げる。
私が触れたところから、
白い石がぼんやりと光り始めたのだ。
「また、あなたが私の邪魔をするのね」

「……デジレ様、
あなたにめぐり合えて、
良かった」

# CONTENTS

VOLUME 2

一ノ谷鈴
ICHINOTANI RIN
Illust. 八美☆わん

# 聖女の姉ですが、なぜか魅惑の公爵様に仕えることになりました

カバー・口絵・本文イラスト
**八美☆わん**

# 第一章　恋に落ちた二人

何者かにさらわれて、森の奥の廃屋《はいおく》に閉じ込められて。そして、デジレに救い出されて。

そんな危機を経て、私たちはようやく互いの思いを告げることができた。立場や命令に縛られて胸の奥深くに封じてきた、ずっと気づかずにいた恋心を、やっと口にすることができたのだ。

開けた窓から、涼しい夜風がふわりと吹き込んでくる。離宮はもうすっかり、いつも通りの静けさを取り戻していた。

けれど私たちは、以前とはもう違っていた。朝は別々の椅子《いす》に座っていた私たちは、今は同じ長椅子に並んで座り、ぴったりと寄り添っていた。ほんの少し前までは想像もしていなかった、甘くて温かな幸せが胸に満ちている。

どれくらいそうしていただろうか、不意にデジレがため息をついた。

「できることなら、このままずっと君と触れ合っていたいが、そうもいかないな。いい加減、君をきちんと休ませてやらなければ」

デジレは名残《なごり》惜しそうに私の髪に口づけると、私の手を引いてゆっくりと立ち上がった。まるで夢の中にいるようなふわふわとした気持ちで、彼の隣に立つ。

二人手を取り合って、離宮の廊下を歩く。自然と、笑みがこぼれていた。

「……ふふ」

「どうした、フローリア」

「あなたと手をつないでいると、とても幸せな気分になるんです」

「そうか。私もだ。……君の手は小さくて、温かくて……触れているだけで、不思議なほどに心が浮き立つ」

くすくすと笑い合いながら歩いていると、あっという間に私の自室の前にたどり着いてしまっていた。

「なんだ、もう着いてしまったのか。まだ君と話していたかったのに」

デジレがたいそう不満そうに、扉をにらみつける。私の手を包み込んでいる彼の手に、力がこもった。

「仕方ありません。私の部屋は、居間と同じ二階にあるのですから」

冷静に答えはしたけれど、私も彼と同じ気持ちだった。できることなら、このままずっと一緒にいたい。一瞬だって、離れたくない。そんな気持ちが、胸の真ん中にどんと居座ってしまっていた。

けれどさすがに、そういう訳にもいかない。名残惜しさを感じながら、彼の手をしっかりと握り返す。顔を上げて、彼の赤い瞳《ひとみ》をまっすぐに見つめた。自分自身に言い聞かせるように、一言一言、区切るように言葉を紡《つむ》ぐ。

「ひと眠りすれば、すぐに朝です。そうすればまた、一緒にいられます」

「そのわずかな時間すら、離れていたくない。だが、わがままを言って君を困らせたくもない。仕方ない、今はあきらめるか」

デジレは切なげに微笑《ほほえ》みながら、ようやっと私の手を放す。

「……おやすみ、愛しい人」

「はい、おやすみなさい」

離れていった温《ぬく》もりに寂《さび》しさを覚えながら、にっこりと笑い返した。愛しい人、という言葉に高鳴る胸を、そっと押さえて。


そうして自室に戻り、寝間着に着替える。その間も、私の頭の中はデジレのことでいっぱいだった。さらわれた恐怖も、閉じ込められた絶望も、彼の甘い言葉と温もりの記憶が、全《すべ》て押し流してしまっていた。

柔らかな雲の上を歩いているような心地のまま、寝台に入る。嬉《うれ》しい、幸せだ。そんな思いだけが、胸の中に満ちていた。

疲れていたせいか、すぐに眠気がやってきた。ゆっくりと息を吐いて、優しい闇《やみ》に意識を預ける。そのままぐっすりと、朝まで眠り続けるはずだった。けれど、かすかな違和感が私を眠りの底から引き戻す。

花の香りが鼻先をふわりとくすぐった、そんな気がしたのだ。庭に咲く月光花《げっこうか》の香りに似た、控えめで優しい花の香り。いつもデジレがまとっている香りのようにも思える。

どうして今、そんな香りがしているのだろう。もしかして、窓を開けたまま眠ってしまったのだろうか。まだ眠気の残る頭でぼんやりとそんなことを考えながら、まぶたを開く。次の瞬間、思いもかけない光景が目に飛び込んできた。

手を軽く伸ばせば触れるほど近くに、デジレの顔があった。窓から差し込む月の光に照らされた彼の顔は、ひどく悲しげな、ひとりぼっちの子供のような表情をしていた。

どうやら彼は、私が眠る寝台の傍《かたわ》らに膝《ひざ》をつき、私の寝顔を見つめているようだった。

「デジレ、様……？」

訳が分からずに、横たわったまま彼の名を呼ぶ。彼は今まで一度たりとも、無断で私の部屋に立ち入ったことはない。ならば何故《なぜ》、彼がここにいるのか。しかも、こんな時間に。

それ以上何も言えずに呆然《ぼうぜん》としていると、デジレは心細げに目を伏せた。それから身を乗り出して、ゆっくりと私の腹に頭をもたせかけてくる。長い白銀の髪が私の胸に、腹に、さらりと流れ落ちていく。

目を閉じた彼の悲痛な顔は、命の宿っていない彫刻のように冷たく、それでいて恐ろしいほど美しかった。今の状況も忘れて、その姿に見入ってしまう。

彼はどうして、こんなにも辛《つら》そうな顔をしているのだろう。そのことが気になって、そっと声をかける。

「あの、どうされたのですか」

デジレのまぶたがゆっくりと開き、潤んだ赤い目が私をまっすぐにとらえた。彼の顔が、泣き出しそうにゆがむ。

「良かった……無事で……」

思いもかけない言葉に、私はただ彼をじっと見つめることしかできなかった。彼もまた私を食い入るように見つめながら、弱々しく言葉を紡ぐ。

「君と離れて、一人で眠りにつこうとして……怖くなった。君がいなくなった、あの時の恐怖を思い出してしまって」

か細い声でそう言いながら、デジレはそろそろと私の手を取った。彼の手は、驚くほど冷たかった。

「そうしたら、君の無事を確かめられずにはいられなかった。朝まで待てなかった」

横たわったままの私を、デジレは掛け毛布ごとしっかりと抱きしめた。顔を伏せて、子供がいやいやをするように首を横に振っている。

「ここは嫌だ。こうして王宮の近くにいたら、また誰《だれ》かが君に危害を加えないとも限らない」

デジレはそろそろと顔を上げた。すがるような目が、また私に向けられる。

「……帰ろう、フローリア。私の屋敷へ。そこでなら、君を守れる」

「はい。あなたといられるのなら、私はどこでも構いません」

彼にしっかりと抱きしめられたまま、静かにそう答える。返ってきたのは、それは嬉しそうな笑い声だった。

「ああ、私もだ。君さえいてくれれば、他に何もいらない」

それから二人一緒に、柔らかく笑い合う。もう彼の声に、恐怖の響きはなかった。そのことに内心ほっとする。

愉快そうに笑っていたデジレが、ふと真顔になった。形のいい唇から、あ、という声が漏《も》れる。

「……しまった。不安だったからとはいえ、嫁入り前の女性の部屋に忍び込むとは、何ということを。済まないフローリア、気を悪くしただろうか」

心底申し訳なさそうな声でそう言いながらも、私を抱きしめている腕は緩まない。おそらく彼は、無意識のうちに私をつかまえようとしているのだろう。彼の不安はまだ、消え去った訳ではないのだ。

「いえ、驚きましたが、気分を損ねてはいません。むしろ、……嬉しいんです。あなたがそこまで私のことを思ってくれていると、そう実感できるので」

私がさらわれたということが、デジレをここまで動揺させている。そのことを改めて目《ま》の当《あ》たりにして、私は嬉しさを感じずにはいられなかった。

デジレはこんなにも苦しんでいるのに、そのことで喜ぶなんてどうかしている。少しばかり後ろめたくなってしまって、そっと彼から目をそらした。

彼はそんな私の様子に気づいていないのか、深々と安堵《あんど》のため息をついている。

「ああ、良かった。君に思いを告げたその夜のうちに嫌われるなど、想像するだけでも恐ろしい」

ようやく私を解放すると、デジレはそのまま立ち上がり、寝台の端に腰を下ろした。やけに難しい顔をして、何やら考え込んでいる。どうしたのだろうと上体を起こして彼の顔をのぞき込むと、彼はこちらを見ないままつぶやいた。

「しかし、さらわれた当の本人である君はぐっすりと眠っていて、私だけが眠れなかったとは……やはり、不公平、不公平だ」

「不公平、ですか？」

すねた子供のような顔で断言するデジレの顔を、ぽかんとしたまま見つめる。彼は少しばかり照れくさそうにしながら、小声でつぶやいた。

「……君が近くにいてくれるのなら、私も眠れる気がする」

「そ、それは？　あの、あなたの部屋で、あなたの寝台の傍《そば》に私が控えていればいいのでしょうか？」

彼の言葉に驚いたせいで、私の声は見事に裏返ってしまっていた。それがよほどおかしかったのか、デジレが声を上げて笑った。

「それでは君が眠れないだろう。……朝まで、ここにいさせてくれ。どのみち夜が明けるまでは、そう長くない」

言うが早いか、彼は寝台から降りて、すぐ傍の床に腰を下ろしてしまったのだ。壁にもたれて、こちらに笑いかけてくる。

「ここにいれば、君の気配を感じていられる」

「でも、床……ですか？」

「暖かい季節だし、絨毯《じゅうたん》も毛足の長いものだ。ほんの数時間座って過ごしたところで、風邪をひくこともないだろう」

どうやらデジレは、朝までここにいるつもりらしい。寝台でも椅子でもなく床に腰を落ち着けたのは、私を困らせずに、それでいて可能な限り近くにいるためなのだろう。

その気遣いは嬉しい。けれど正直、男性と同じ部屋で眠りにつくと考えただけで、非常に落ち着かない。そもそもそんな経験がない。

だが、デジレは、私の……恋人だ。ならば、その……こんな風に共に過ごすことも、これから増えていくのかもしれない。少しずつ、慣れていく必要があるような、そんな気がする。

「駄目、だろうか。耐えられないようなら、そう言って欲しい。君に無理強いをしたくない」

無言であわてふためいていると、デジレが問いかけてきた。その赤い目は、切なげに細められている。

彼の傍で眠るということに大いに戸惑ってはいるし、たいそう恥ずかしくはある。でも、耐えられないほどではない……と思う。それに、彼をがっかりさせたくない。

悩みに悩んだ末、そろそろと首を縦に振る。デジレはぱっと顔を輝かせると、子供のように無邪気に笑った。

「ありがとう、フローリア。私の無茶な願いを聞き入れてくれて。……何もしないと誓うから、どうか安心してゆっくりと休んでくれ」

「は、はい……」

そう答えて、もう一度身を横たえる。緊張しながら、目を閉じた。

耳を澄ませると、デジレの呼吸が聞こえてくる。とても穏やかな、静かな音だ。聞き入っている

うちに、またゆっくりと眠気がやってくる。

うとうととしながら、寝返りを打つ。ふと、気配を感じた。何の気なしに薄く目を開けると、闇の中に浮かんだ優しい赤が、こちらを見つめていた。

今になって気がついた。床に座るデジレの目線は、寝台に横たわった私の目線とちょうど同じくらいの高さだったのだ。彼は私と目が合うと、それは嬉しそうに微笑んだ。

急に、猛烈な恥ずかしさがこみ上げてきた。暗い部屋の中、すぐ近くにデジレがいる。朝まで、彼はそこにいる。そのことをはっきりと意識してしまったのだ。

あの森の廃屋とは違う、温かくてくすぐったい闇から隠れるように、すっぽりと掛け毛布を頭までかぶった。そのまま、デジレに背を向けるようにもう一度寝返りを打つ。

掛け毛布の向こう側から、デジレの押し殺した笑い声がかすかに聞こえてきた。その拍子に、心臓が全力で跳ね回り始める。

どうやら今夜は、もう眠れそうになかった。


次の日の朝食後、私たちは離宮を発ち、森の小道を抜けて王宮の入り口までやってきていた。よく眠れたのか元気はつらつとしたデジレと、少々寝不足の私。

「さあ、心の準備はいいいか」

「はい」

真剣な顔を見合わせて、同時にうなずく。これから私たちは王宮の中を通り抜けて、裏門で待っている馬車に乗り込むのだ。デジレの屋敷に、帰るために。

そもそも私たちが離宮に滞在していたのは、来たる聖女の儀式までのんびりと羽を伸ばすためだった。けれどこんなことになってしまっては、休暇を楽しむどころではない。

デジレは朝食を運んできた使用人に言いつけて、手際良く帰《かえ》り支度《じたく》を整えていた。いったん屋敷に帰る旨を手紙にしたため、その手紙を陛下へと届けさせた。さらに、帰りの馬車の手配も済ませていた。荷物の運び込みも、もう済んでいる。

あとは、私たちが馬車に乗るだけだ。しかしそれが、目下のところ一番の問題だった。

目の前にそびえる王宮を見上げて、デジレが重々しく口を開く。

「舞踏会の夜は、メイドたちの数が少なかった。以前伯父上の私室を訪ねたが、あの辺りは元々限られた者しか通らない。だから、特に何事もなくやり過ごせた」

彼の声から、緊張が伝わってくる。つられて私も、ぐっと口元を引き締めた。

「しかし、ここから裏門までの道には、多くの人間が行きかっている。しかも、この時間帯は特に人通りが多い」

そのことは私も知っていた。だから人が少なくなる夜、せめて午後まで待とうと提案したのだけれど、彼はどうしても首を縦に振らなかった。少しでも早く、王都を離れて屋敷に戻りたい。彼はそう言って聞かなかったのだ。

「できるだけ人通りの少ない通路を進むつもりだ。だがそれでも、うっかりメイドに行き合わないとは限らない。どうか、気をつけてくれ」

「分かりました。いざとなったら私が女性を食い止めますから、デジレ様は先に逃げてください。裏門で合流しましょう」

そう私が提案すると、彼はくっきりと眉間《みけん》にしわを寄せた。

「駄目だ。君を一人にしたくはない。馬車に乗り込むその時まで、君を放しはしない」

デジレはきっぱりと言い放ち、私の肩をしっかりと抱いた。苦しげに唇を噛《か》み、今までの堂々とした様子が嘘《うそ》のように、小さな声で言った。

「……またあんなことになったらと思うと、恐ろしくてたまらないのだ。どうか、こうしていることを許してくれ」

その痛々しい表情を見ていたら、こちらの胸まで苦しくなってきた。大きくうなずいて、微笑みかける。少しでも彼を元気づけられたらいいなと、そう願いながら。

「はい。それでは、一緒に向かいましょう」

私の返事を聞いたデジレは、一転してにやりと笑った。あ、これは何かあるなと思ったのもつかの間、彼は私の肩を抱いたまま軽《かろ》やかに進み出た。

「さあ、それでは行こうか」

デジレの不穏な笑みの理由は、すぐに分かった。彼はこともあろうに、王宮の中を走り始めたのだ。当然ながら肩を抱えられたままの私も、同じように走る羽目になっている。

私の足に合わせてくれているのか、走る速さはやや控えめだった。それでも、たいそう無作法な振る舞いであることに違いはない。

時折すれ違う貴族や男性の使用人たちは、みな目を真ん丸にして立ち止まり、ぽかんとしたまま私たちを見送るだけだった。

楽しげに、軽やかにデジレは走り続けている。そんな彼の足取りが、不意に乱れた。

「ふむ、こうまでしても結局、出くわしてしまったか」

私たちの行く手に、通りすがりらしいメイドが立ち尽くしているのが見えた。彼女はこぼれんばかりに目を見開いて、まっすぐにデジレだけを凝視している。まるで魂が抜けてしまったような、そんな顔だ。

「ここを通らねば、かなりの大回りになるな。呆《ほう》けている今の内に、すり抜けるしかないか」

デジレは小さくため息をついて、私の肩をしっかりと抱いたまま大急ぎで彼女の横を駆け抜けた。

少し遅れて、後ろからぱたぱたという足音が追いかけてくる。

「そして、やはり追いかけてくる、と……仕方ない、振り切るぞ」

あわてることなく、デジレはさらに軽やかに駆けている。彼に遅れないように走りながら後ろをうかがうと、うっとりとした顔をして、酔ったような足取りでふらふらとこちらに向かってくるメイドの姿が見えた。

あれなら、追いつかれることもないだろう。ほっと息を吐きながら、また前を向く。しかし次の瞬間、うめき声がひとりでに漏れた。

私たちの足音を聞きつけでもしたのか、向こう側からメイドが三人、連れ立ってやってきてしまったのだ。しかも既に、その目つきはとろんとしている。

「まあ、なんて美しい方なの……」

「もっと、近くでお顔を見たいわ」

「お声を聞きたいわ」

熱に浮かされたような声でそんなことをつぶやきながら、彼女たちは横一列に並んでこちらに歩み寄ってくる。これでは、先ほどのように横をすり抜けることもできない。

デジレが小さく舌打ちをして、すぐ近くの部屋に飛び込んだ。

「あの、デジレ様、いったいどちらへ⁉」

「大丈夫だ、私に任せておけ」

そう言って彼は、流し目を寄こしてくる。メイドたちに追われているとは思えないほど、愉快そうな表情をしていた。

それからどこをどう走ったのか、はっきりと覚えていない。次々と部屋を通り抜け、細い廊下をくねくねと曲がり、中庭のど真ん中を突っ切って。デジレに導かれるまま、王宮の中をめちゃくちゃに駆け続けた。

気がついたら、王宮の裏門にたどり着いていた。かつてローレンス兄様に連れられてやってきたあの場所に、あの時と同じように馬車が待っていた。

ただ、目の前の馬車は前に乗ったものとは違うし、その傍で待っているのは顔なじみのあの御者《ぎょしゃ》ではなく、王宮で働く御者だ。一刻も早くここを立ち去りたかったデジレは、自分の屋敷の馬車を呼びつけるのではなく、王宮の馬車を借りることにしたのだ。

大急ぎで馬車に飛び込むと、デジレがすぐに扉を閉めた。王宮の御者は、驚いたように私たちを見ていたが、すぐに御者席に向かっていった。

やがて、馬車がゆっくりと走り始める。私たちは座席にぐったりと座り込んで、息を整えながら窓の外の景色を見ていた。緊張した顔で外を警戒していたデジレが、ほっとため息をつく。

「……どうにか、無事に王宮を発つことができたな。久しぶりにいい運動になった」

「まさか王宮の中を走ることになるとは、思いもしませんでした。最後の方なんて、どこを走っているのか分からなくなってしまって。いきなり裏門に出た時は驚きました」

苦笑しながらそう答えると、デジレは自信たっぷりに笑った。

「子供の頃は、よく王宮を探検したからな。小部屋のひとつひとつまで、しっかりと頭に入っている。まさかこんな形で役に立つとは、思いもしなかったが」

得意げな顔をしているデジレがおかしくて、そして愛おしくて、くすりと笑みを漏らす。思い切り走ったからなのか、王宮を離れることができたからなのか、不思議なくらいに心が軽くなっていた。

頰《ほお》を上気させたデジレが、そんな私を見て嬉しそうに笑う。窓の外には、さわやかな青空が広がっていた。

そうして昼を過ぎた頃、私たちはデジレの屋敷に戻ってきた。執事長のジョゼフと家政婦長のマーサが、驚きながらも笑顔で私たちを出迎える。しかしデジレは彼らと二、三言葉を交わすと、私の手を引いてさっさと自室に戻ってしまった。

彼はひどく気が急《せ》いた様子で、私を長椅子に座らせる。それから、ため息まじりにつぶやいた。

「ああ、やっと戻ってきた……」

そのままデジレは私の前にひざまずき、震える手で私の頬に触れてきた。まるで、私がここにいることを確かめるかのように。

彼がずっと不安を感じていることには気づいていた。その不安に負けまいとして、今朝《けさ》からやけに明るく振る舞い続けていたのだろうということも。

私の頬に添えられた彼の手に、そっと自分の手を重ねる。デジレがすがるような目で、こちらを見上げてきた。揺れる赤い目をまっすぐに見つめて、にっこりと微笑みかける。

「ええ、戻ってきました。ここでなら、安心して過ごせますね」

おびえる子供をなぐさめるように、穏やかに言葉を紡ぐ。

「この屋敷は頑丈な塀に囲まれていますし、頼れるジョゼフさんやマーサさんもすぐ近くにいます。そうでしょう?」

もう一度笑いかけると、デジレはそろそろと立ち上がり、私を両腕で包み込むようにして力いっぱい抱きしめた。

「……そうだな、君の言う通りだ。ここにはきっと、君に危害を加えようなどという不届き者はいない。ここなら、たぶん安全だ」

彼の胸にもたれかかり、目を閉じる。ここは王都から離れているし、周りは草原に囲まれていて見晴らしもいい。不審者がこの屋敷に近づくのは難しいだろう。それにさっきデジレは、見張りをより厳重にせよと、ジョゼフたちにそう命じていた。

それに、兵士たちに命じて私をさらわせた犯人は、まずここまで追いかけてくることはないだろう。というよりも、追いかけてくることができないに違いない。私はそう確信していた。

あの事件の犯人が誰なのか、まだ判明はしていない。けれど私とデジレ、それにミハイル様は、みなうっすらと犯人に見当をつけていた。誰も、その名をはっきりと口にすることはなかったけれど。

今も王宮に留まっているその人物に思いをはせながら、デジレの腕にそっと手を添える。

ここは安全だ。ここにいれば大丈夫だ。そう思えることが嬉しくて、悲しかった。

◇

フローリアとデジレが王都を去ったその日の夜遅く、レナータは人目を忍んでマルクの部屋を訪れていた。

「お前か。何の用だ」

「あの、デジレ様が帰ってしまわれたって本当ですか⁉」

聖女の儀式まで、もう一か月を切っていた。そんなこともあって、レナータは儀式の準備やら何やらで忙しくしていた。この日も朝からずっと、神官たちに囲まれて過ごす羽目になっていたのだ。礼儀作法や教養の勉強からは逃げ回っていた彼女であっても、聖女の唯一の義務である儀式、それにまつわる事柄からはさすがに逃げられなかった。

そんな訳で彼女は、フローリアとデジレが王宮を駆け抜けていったあの騒動について、夕方頃まで知らずにいたのだ。

「デジレ様は聖女の儀式に出席されるから、それまではずっと離宮にいるって聞いてたのに！」

暗い紫の目を見開いて、甲高い声でレナータはわめく。そんな彼女をうんざりした目で見ながら、マルクは静かに答えた。

「あいつは朝一番に、あの側仕《そばづか》えを連れて王宮を走り抜けていった。運悪くそこに行き当たったメイドたちが仕事を放棄してしまって、ちょっとした騒ぎになった。まったく、去る時くらい静かにできないのか」

苦々しく吐き捨てるマルクから目をそらし、レナータはかすかな声でつぶやく。

「……どうして、こうもうまくいかないことばかりなのかしら。フローリア姉様はすぐ見つかっちゃうし、デジレ様は帰っちゃうし」

レナータはふてくされたように唇をとがらせながら、先日の誘拐事件のことを思い起こしていた。フローリアたちが推測した通り、あの誘拐事件はレナータがマルクを巻き込んで起こしたものだった。

忌々《いまいま》しいフローリアに目にもの見せてやるために、そして愛しいデジレに近づくために。レナータの頭には、そのことしかなかったのだ。

マルクはデジレやフローリアのことを嫌っているようだったし、秘密裏に兵士を動かすこともできる。レナータにとっては、この上なく便利な道具だった。

レナータが考えていた筋書きはこうだった。まずはマルクから兵士たちを借りて、人の来ない場所にフローリアを閉じ込める。丸二日くらいなら放っておいても死ぬことはないだろう。幽閉する場所については、マルクが案を出してくれた。

そうやってフローリアを追いやっている間にレナータがデジレに近づき、口説き落とす。ここぞとばかりにフローリアの悪口を吹き込んで幻滅させ、同時に自分の魅力を見せつける。何なら、色仕掛けだってありだろうと、レナータはそんなことを考えていた。

そちらがうまくいった頃《ころ》合《あ》いを見て、フローリアを引きずり出す。救出されたフローリアはデジレを奪われたことを知り、嘆き悲しむ。

レナータの最愛の、大切な伯父エドワード。彼の助言がきっかけとなって生まれた、レナータにとってはこの上なく素晴らしい計画。彼女はこの計画が成功するものと、信じて疑わなかった。

「なのにまさか、その日のうちに助け出されてしまうなんて。しかも、よりによってデジレ様に。こうなったら、次は……」

マルクがいることすら忘れているのか、レナータの独り言はどんどん大きくなっていった。マルクは無言で、顔をしかめている。

フローリアが姿を消した後、デジレが率先して彼女を探しに出てしまったことは、レナータにとって大きな誤算だった。捜索は兵士に任せておいて、私と一緒に彼らの報告を待ちましょうというレナータの提案に、デジレはこれっぽっちも耳を貸さなかったのだ。

「……おい、聖女」

いらだたしげなマルクの低い声に、レナータは物思いから引き戻された。ぽかんとしている彼女に、マルクは鋭く言い放つ。

「先日はお前の口車に乗り、あのような行いに手を貸した。しかし、次はない。もしまだ何かを企《たくら》むというのなら、今度はお前一人でやれ」

「えっ、どうしてですか？　マルク様も、デジレ様があわてふためいているところが見られてすっとしましたよね？」

何一つ悪びれることなく、きょとんとした可愛《かわい》らしい顔でそう言葉を返すレナータに、マルクはさらに低い声で応じた。

「それは……否定しない。だが、やはり俺《おれ》はこそこそするのは好かん。それに、俺の手足たる配下はこんなくだらないことに使うためのものではない」

レナータは知らなかったが、マルクが彼女に貸した兵士たちは、マルクの腹心たちだったのだ。ただマルクだけに忠誠を誓い、彼の命令であればどのようなものであろうと無条件に従う存在。

そんな彼らを、自分の個人的な感情だけで動かしてしまった。それも、言い訳のしようのないほど愚かな行為に加担させた。マルクは今さらになって、そのことを後悔し始めていたのだった。

「私、マルク様の婚約者ですよね。しかも、聖女ですよ。それでも手伝ってくれないんですか？」

自分の立場を強調するレナータの発言に、マルクの眉間のしわがさらに深くなる。

「何度も言わせるな。そもそも、お前はその行いを改めるつもりはないのか。あれこれ企むよりも先に、すべきことが山のようにあるだろう」

そう言ったマルクの声は、相変わらず不機嫌そうなものだったが、その中にどこかレナータを心配するような響きが見え隠れしていた。

「……はあーい。気をつけます」

レナータはふてくされた顔で気のない返事をする。マルクの思いは、レナータにはまるで伝わっていないようだった。それどころか、これ以上余計な説教をされる前に逃げてしまおうと、彼女がそう考えているのは明らかだった。

上の空で立ち去っていくレナータの後ろ姿を見ながら、マルクは静かにため息をついていた。

◇

デジレの屋敷での、元通りの暮らし。レナータもマルク様も、ここにはいない。私に危害を加えようとする人間は、ここにはいないのだ。

そんなこともあって、私はもうすっかり安心しきっていた。前と同じように、また側仕えとしての仕事をこなしていこうと、お仕着せをまとって張り切っていた。

だが、デジレの方はそうもいかないようだった。

「フローリア、どこに行くのだ」

「そろそろ廊下の掃除をしようかと思ったのですが」

「君はここにいろ。じきにマーサが来るから、彼女に頼めばいい」

「でも、それでは私の仕事が……」

「君の仕事は私の傍にいることだ。退屈だというのなら、喜んで話し相手になるぞ」

彼はずっとこんな調子だった。そんなこんなで、私はほぼ一日中彼の私室に入り浸っていた。室内の掃除だけはやらせてもらえたものの、それ以外ろくに働くこともなく。

けれどそれも、仕方のないことのように思えた。彼はもともと、見た目に似合わず怖がりなところがある。おそらく、私が突然いなくなってしまった時の恐怖が、まだ尾を引いているのだろう。

私がミハイル様に花を届けに行くなどと言い出さなければ、彼がこんな風に苦しむこともなかったのかもしれない。そう思うと、彼の言葉をはねつける気にはなれなかった。

そうして今日も、私たちは並んで長椅子に座っていた。デジレは私の手を握ったまま離そうとしない。私はただ黙って、彼に寄り添っていた。

「……苦しくはないか、フローリア」

不意に、デジレがぽつりとつぶやく。

「いえ、そんなことはありません。ですが、どうしてそんなことを聞くのでしょうか」

すぐにそう答えると、彼は弱々しい声で言葉を返してくる。

「それならいいのだが……私は、ずっと君を束縛《そくばく》してしまっているだろう?」

「束縛だなんて、そんな」

仕事ができないことに戸惑いはしたけれど、束縛されていると感じてはいなかった。あわてて首をぶんぶんと横に振ったが、デジレは悲しげに顔を伏せてしまった。

「自分でも、おかしな振る舞いだということは承知している。だが、どうしても君の手を離したくないのだ」

ためらいがちに、彼は続ける。その顔は白銀の髪に半《なか》ば隠されていて、表情はよく分からなかった。

「この手を離したら、君が私の目の届かないところに行ってしまったら、もう君が二度と戻ってこないような気がして……怖くてたまらない」

私の手を握ったままのデジレの手に、力がこもる。その力の強さに、彼の恐怖がそのまま表れているようだった。彼を安心させたくて、急いで口を開く。

「私はどこにも行きません。ずっと、あなたのお傍にいますから」

「ああ。分かっている。私はおかしなことを考えてしまっているのだと。君はどこにも行かないと、分かっているのだ」

けれど、彼はやはり打ちひしがれたようにうつむいたままだった。彼はそろそろと私の手を離すと、ため息をつきながら両手で顔を覆《おお》ってしまった。

デジレのその姿を見たとたん、体が勝手に動いていた。長椅子に膝立ちになり、うなだれている彼をしっかりと抱きしめる。彼の頭を、胸に抱えるようにして。デジレは一瞬驚いたように身を震わせたが、やがて恐る恐るすがりついてきた。

あの夜と同じ、穏やかな体温を感じる。きっと彼にも、私の温もりが伝わっている筈《はず》だ。どうかその温もりを通して、私の思いが伝わりますように。私はここにいるのだと、どこにも行かないのだと、そう彼が実感できますように。

祈るような思いでじっとしていると、やがてデジレが小声でつぶやいた。

「……良かった、夢ではなかった」

その言葉の意味が分からずに軽く首をかしげていると、デジレは私の腰を抱え込むように腕を回し、小さく笑った。

「君を失うことは怖い。けれどももう一つ、怖いことがあったのだ」

彼の声は、少しずつ明るさを取り戻し始めていた。私をしっかりとつかまえたまま、彼は言葉を続ける。

「あの夜のことが夢だったらどうしようと、私はそんなことを考えてしまっていた」

そう言うなり彼は顔を上げて、こちらをまっすぐに見つめてきた。しなやかな手が、私の頬に優しく添えられる。

「こうやって君に触れたことも、君の気持ちを知ったことも……全部、私が見ていた都合の良い夢だったのかもしれないと、そう思えてならなかったのだ」

すぐ近くできらめいている赤い目に見とれたまま、ぱちぱちとまばたきをする。まさか、彼がそんなことを考えていたとは。

「夢だなんて、そんな筈ありません」

急いで否定すると、デジレはするりと私から離れた。顎を引いて、やや上目遣《うわめづか》いでこちらを見てくる。

「しかし、君はもうすっかりいつも通りだろう。まるで何事もなかったかのような顔で、私の傍に控えていて」

わざとらしくふてくされたような表情で、デジレはそんなことを言っている。けれど彼の赤い目には、また不安の影が揺らいでいた。

「その、私は……」

心配しなくても、私はあなたのことが好きです。そう言おうとしたが、言葉がうまく出てこない。

顔に血が上って、心臓が駆け足で走り出す。

あの森の廃屋から助け出された時、私は素直に気持ちを告げることができた。それなのに今は、どうにもこうにも口が動いてくれない。

何故なのだろうと焦《あせ》りながら、必死に考える。そうして気がついた。

ずっと私は、自分の気持ちから顔を背《そむ》けていた。女性に迫られ続けたことで女性を恐れるようになっていたデジレを安心させたくて、私は彼に恋などしていないのだと、そう態度で示そうとしていたのだ。

だから無意識のうちに、私は芽生えていた恋心を心の奥に押し込めて、しっかりと蓋をしてしまっていたのだ。あの夜は恐怖と驚き、それに喜びのせいで、一時的に蓋が外れていただけなのだろう。

さらに、そもそも私は今まで色恋沙汰には縁がなかった。同世代の男性の知り合いすら、ほとんどいなかった。毎日が忙しくて、それどころではなかったのだ。

それがどういう星の巡り合わせか、こんなにも素敵な、そして愛しい人と思いが通じ合ってしまった。あまりにも目まぐるしく変わってしまった状況に、実のところまだ頭がついていっていない。

「私は、その、あなたのことが……」

言葉を続けようとすると、どんどん頬が熱くなっていく。必死に口をぱくぱくさせている私を、デジレはとても優しい目で見ていた。彼は穏やかに微笑みながら、辛抱強く私の言葉を待っている。

「あなたの、ことが……」

あの夜はすらすらと出てきた言葉が、喉《のど》の辺りに引っかかっている。やけに速くなった鼓動の音が、耳元でやかましく鳴り響いている。

「その、好き、……なのですから」

ああ、やっと言えた。ほっとした拍子に体から力が抜ける。よろめいた私を、デジレがしっかりとつかまえた。

彼は愛おしげに、私の髪に頬をすり寄せてくる。くすぐったさに身じろぎすると、彼はさらに力強く抱きしめてきた。

「ありがとう、フローリア。君の言葉がとても嬉しい」

そうささやいて、デジレが身を離す。私の目をまっすぐに見つめたまま、ひんやりとした手でもう一度私の頬に触れてきた。すっかりほてってしまっていた頬に、その冷たさが心地良い。

「君がこんなにも頑張ってくれたのだ。私も、怖いだの何だのと子供のようなことを言うのはやめにしよう。格好がつかないにもほどがある」

「そんなことはありません。……そんなところも、その、好きですから」

もう一度勇気を出してそう答えると、彼はいたずらっぽく笑って顔を寄せてきた。

「おや、君も私のことを子供のようだと思っていたのか」

「あ、それは、その」

「ふふ、からかっただけだ。しかし君に好いてもらえるのは、やはりいい気分だな」

愉快そうに声を上げて、デジレが笑う。つられて私も微笑んだ。二人きりの静かな部屋に、久しぶりに明るい笑い声が響いていた。


そんなことがあってから、デジレもようやく元の調子を取り戻し始めたようだった。私の姿が見えなくても不安がることはなくなったし、恐怖をこらえているようなそぶりも見せなくなった。そうして徐々に、前と同じような穏やかな生活が戻ってきていた。

もちろん、全てが前と同じではない。今の私は、デジレの側仕えであると同時に、彼の恋人なのだ。それを自覚するたびに、胸が高鳴ってしまってどうしようもない。この感覚に慣れるには、もう少しかかりそうだった。

けれど、そういった変化は必ずしも好ましいものばかりではなかった。

私たちが思いを伝え合ったことを知ったジョゼフとマーサは、二人して大喜びしてくれた。こんなに素晴らしいことがあるでしょうか、と言って。

顔なじみの御者も、にこにこしながら祝福してくれた。二人一緒に舞踏会に向かう姿を見てたら、何となくそうなるんじゃないかって思ってたんだよ、と彼はこっそり打ち明けてくれた。

けれどそれ以外の人間、特にメイドたちとは、屋敷に戻ってきてからまだ一度も会っていなかった。彼女たちがどんな反応をするのかと思うと、近づくのが恐ろしかったのだ。ずっと女性を避けていたデジレの気持ちが、少しだけ分かったように思えた。

私はデジレの側仕えということもあって、彼が暮らしている三階が主な仕事場だ。マーサも手伝ってくれているし、このまま他のメイドたちと顔を合わせないまま暮らすことも可能ではあった。

でも、一階に用があるたびにマーサに来てもらうこの状況は良くない。いい加減、覚悟を決めなくては。

そう考えた私は、おっかなびっくり屋敷の一階に足を踏み入れた。そうしてあっという間に、メイドの一人に出くわしてしまったのだ。

どうにかして、穏便にやり過ごしたい。そんな私の願いとは裏腹に、そのメイドは私の姿を見るなりこちらにつかつかと歩み寄ってきた。あっという間に、がっしりと両肩をつかまれてしまう。

「どうして、どうしてなのよ⁉」

すぐ近くに迫った彼女の目は、涙に濡《ぬ》れていた。

「どうして、デジレ様が、あなたのことを」

泣きながら叫び続ける彼女に、私はかける言葉を持たなかった。彼女もまた、デジレに恋い焦《こ》《こ》がれていた女性の一人だと知っていたから。かろうじて自制心を保っていたおかげで、この屋敷にいることを許されていただけで。

黙ったままの私に、彼女はすがりつくようにして泣き崩れる。

「ずっと前から、ただデジレ様のことだけを思っていたのに。会うことができなくても、同じ屋敷にいられるだけで幸せだったのに」

以前の私なら、だからどうした、主《あるじ》が誰と結ばれようと使用人には関係のない話ではないか、とばっさり切って捨てていただろう。しかし恋を知ってしまった今の私には、彼女の胸の痛みが自分のことのように感じられてしまっていた。

だから何も言わずに、じっと彼女の叫びに耳を傾けていた。きっとこれはデジレの心を手に入れた私の義務なのだと、そう思ったから。

「あなたはいつも、恋なんかには興味ないんだって、涼しい顔をしてたでしょう⁉　だったら、今からでもデジレ様と別れてよ！」

けれどその言葉を聞いて、思わず口を開きかけた。彼は渡さない、彼の傍を離れたりしない。反射的にそう答えてしまいそうになったのだ。

自分の感情に、戸惑わずにはいられなかった。元々私は、あまり他人に執着するたちではなかった。それなのに、彼のことだけは譲れない、絶対に引けないと、そんな強い気持ちが湧《わ》き上がってくる。

胸に手を当て、動揺を隠そうと深呼吸する。私の肩をつかんだメイドは、まだ泣き続けていた。

「そのくらいにしてあげなさいな」

廊下に立ち続ける私たちに、そっと柔らかい声がかけられた。そちらをうかがうと、気遣うような表情のマーサが立っているのが見えた。

「あなたの思いは、フローリアにちゃんと伝わったわ。それ以上は、あなたが余計に辛くなるだけよ」

いたわるようなマーサの言葉に、メイドがのろのろと顔を上げる。私と目が合った次の瞬間、彼女は弾かれるように手を放し、そのまま駆け去っていった。一瞬だけ見えた彼女の顔は、純粋な悲しみにゆがんでいた。

そうして廊下には、私とマーサだけが残された。苦笑しながら、マーサが近づいてくる。

「大丈夫だった、フローリア？　仕方ないこととはいえ、あなたも大変ね」

「はい、大丈夫です。詰め寄られただけですから」

礼儀正しく頭を下げる私を見て、マーサは安心したように息を吐いた。

「そう、ならいいのだけど……」

「ずっとデジレ様に焦がれていた女性たちがいる、そのことは分かっています。そんな彼女たちの思いをきちんと受け止めることは、彼の思い人となった私の義務だと思います」

そう言い切ると、マーサは難しい顔をしてしまった。ふっくらした頬に手を当てて、首をかしげている。

「あなたって、やっぱり真面目《まじめ》ねえ。恋を知っても、そういうところは変わらないのね」

「いえ……」

すぐに否定した私を、マーサがじっと意味ありげに見つめてくる。その視線にうながされるようにして、そろそろと説明する。

「私は、変わってしまったみたいです。さっき、こう思ったんです。デジレ様は絶対に渡さない、って。自分がこんな風に誰かに執着するなんて、思いもしませんでした」

言ってしまってから恥ずかしくなり、そっと目を伏せる。マーサの穏やかな雰囲気につられて、つい口を滑らせてしまった。こんなこと、デジレ本人にだって言っていないのに。

「恥ずかしがらなくていいのよ、フローリア。それはとても素敵なことなのだから」

「……そう言ってもらえると気分が楽になります。ありがとうございます」

さらに頭を下げ、礼の言葉を口にする。すぐに、マーサの苦笑するような声が返ってきた。

「礼を言うのはこちらの方よ。どうかこれからも、デジレ様をよろしく頼むわね。あの方はちょっと子供っぽいところがあるけれど、しっかりしたあなたがついていてくれるなら安心だわ」

顔を上げると、マーサのひときわ柔らかな笑みがそこにはあった。その笑顔を見ていたら、勝手に言葉がこぼれ出ていた。ずっと気になっていたのに、誰にも言えないまま飲み込んでいた言葉が。

「でも本当に、私で良かったのでしょうか。その、身分も違いますし」

「そんなこと、デジレ様は気になさらないわ。先代様と奥方様もね」

先代様と奥方様というのは、デジレの両親のことだろう。デジレが当主となってからは、二人はここから離れた別の屋敷で暮らしていると聞いたことがある。

彼らはデジレにとってはいい親だったらしい。けれど二人が私のことをどう思うかは、想像もつかない。

黙り込む私に、マーサは朗らかに告げた。

「実はね、奥方様にこっそりあなたのことを報告していたの。とっても珍しいことに、デジレ様が若いお嬢さんを傍に置いていますよ、って。奥方様の喜びようったらなかったわ。いつ婚約ということになってもいいように、心の準備をしておくって、そうおっしゃっていたの。まだあなたが、ただの側仕えだった頃の話よ」

「そ、そうだったのですか……」

ひとまず拒絶されてはいないようだった。むしろ、歓迎されているのかもしれない。そのことに、ほっと胸をなでおろす。

「あらいけない、仕事の途中だったわ。私はそろそろ戻るわね」

マーサは快活に笑い、くるりときびすを返す。私に背を向けたまま、彼女は小声でつぶやいた。

「……デジレ様をお願いね。これからもずっと、いつまでも」

そうして弾むような足取りで去っていく彼女の背中を、私は黙って見送っていた。

◇

ミハイル様からデジレ宛ての手紙が届いたのは、私たちがデジレの屋敷に戻って数日後のことだった。

「……どうやら、状況ははかばかしくないようだな」

手紙に目を通したデジレが、難しい顔をしてつぶやく。先日の誘拐事件について、今もミハイル様がじきじきに調べてくれている。しかしそれにもかかわらず、未《いま》だに犯人は判明していないのだそうだ。

「ミハイルが調べてなお、尻尾《しっぽ》すらつかめない、か。となると、犯人がよほどの切れ者なのか、あるいは……」

そのまま言葉を濁し、デジレが口をつぐむ。けれどその先の言葉は、容易に想像がついた。兵士たちを手足のように使うことができ、ミハイル様の調査をすり抜けるだけの権力か知恵を持つ者。そんな者はごく限られている。あの夜に私たちがたどり着いた仮説が、より現実味を増して目の前に立ちはだかっていた。

デジレの隣に立ち尽くしたまま、じっと手紙を見つめる。お腹の前で行儀良く重ねた手に、無意識のうちに力が入ってしまっていた。

「ああ、やめだやめだ。こんなところで私たちが考えたところで、どうにもなるまい」

手紙を机に置き、デジレが手をひらひらと振る。緊迫した空気を追いやるように。

「それよりも、さっさと仕事を片付けてしまおう。面倒だが、やるしかない」

そうぼやきながら、彼は書類の山をにらみつけている。舞踏会やら何やらで離宮に滞在していた間に、すっかり仕事が溜《た》まってしまっていたのだ。毎日こつこつと片付けているが、それでもまだそれなりの量が残っている。

デジレは別に仕事は嫌いではないし、苦手でもない。たまに、書類をごちゃ混ぜにしてしまうくらいで。しかし、ここまで溜まるとさすがに気が重いらしい。

「帰ってしばらくの間は仕事に追われることになるのだと、覚悟はしていたが……ここを発つ前とは事情が変わったからな」

不意に柔らかくなる声音に、思わず彼の方を向く。彼は目を細めて、それは幸せそうに微笑んでいた。

「今は、一分一秒が惜しい。少しでも長く、君と一緒にいたい。こんな味気のない書類ではなく、愛おしい君を見ていたい」

甘く優しいささやきがくすぐったくて、恥じらいながらもこくりとうなずく。デジレが満足そうに、小さく声を立てて笑った。

「……そうだ」

何かを思いついたらしく、デジレが明るく言った。澄んだ赤い目が、いつも以上にいたずらっぽくきらめいている。

「フローリア、君も手伝ってくれ」

その言葉に、首をかしげる。言われるまでもなく、私はいつも彼を手伝っているのだ。書類を運んだり、できるだけ中身を読まないようにしながら整理したり。今さら改めて手伝いを頼むとは、いったいどういうことだろう。

デジレは朗らかに笑いながら、手にした書類をこちらに差し出してきた。何の気なしに受け取ると、彼はとんでもないことを言い放った。

「これからは、君に仕事を補佐してもらいたいのだ。今までのような単純作業だけでなく、書類の処理そのものを手伝って欲しい。いざという時、私の代理をこなせるように」

「ですが、私がそのようなことをしても良いのでしょうか……」

恋人になったとはいえ、今でも私は彼の側仕えなのだ。本格的に仕事を補佐するというのは、その立場を超えてしまっているように思えた。

ためらう私に、デジレは大きく笑って言葉を続ける。なんだか、とても楽しそうな顔だ。

「何も問題などないだろう。君はいずれ公爵夫人になるのだからな。夫の執務を手伝うくらい、当然のことだ」

さらりとデジレが言ってのけた内容を、少し遅れて理解する。そのとたん、かっと耳が熱くなった。

私は彼と思いが通じ合った喜びに浮かれてしまっていて、それから先のことはすっかり頭から抜け落ちてしまっていた。だが、彼の恋人になるということは、最終的にはそういうことなのだ。いずれ私は、彼の妻になる。

「あ、はい、そうですね。……それでは、少しだけ」

恥ずかしさと嬉しさで頭が真っ白になっているのをごまかすように、そう答えた。けれど自分でもおかしくなるくらい声がうわずっていて、そのせいでさらに恥ずかしくなる。そんな私を見て、デジレがそれは嬉しそうに笑った。

「そう緊張しなくてもいい。私が一から教える。さあ、こちらへ」

彼はするりと立ち上がると、あっという間に私を椅子に座らせた。いつも彼が座っている、仕事用の椅子に。

「あの、手伝うのはいいのですが、どうして私がここに？」

「そうだな、何となく気が向いたから、だろうか」

そんなことを言いながら、彼は数歩下がってこちらを眺めている。その赤い目が、うっとりとしたように細められた。

「実に、絵になるな。公爵夫人の略装《りゃくそう》をまとった君が、私の代理としてそこで仕事をしている。そんなさまが、ありありと目に浮かぶ」

心底満足げに、デジレはそんなことを言っている。私は私で彼にどんな言葉を返していいか分からなくて、どぎまぎしながら手元の書類に視線を落とす。手紙などに記される言葉とも、社交の場で交わされる言葉とも違う、独特な言い回しの文がずらりと並んでいた。

見慣れない文面に興味が湧いて、つい真剣に書類を見つめる。そんな私の様子が面白《おもしろ》かったのか、デジレがいっそう楽しげに声をかけてきた。

「もしかして、君はそういったものに興味があるのか？　目が輝いているようだが」

「はい。……子供の頃から、ずっと父様や兄様の仕事が気になっていたんです。詳しいことは教えてもらえなかったので、余計に」

「確かに、文官たちは仕事の内容を外部に漏らさぬよう言い渡されているからな。ということは、君は二人の仕事ぶりについても詳しくは知らないのだろうか」

何やら意味ありげに、デジレがこちらを見つめてくる。

「もしかしてデジレ様は、何か知っておられるのですか？」

「ああ。実は君を側仕えとした直後に、少し調べてみたのだ。ただの興味本位だが」

「その、でしたら……」

父様と兄様が、どんな風に仕事をしているのか。どう評価されているのか知りたい。二人とも優秀らしいとは、聞いていたけれど。

私のそんな内心をすぐに読み取ってくれたらしく、デジレは愉快そうに語り出した。

「ローレンスは、文句なしに優秀な、将来有望な男だと噂《うわさ》されていたな。いずれはもっと重要な地位に就くに違いないと。……アンシア家の唯一の男子でなければ、養子や婿入りの話も数多く持ち上がっていただろうとも言われていた」

「そうだったのですか。妹として、とても鼻が高いです。それで、父様の方は……」

「父君についても、優秀な男性だと聞いている。冷静で有能、そして人情に厚いと。ただ……少々、人がよすぎると、そうも言われているようだったな。そのせいで、能力の割に出世が遅れているきらいがあるとか」

デジレは言葉を濁している。兄様はともかく父様については、半分くらいは悪口と取れなくもないだろう。けれど私の胸には、温かな思いが満ちていた。

「なんだか、父様らしいです」

「気を悪くしないのか？」

穏やかに笑う私が意外だったのか、デジレが目を丸くする。

「はい。父様は、我が家で一番人がいいですから。確かに、出世には向いていないかもしれませんが、自慢の父様です」

「……そうか。君は、いい父を持ったな」

私の言葉に、デジレが目を細める。ほんの少し寂しげな表情が一瞬浮かんで、すぐに消えた。

「さあ、そろそろ仕事を始めよう。まずは、この書類の説明からだな」

そう口にする彼の様子は、もうすっかりいつも通りのものだった。


デジレは説明上手だったし、初めて取りかかる書類仕事は中々に面白いものだった。私たちは二人で協力して、溜まった仕事を少しずつ片付けていった。

「失礼いたします。今、よろしいでしょうか」

仕事を始めて二、三時間ほど経《た》った頃だろうか。入り口の扉の向こうから、ジョゼフの声が聞こえてきた。あわてて立ち上がろうとする私を押しとどめ、デジレがひときわ楽しそうに、入れ、と答えてしまう。

デジレの席に座ったままの私を見て、ジョゼフが目をかすかに見開いた。礼儀正しい表情の中に、面白がっているような色が浮かんでいる。

「追加の書類をお持ちしました。……もしかしてフローリアさんは、デジレ様の執務を手伝っておられるのでしょうか」

「ああ、その通りだ。いずれ彼女は私の妻となるのだし、こういった執務にも慣れてもらわなくてはならないからな」

私の妻。その言葉に、また胸がくすぐったくなった。とても嬉しいのに、落ち着かないことこの上ない。ごまかすように居住まいを正すと、頭の上からなおもデジレの声が降ってきた。

「彼女はとても物覚えがいい。これなら遠からず、私の代理を務めることもできるようになるだろう」

「それはようございました。お二人の力を合わせれば、きっと執務もたいそうはかどることでしょう」

ひときわ嬉しそうに笑うと、ジョゼフは抱えていた書類を机の上にそっと積み上げた。半分くらいにまで減っていた書類の山が、また元通りの高さになる。

そろそろと隣をうかがうと、デジレが心底嫌そうな顔をしているのが見えた。私と目が合うと、彼は大げさに肩をすくめてみせる。

「それでは、よろしくお願いいたします、デジレ様、フローリアさん」

礼儀正しく一礼し、ジョゼフが退室する。彼の姿が見えなくなったとたん、デジレが待ってましたとばかりにぼやき始めた。

「……どうしてこういう時に限って、臨時の仕事が次々と舞い込んでくるのだろうな。君が手伝ってくれるとはいえ、こうも仕事だらけでは君とゆっくり語り合うことすらできないではないか」

書類を一枚手に取って、デジレがため息をつく。

「誰にも邪魔されずに、ただ君とのんびりと過ごしていたい。たったそれだけの贅沢《ぜいたく》すら許されないのか、まったく」

うんざりした顔で嘆いているデジレを見ていると、ふとあることを思いついた。

「デジレ様、ならば二人で頑張って仕事を終わらせて、お休みの日を作りましょう」

その言葉に、デジレが弾かれたように顔を上げた。その赤い目がきらりと輝いている。

「屋敷にいたらまた仕事がやってくるかもしれません。ですから、遠乗りをしませんか。私、またあの湖に行きたいです」

以前、彼に連れていってもらったあの湖。あそこでなら、仕事に追われることなく存分にくつろぐことができる。

前にあそこに行った時、彼はまだ私のことを試していた。私が恋に落ちてしまわないか、彼にのぼせ上がって理性を失うようなことがないか、と。おかげで私は、遠乗りをろくに楽しむこともできなかった。彼の期待に応えようと、何事もないふりをするのに必死だったから。

でも今はもう、そんな努力は必要ない。だって私は、もう彼と恋に落ちてしまったのだから。私たちは晴れて、恋人同士になったのだから。

ついさっきため息をついていたとは思えないほど明るい顔で、デジレが大きくうなずく。

「ああ、それはいい提案だ。昼食を持っていって、朝から夕方までずっとあそこで過ごす。いい一日になるな」

「ええ、きっと」

「きっとではない。必ずだ。誰にも邪魔されることなく、君と二人きりなのだからな」

力いっぱい主張していたデジレが、今度は突然笑《え》み崩れる。くすぐったそうな、柔らかな笑みだ。

「……ふふ、今からその時が待ち遠しくてたまらない。これではまるで子供だな」

「いいえ、私もとても楽しみです。……今度は、心穏やかに過ごせそうですから」

こっそりと付け加えた本音に、デジレが苦笑する。

「ああ、あの時は迷惑をかけたな。君を試したあげく、弱音を吐いてしまって」

「いいえ、迷惑だなんて、これっぽっちも。それにあの時、あなたの心の内を聞けたからこそ、今の私たちがあるのですから」

私といるのが楽しくて、私を失うのが怖い。弱々しくそう告げたあの時の彼の声は、今もなお胸の中に刻まれている。同時に感じた、どうしようもない胸の高鳴りも。

今なら分かる。あの時、私の胸には小さな小さな恋心の芽が生まれていたのだ。あの頃の私は『彼に恋をしてはならない』という命令を守ろうとやっきになっていたから、その芽から懸命に目を背けていたけれど。

私の返事を聞いたデジレは、きらめく赤い目を優しく細めた。

「そう、か。それなら良かった」

微笑みながら、彼はついと視線をそらす。窓の外を見ながら、静かに言った。

「……あの時私は、内心しまったと思っていたのだ。こんな情けないところを見せてしまったら、君に呆《あき》れられてしまうと、そう思った。けれど、どうしてもこぼれ出る言葉を止めることができなかったのだ」

「呆れたりなんかしません。あなたは、私の……一番大切な方ですから。今も、あの時も」

今度は私が、しまったと思う番だった。これでは、あの時既に命令に背いていたと思われてしまうかもしれない。今はもう意味のないことかもしれないけれど、それでも命令をきちんと守れないような人間なのだと思われるのは、少し嫌だった。

「そうか。それは嬉しいな」

しかしデジレは気づいていないのか、幸せそうに答えて私の手を取った。

「……ならばもっと早く、命令を撤回すべきだったのだろうな。お互いのために」

椅子に腰かけたままの私の目の前でひざまずき、デジレがいたずらっぽく上目遣いで笑う。どうやら彼は、さっきの私の失言に気づいているようだった。

「あの頃の私にとって恋する女性とは、勝手にこちらにのぼせ上がったあげくに強引《ごういん》に迫ってくる、はた迷惑な存在でしかなかったからな。だからあそこまでかたくなに、君に命じていたのだ。私に恋をするな、と」

くすりと笑って、デジレは身を乗り出してくる。

「恋というものがこんなにも甘く、胸を震わせるものだとは知らなかった。君に出会わなければ、きっとこんな思いを知ることもなかっただろうな」

その声は、いつも以上に優しく、そして甘くつややかなものだった。

「……私もデジレ様に、恋を教わりました。信じられないくらいに幸せで、それでいてとてもくすぐったい思いを」

恥ずかしさをこらえて、そう白状する。デジレはひときわ鮮やかに笑うと、ふわりと立ち上がり私を抱きしめてきた。

「ああ、最高の気分だ。私は君に恋を教えられ、君に恋を教えることができた」

心底嬉しそうに、デジレはつぶやく。その赤い目が、ふと横を向いた。

「……この仕事の山がなければ、もっと良かったのだがな」

あまりにも急に、ころりと変わってしまった声音に、つい笑い声が漏れる。本当に彼は、子供のようだ。気まぐれで、素直で、純粋で。

彼の胸元《むなもと》にこつんと額《ひたい》を当てて、ささやきかける。

「大丈夫ですよ。二人一緒なら、きっと何とかなります。早く片付けて遊びに行きましょう」

「そうだな。面倒な仕事も、君と二人ならいつもよりもずっと楽しく感じられる」

そう言って、デジレはゆっくりと私を解放した。しかし書類の山に向き直った彼の口元は、ほんの少し引きつっている。

彼のそんな気取らない姿を見られる幸せを噛みしめながら、改めて書類を手に取った。

◇

そうやって日々を共に過ごすうちに、デジレの様子はどんどん変わっていった。

彼は私に優しい視線を向け続け、ことあるごとに甘い言葉をささやいてくるようになっていったのだ。それも、心からの愛の言葉を。前のように私を試すためではなく、ただ純粋に思いを告げるために。

好きだ、愛している、君の傍にいたい。砂糖菓子のように甘いそんな言葉がたっぷりと浴びせられる。そうして戸惑う私を、彼は笑いながらしっかりと抱きしめるのだ。

すっかり情熱的になってしまった彼とは対照的に、私の方はまだ恥じらいが一向に抜けなかった。どうにかして彼の思いに応えようとするものの、どうにも恥ずかしさが勝ってしまう。

そして今日も、私たちは二人並んで座っていた。デジレのとびきり甘い言葉に赤面する私の隣で、彼は心底嬉しそうに笑みを浮かべていた。

「恥じらう君というのも、とても愛らしいな。一日中でも眺めていられそうだ。いや、眺めるだけでは足りないか」

「あの、恥ずかしいのでそれくらいに……」

「やはり可愛いな、君は。そんな顔を他の男に見せることのないよう、気をつけてくれ」

「そもそも、私を恥じらわせるようなことを言うのはデジレ様だけです……」

そう答えはしたが、もし他の男性に同じことを言われたとしても、こんな風に取り乱さない自信はあった。それだけ、私にとってデジレは特別なのだ。けれどその思いは、彼にちゃんと伝わっているのだろうか。そんな不安が、胸の端をかすめていく。

先日はありったけの勇気を振り絞って、彼のことが好きなのだと伝えることができた。でもそれっきり、私は自分の思いをうまく表すことができていない。

これでは良くない。仮にも私は、彼の恋人なのだ。あふれんばかりにもらっている思いの一部だけでも、きちんと彼に返したい。

うまく言葉にできないのなら、行動で示すしかないだろう。そう考えて、隣に座るデジレににじり寄った。二人の体が、ぴったりとくっつくくらいに。それから彼の肩に、そっと頭を預けてみる。

しかし悲しいかな、ここからどうすればいいのか分からない。動きを止めて考え込んでいると、デジレが愉快そうに笑った。

「君の方から近づいてくれるとは珍しいこともあったものだと、嬉しく思っていたのだが……そんなに緊張して、どうしたのだ？」

「……どうにかして、私の気持ちを伝えたくて。言葉にすると照れてしまいますから、近づいてみたのですが……ここから、どうしましょう……」

仕方なく、正直にそう答える。彼はさらにおかしそうに、くすくすと笑い出した。

「焦らなくてもいい、時間はたっぷりあるのだから。それにしてもこの私が、女性に迫られることを喜ぶ日がくるとはな」

どうやら多少なりとも、私の思いは伝わったらしい。ほっとしたその時、首元を何かがするりと滑り落ちていく感触があった。下を向くと、見覚えのあるものが膝の上に落ちていた。

「君がこれを落とすのは、二度目か？」

デジレがそっと手を伸ばして、それを拾い上げる。彼の手の中で鈍く光っているのは、私がいつも首にかけているペンダントだった。彼と初めて出会ったあの日、私が探していたあのペンダント。今日はたまたま、服の上に着けていた。

「鎖が切れやすくなっているのかもしれません。もとはお祖母様《ばあさま》のもので、かなり古いものですから」

「そのようだな。一度本格的に修理させるか、あるいは鎖を替えてしまうかした方がいいだろうな」

そんなことを言っていたデジレが、不意に言葉を途切れさせた。

「……全ては、このペンダントから始まった、か」

その言葉に息を呑《の》み、ペンダントに目をやった。デジレと初めて会ったあの日、私がこのペンダントを落としていなかったなら。言いつけを破ってまで、夜のうちにこれを探そうとしなかったなら。

きっと私たちは、まともに言葉を交わすことすらなかっただろう。主とメイドという関係は変わることがなく、いつか私が屋敷を去るその日までずっと続いていただろう。それは想像するだけで苦しくなるような、寂しくて冷たい未来だった。

手の中のペンダントを見つめていたデジレの顔が、ふっとゆがむ。どうしたのだろうと思った次

の瞬間、彼は突然私を抱きしめてきた。両腕ですっぽりと私を包み込むように。

「……急に、恐ろしくなった。君がそのペンダントを落とさなかったら、私たちはどうなっていたのかと、そんなことを考えてしまったのだ」

デジレはしっかりと私の頭を抱え込んだまま、ひどく寂しげな声でつぶやく。彼もまた、私と同じことを考えていたらしい。そんなささいなことが、とても嬉しかった。

「君が、こうしてここにいる。それがどれだけ幸運なことなのか、今さらながらに思い知らされた」

そう言いながら、彼は私の髪にかすかに唇を触れさせた。とても優しく、くすぐったくなるほどうやうやしく。

「これの修理については私に任せてもらえないか。腕のいい職人に心当たりがある」

「はい、よろしくお願いします。……あなたになら、安心して任せられます」

私の答えを聞いたデジレは、それは嬉しそうに笑った。触れた体から、笑いに合わせて穏やかな揺れが伝わってくる。こちらの心も浮き立たせるような、心地良い感覚だった。

そのまま私たちは、しっかりと寄り添ったまま笑い合っていた。この幸せをもたらしてくれた偶然への感謝と、今こうしていられることへの喜びを噛みしめながら。

# 第二章　優しい夜の中で

聖女の儀式まで十日を切ったある日。私に、王宮から一通の書状が届いた。さっと目を通し、無言でデジレに差し出す。書状を見たデジレの眉間《みけん》に、深いしわが寄った。

「……『フローリア・アンシアに、聖女の儀式を見届けるよう命ずる』か」

もともとデジレは、聖女の儀式に見届け人として参加することになっていた。そして彼は、儀式の際は一人で王都に向かうと宣言していた。私を誘拐した犯人が明らかになっていない以上、私は安全なこの屋敷に残った方がいいと、そう主張していたのだ。

しかしどうやら、私も一緒に王都に向かうことになりそうだった。複雑な気分でデジレを見ると、彼はたいそう難しい顔をして、小声でうなっていた。

「これもまた、聖女殿の意向なのだろうな。君に自分の立場を見せつけようというのか、それとも何か別の狙《ねら》いがあるのか……いずれにせよ、君を王宮に向かわせる訳にはいかない。あそこは、危険だ」

デジレの声は硬い。その目は、穴があきそうなくらいに書状をにらみつけている。

「伯父上に喧嘩《けんか》を売る覚悟で、正面きって命令を拒むか……あるいは、仮病《けびょう》を使うか。うつる病ということにすれば、儀式をさぼることも……ああ、その場合は私もこちらに残るべきなのだろうな」

美しい眉《まゆ》をひそめたまま、デジレは小声でとんでもないことを言っている。

前にもこんなことがあったな、とぼんやりと思い出す。あれは、舞踏会への招待状が届いた時のことだ。あの時はローレンス兄様の手紙に背中を押される形で、舞踏会への出席を決めたのだった。

懐かしさに微笑《ほほえ》みながら、考え込んでいるデジレに声をかける。

「デジレ様、私も聖女の儀式に出席します」

迷うことなくそう言うと、デジレが目を見張ってこちらを見た。私の言葉が、よほど意外だったらしい。

「きっとレナータは、聖女の儀式を私たちに見せたいのだと思います。自分が選ばれし聖女なのだということが、はっきりと形になるその瞬間を」

かつて彼女は言っていた。自分が得たものを私に見せつけて、うらやましがらせてやりたいのだと。そして聖女という地位は、彼女が得たものの中で最もかけがえのないもので、絶対に私が手に入れることのできないものだ。

「だからこそ、私はその瞬間をきちんと見届けたいのです。そうすれば、あの子の気持ちも少しは晴れるかもしれませんから」

レナータがどうしてそんなことを考えるようになったのかは、今でも分からない。けれど私は、少しずつでも彼女に向き合っていきたい。たとえ彼女が、私の誘拐を企《たくら》むほどに、私のことを憎んでいるのだとしても。だって私たちは、ずっと一緒に育った大切な姉妹なのだから。

ごく自然にそんな風に思えるようになっていたのはきっと、デジレがいてくれるからなのだろう。何があろうと、彼が傍《そば》にいてくれる。私のことを支えてくれる。だから私は逃げずにいられるのだと、そう思う。

「……それに、ほんの数日であっても、あなたと離れて留守番をするのは寂《さび》しいです」

照れくさく思いながらもそう付け加えると、デジレは困ったような、それでいて嬉《うれ》しそうな顔をした。けれどすぐに顔を引き締めて、重々しく言い放つ。

「そうか。ならば私は、君の意思を尊重しよう。だが王宮にいる間は、常に私の傍を離れるな。どんな危険がひそんでいるか、分かったものではないからな」

「はい、もちろんです。……それで、一つ提案があるのですが」

儀式の日取りを見た時、ふとあることを思い出した。そしてちょっとしたことを思いついてしまったのだ。私にしては珍しく、とっぴで面白《おもしろ》そうなことを。

「予定より少しだけ早く、王都に向かいませんか。城下町に行きたいんです」

「城下町に、か？　君が望むなら、行かせてやりたいが……しかし君を一人にするのは……かといって私がついていくのも……兵士をつけるか？　いや、それも安全とは言《い》い難《がた》い……ならば、いっそミハイルを……」

私の提案を聞いたデジレは、一気に難しい顔になる。こちらを見ないまま、何やら不穏な独り言をつぶやき始めた。あわてて口を挟み、彼の考え事を中断させた。

「聖女の儀式の二日前の夜に、城下町で大きなお祭りがあるのです」

「祭り、だと？」

全く予想もしていなかった言葉だったらしく、デジレが赤い目を真ん丸にした。

「はい、お祭りです。みんな仮面を着けて服装も変えて、誰《だれ》が誰だか分からないようにするならわしになっています。凝った仮装をする人も多いので、道行く人を見ているだけでもとても面白いんですよ」

そこまで一気に言ってから、ためらいがちに言葉を続ける。

「……仮面で顔を隠すあのお祭りなら、デジレ様が参加することもできるかもしれないと、そう思うのですが……夜の城下町は、王宮よりもずっと薄暗いですし……」

「おや、君は私をその祭りに引っ張り出そうとしているのか」

デジレは愉快そうに答えたが、その声には隠しきれない戸惑いがにじみ出ていた。

「はい。その、舞踏会の時のお礼がしたいと、ずっとそう思っていたんです。あの時はとても良くしていただいたので。ですから今度は、あなたにお祭りを楽しんでいただければいいな、と」

「なんだ、そんなことを気にしていたのか。あれは私がそうしたかっただけだ。それにこうして君が傍にいてくれることが、何よりの礼だ」

当然ながら、デジレはあまり乗り気でないようだった。こうなったら、こんなことを言い出した本当の理由を、正直に話すしかない。

「……あの、実は……」

頰《ほお》に血が上り、熱を帯びてくる。首をすくめてうつむきながら、消え入るような声で続けた。

「……他の恋人たちみたいに、あなたと一緒にお祭りを歩いてみたくて……」

恥ずかしさのあまり目をそらした次の瞬間、私はしっかりと抱きしめられていた。吐息《といき》がかかるほど近くから、ひどく優しい声がする。

「ああ、まったくもって君は可愛《かわい》らしいな。こうも愛らしいと、私の心がどうにかなってしまいそうだ」

そんなことを言いながら、デジレは私の髪に頬を寄せた。心底楽しそうな笑い声が顔にかかってくすぐったい。

「恋人の望みとあらば、かなえない訳にはいくまい。そうだな、顔をしっかりと隠して、正体も分からぬように装えば、きっと大丈夫だろう」

ほんの少し強がった声で、デジレは堂々と言い放つ。やはり彼に無理をさせてしまったかと、提案を引っ込めようかと思ったその時、彼はさらに言った。

「しかし仮装といっても、どのようなものを用意すればいいのだろうか。夜ならば、暗い色の衣装の方が目立たなさそうだが」

どうやらデジレは、戸惑いつつも乗り気になっているようだった。そのことを嬉しく思いつつ、言葉を返す。

「衣装については、私に任せてもらえませんか。……当日のお楽しみ、というのはどうでしょう」

おずおずとそう申し出ると、デジレはにっこりと笑った。まだ不安の影はあるものの、とても幸せそうな笑みだった。

それから私は、大急ぎで準備を進めていった。兄様に手紙を書き、事の次第を説明する。今までずっと貯めてきたお給金の一部を添えて、これで必要な支度《したく》を整えてくれるよう頼んでおいた。兄様からの返事は、『任せておいて』という頼もしいものだった。

そうこうしているうちに、お祭りの当日になった。舞踏会の日と同じように、デジレと二人で王都に向かう。人目を引かないように、使用人たちも使う質素な馬車に乗って。

私たちを乗せた馬車は王宮に入ることはなく、城下町の静かな裏通りを進んでいく。やがて、その一角にひっそりと建つ小さな屋敷の前に停まった。

「ここが、君が生まれ育った屋敷か……」

馬車を降りたデジレは、アンシアの屋敷を見上げて感慨深げにつぶやいている。古びた懐かしい屋敷も、デジレの姿も、みな夕焼けの赤に染まっていた。それを横目に見ながら、いつもと同じように自分で門を開け、デジレと一緒に中に入る。

猫の額《ひたい》のような小さな前庭は、今もきちんと手入れされていた。私もレナータも家を出てしまったから、今は母様が一人でここを掃除しているのだろう。そう思ったら、ちょっぴり胸が痛くなった。

けれど私のそんな感傷も、そう長くは続かなかった。すぐに玄関の扉が開き、兄様がこちらに歩み寄ってきたのだ。いつも私を安心させてくれる、穏やかな笑みを浮かべて。

「ようこそいらっしゃいました、デジレ様。おかえり、フローリア」

兄様の後ろでは、笑顔ながらも戸惑いを隠せていない父様と母様が頭を下げている。二人がデジレに会うのはこれが初めてではないけれど、それでもやはり気後《きおく》れしてしまうらしい。

そしてもちろん、ここにレナータはいない。聖女の儀式が終わるまで、彼女は王宮から出られないからだ。そのことに安堵《あんど》している自分に気づき、心が少し重たくなる。

兄様が一歩進み出て、私たちを屋敷の中に招き入れる。

「準備はできていますよ。どうぞ、こちらへ」

「ああ、助かるローレンス。アンシア殿に奥方殿、少しばかり世話になる」

「いえ、ドゥーガル様には娘がいつもお世話になっておりますから……」

「ええ、礼を申し上げるのは私たちの方です。どうぞこれからも、娘をよろしくお願いいたします」

そんな礼儀正しいやり取りを聞きながら、小さく息を吐いた。落ち込むのは後回しだ。今日はデジレにお祭りを案内するために、わざわざここまでやってきたのだから。色々と気にかかっていることはあるけれど、今夜だけはみんな忘れて楽しもう。デジレと一緒に、楽しい思い出をいっぱい作ろう。

意識して笑顔を作りながら、久しぶりの我が家に足を踏み入れた。

私は自分の部屋に向かい、デジレは兄様の部屋に案内されていく。ここで兄様に用意してもらった衣装に着替え、お祭りに向かうのだ。

初めのうちは、デジレの屋敷まで衣装を送ってもらい、あちらで着替えてから城下町に向かおうかとも考えた。

でもそれだと、私たちはお祭りの衣装をまとったまま何時間も馬車に揺られることになる。いざお祭りの場にたどり着く頃には、驚きも新鮮味も半減してしまうのではないかと、そう思ったのだ。だからこうして、兄様たちに頼んでアンシアの屋敷に立ち寄ることにしたのだ。

手早く着替えて玄関に向かい、デジレと合流して屋敷を出る。兄様たちはみんな笑顔で、私とデジレを見送ってくれた。

二人手を取り合って、町の中心の方に向かって歩く。お祭りの会場となっているのは、多くの店が立ち並ぶ大通りと、その周辺の区域だ。アンシアの屋敷がある辺りからは少し離れているが、のんびり歩いていればじきにたどり着ける。

目的地に近づくにつれ、町の雰囲気が変わっていった。辺りの建物には、造花や色とりどりの飾り紐《ひも》、それに垂れ幕などが飾りつけられ、華やかな絵が描かれた看板がいくつも立てられている。今夜一晩だけ、町はこうやって盛大に装うのだ。

もう日は落ちていて、あちこちの軒先から吊り下げられたランタンがまばゆい光を辺りに投げかけていた。暖かな色と光にあふれた通りは、普段とはまるで違う姿を見せていた。

私たちは手をつないで、比較的人の少ない通りを選んで歩いていた。もし女性たちがデジレに殺到するようなことがあれば、すぐに彼を逃がせるように気を配りながら。

そっと目線を動かして、隣のデジレを眺める。私とデジレがまとっているのは、上から下まで黒一色の、比較的地味な衣装だ。衣装のあちこちに小指の爪《つめ》ほどの大きさの金属の薄板が縫いつけられていて、周囲の明かりをきらきらと鮮やかに跳ね返している。

私が着ているのは細身のドレスだ。立て襟《えり》できっちりと首元は隠れているし、袖《そで》も長い。さらに裾《すそ》も足首のあたりまであるから、肌が出ているのは顔と手だけだ。

一方のデジレは、長袖《ながそで》のシャツと細身のズボン、細身のベストを着ている。そしてその上から、たっぷりとした薄手のマントを羽織っていた。普段着とは比べものにならないくらい粗末で質素な衣装だというのに、まるで彼のためにあつらえたのではないかと思うくらいによく似合っていた。

見とれた拍子に、頬が熱くなる。いつもの癖《くせ》で頬を押さえようとしたら、仮面に指先が触れた。額から頬骨《ほおぼね》までをしっかりと覆《おお》う、大きめのものだ。

もちろん、デジレも同じものをつけている。そのせいで彼の美しい顔はほとんど隠れていたが、仮面の下で輝いている赤い目は、いつもよりさらにつややかさを増しているように思えた。

「どうした、フローリア。そんなにまじまじと見つめられると、照れてしまうな」

これっぽっちも照れてなどいない口調で、デジレがおかしそうに笑う。思わずどきりとしながらも、小声で答えた。

「……いえ、とても似合っておられるなと、そう思っていたのです。できるだけ飾り気の少ない、目立たない衣装を選んだのですが……けれどその衣装は、デジレ様の魅力をとても引き立てていますす」

「そうか？　そう言ってもらえると嬉しいな。このような服を着るのは初めてだが、中々に面白い」

唯一見えている口元に大きく笑みを浮かべて、彼はこちらにささやきかけてきた。

「君も、とてもよく似合っているぞ。普段の清楚《せいそ》ななりも、舞踏会の時のドレスも素敵だが……その衣装をまとった君は、どこか妖艶《ようえん》ですらある」

「そ、そうでしょうか」

耳慣れない褒め言葉に戸惑っていると、デジレがつないだ手を顔のところまで引き寄せて、私の指にそっと唇を落とした。

「また一つ、君の新しい魅力を見つけられた。ここに来た甲斐《かい》があったな」

「……そんな風に見えるのは、たぶんこの衣装のせいです」

さらにどぎまぎしているのをごまかすように、空いた方の手で長いスカートをつまんでみせる。ちりばめられた金属片が星屑《ほしくず》のようにきらめいた。

「私たちの衣装は、『夜の王と女王』と呼ばれています。おとぎ話に出てくる人物を模したもので、このお祭りの定番の一つなんですよ。ほら、あちらの二人の衣装もそうです」

そう言いながら、通りの向こう側を歩いている二人連れをそっと指し示す。その二人は私たちと同じような、黒ずくめの格好をしていた。デジレはそちらを見て、なるほど、とつぶやいている。

「君が『夜の女王』か。悪くないな。普段の君は女王よりも姫君といった方が似合っているが」

「姫君だなんて、それはさすがに言い過ぎでは……」

「いいや、そんなことはないぞ？　私にとって君は、どんな姫君よりも麗《うるわ》しく、素晴らしい存在なのだからな」

祭りの雰囲気にあてられているのか、デジレはいつも以上に快活だった。星をちりばめたような闇《やみ》色の衣装をきらめかせながら、とても満足そうに笑っている。なまめかしく、そして優雅に。

彼の笑みは、いつも以上に魅力的だった。そのあまりの美しさに、もしかすると衣装の選択を間違えたかもしれないなと、そんなことをこっそりと思う。

彼に仮装をさせようと考えた時、真っ先に浮かんだのがこの『夜の王』だった。衣装自体は地味だけれど、間違いなく彼には似合うと思ったのだ。

そしてこの衣装は、予想通り、いや予想よりもずっとずっと似合ってしまっていた。仮面で顔は隠れているというのに、さっきから私は彼に幾度となく見とれてしまっている。

ふと我に返り、周囲を見渡す。こんなに魅力的なデジレがふらふらと出歩いていて大丈夫なのだろうかと、今さらながらに不安になったのだ。

案の定、すれ違う人々はみなデジレに気を取られてしまっていた。首だけを横に向けて彼を見つめながら歩く者、つい立ち止まって彼を見つめる者。そのせいで人の流れが乱れ、あちこちで人同士がぶつかり合っている。

けれど誰も、こちらに近寄ってこようとはしない。老いも若きも、男も女も、みんな口元に驚きと称賛を浮かべ、じっと遠巻きにデジレを見つめているだけだった。

「どうやら……問題ないようだな。助かった。仮面のおかげか、この薄暗さのおかげか」

私が周囲の人々を観察していることに気づいたらしく、デジレがくすりと笑った。どこか遠くの方から熱いため息が聞こえてきた気がしたが、それ以上何も起こらなかった。ひとまず、騒ぎにはならずに済みそうだ。

そのことにほっと胸をなでおろしながら、軽くうつむく。その拍子に、しっかりとつながれた私たちの手が目に入った。

私の小さな手を、彼の大きな手が優しく包んでいる。そのさまに、ふとあの舞踏会の夜を思い出した。

あの夜と同じように私たちは着飾り、寄り添っている。けれどあの時の私たちは、あくまでも主《あるじ》と側仕《そばづか》えでしかなかった。けれど今の私たちは。

恋人なのだ、と考えたその瞬間、顔が一気に熱くなる。とても嬉しいのに、心がこそばゆくてたまらない。手をつないでいなければ、ここが人前でなければ、きっと私は顔を押さえてうずくまってしまっていただろう。

照れくささに身じろぎしながら、そっとデジレの方をうかがう。彼はこの上なく興味深そうなまなざしで、周囲の人込みをまじまじと眺めていた。普段は屋敷からろくに出られない彼にとって、人込み自体が物珍しくてたまらないのだろう。

もしかして、こんなにもときめいてしまっているのは私だけなのだろうか。そう思えてしまったことがほんの少し寂しくて、そっと彼から目をそらす。その動きに気づいたのか、彼がこちらを見たような気配がした。

デジレは空いた方の手を伸ばして、私の顔に触れてくる。ひやりとした感触が、のぼせた肌と心を冷ましてくれる。

「どうした、フローリア。やけに浮かない顔をしているな。気分でも優れないのか」

「……いえ、たったいま治りました」

この薄暗い中、仮面にほとんど隠れてしまっている私の表情を、デジレはすぐに見抜いてくれた。たったそれだけのことで、驚くほど見事に寂しさは消え去ってしまった。

自分の感情がこんなにも目まぐるしく変わっていくことに、まだ慣れない。戸惑いながら、つないだ手にぎゅっと力を込めた。

「こうしてあなたとここに来ることができて、私、嬉しいです」

そんなありきたりな言葉しか口にできないことが、とてももどかしい。けれどデジレはあでやかに微笑み、私の手をしっかりと握り返してくれた。

「ああ、私もだ。まさかこんなところを、君と歩けるとは思いもしなかった」

ほっとした私の耳に、デジレがそっとささやきかけてくる。

「……君と共にいられる、ただそれだけで、私はこの上なく幸せなのだがな。それがどこであれ」

また頬がぼっと熱くなる。あわてて頬を押さえた私の耳を、デジレの軽《かろ》やかな笑い声がくすぐっていった。

私たちはのんびりと話しながら、人でにぎわう大通りの方に少しずつ近づいていった。万が一に備えて周囲に気を配りながらではあったけれど、それでもそうやって町中を二人並んで歩くのは、とても楽しかった。

大通りの両脇《りょうわき》には小物を売る露店や食べ物を売る屋台がずらりと並んでいて、道行く人々がしきりに足を止めては、楽しげにはしゃぎながら品物を買っていた。大道芸人たちがどこかで芸を披露しているのか、華やかな音楽や歌声、それに歓声も聞こえてくる。

「驚くほどの熱気だな。これほどたくさんの人間が、ひとところに集まるとは……」

相変わらず人々の注目を集めているデジレだったが、彼はもうそれにも慣れてきたらしく、きょろきょろと辺りを眺めては目をまん丸にしている。初めてこのお祭りに来た時の幼いレナータも、ちょうどこんな顔をしていた。

レナータとの温かな記憶を思い出してしまったせいか、胸がちくりと痛んだ。その痛みから目を背《そむ》けて、デジレに向き直る。

「年に一度の、一番大きなお祭りですから。城下町の者だけでなく、外から来ている人も多いんですよ。さあ、私たちも色々見て回りましょう」

胸の中のもやもやを追い払うように明るく言い放つと、デジレの手を少し強引《ごういん》に引いて、近くの屋台に足を向ける。甘くかぐわしい匂《にお》いが、そちらから漂ってきている。

「……その、そちらは人が多いな。大丈夫だろうか」

デジレはどこか及び腰だった。遠巻きに見ているだけならまだしも、人に近づくことはまだ怖いようだった。

「きっと大丈夫です。もし駄目だったら、走って逃げればいいんですよ。この前のように」

そんなデジレを安心させようと、あえて軽い調子でそう答えた。こわばっていたデジレの口元がゆっくりとほころんでいく。先日、王宮を走り抜けた時のことを思い出したのだろう。周囲の様子をうかがいながら、さらに屋台に近づいた。

木でできた屋台の向こう側には、店主が座っている。無口で無愛想な雰囲気の、中年の男性だ。彼は無駄のない動きで薄い木の板を何枚も並べ、その上に素朴な菓子を次々と盛りつけている。たくさんの客が屋台につめかけていて、菓子は飛ぶように売れている。今屋台の傍にいるのは幼い子供とその親、若い男女、それと十歳くらいの年頃の少年少女たちの一団だった。

私たちが近づくと、屋台に集まっていた人々は全く同じ反応を見せた。口をぽかんと開けて、デジレをじっと見つめたのだ。彼らの仮面の下の目には、称賛の色がありありと浮かんでいる。その視線が時折ちらちらと私の方にも向くのが、どうにも落ち着かない。

自然と、みな無言になっていた。その沈黙を打ち破ったのは、幼い子供の無邪気な声だった。

「うわあ、すっごくきれい！　よるのおうさまと、じょおうさまだ！」

花の妖精《ようせい》の衣装を着た幼い子供は、そう言いながら私たち二人をきらきらした目で見つめている。周囲から、我に返ったようなため息がいくつも聞こえてきた。

そっとかがみこんで、幼い子供に話しかける。

「ありがとう。あなたも可愛いわ。素敵な妖精さんね」

「えへへ、ほめられた！　ねえ、じょおうさまも、おかしをかいにきたの？」

「ええ、そうよ。このお菓子はとてもおいしいから」

目線を合わせたままそう答えると、子供は大きく笑って一歩横に動いた。それに合わせるように、周囲の人たちも左右に動いて道を空ける。どうも、まだデジレの迫力に呑《の》まれてしまっているらしい。私と話している子供以外は、まだちらちらとデジレの方をうかがっていた。

あまりここに長居するのは良くないだろうと大急ぎで菓子を買って、子供に手を振って屋台から立ち去る。その間、デジレは黙って私のすぐ隣を歩いていた。

大通りを真横に突っ切って、道の反対側にある建物の壁際まで移動する。そこには何も店が出ておらず、立ち止まって休憩する人の姿がまばらにあるだけだった。

「……デジレ様、大丈夫ですか？」

屋台に近づいた辺りから、ずっとデジレは無言だった。こうして人込みを抜けても、まだ彼は居心地悪そうに身をすくめたままだったのだ。私が声をかけると、彼はようやくほっとしたように微笑んだ。

「見知らぬ相手にあそこまで近づいたのは久しぶりで、さすがに緊張した。少し、情けないな」

「いいえ、情けなくなんてないです。……あれだけ女性に追い回されていては、仕方ないと思いますから」

王宮を立ち去った日の騒動を思い出しながら、そう答える。それから、さっき屋台で買ったものを彼に差し出した。薄い木の板の上に、透明な蜜をかけた色とりどりの果物が盛られている。まるで宝石のように輝いていて、とても綺麗《きれい》だ。

「このお祭りの日だけ売られる、果物を蜜で固めた伝統的なお菓子なんです。素朴ですけど、おいしいですよ。私、毎年これが楽しみで」

説明しながら、きらきらとしたお菓子を一つ指先でつまんで掲げてみせる。蜜は冷えて固まっているから、指にくっつくこともない。

「デジレ様もどうぞ。こうやって手で行儀悪く食べるのも、楽しいんです」

しかしデジレは、予想外の行動に出た。彼は差し出されたお菓子の皿をちらりと見ると、何故か視線をそらしてしまったのだ。

どうしたのだろうと首をかしげていると、彼はこちらに顔を近づけてきた。そしてそのまま、私がつまんでいた方のお菓子をぱくりと口にした。私の指ごと。

「ほう、君の言う通りだな。甘い蜜が、中の果物とよく合っている。それに行儀の悪い振る舞いというのも、中々に新鮮だ」

一瞬指をかすめた柔らかな感触に、頭が真っ白になる。今はお祭りの真っ最中で、浮かれてちょっぴり羽目を外している恋人たちの姿もあちこちに見られる。けれどまさか、自分がその一人になるとは思わなかった。

「あ、あの、人前でこういうのは」

あわてふためいたあげくに、そんな言葉が私の口から飛び出した。ちょうどお菓子を呑み込んだデジレが、にいっと笑う。

「なに、これだけ念入りに変装していれば、誰も君が君だと分かりはしないだろう。それとも、嫌だったのだろうか？」

反論しようとして、答えに詰まる。恥ずかしかったのは確かだが、だからといって嫌だったかというと、決してそのようなことはなかった。むしろ、ちょっと嬉しかったかもしれない。そんな自分の気持ちに気づいてしまって、さらに恥ずかしくなる。

無言でうろたえ続ける私の肩に、デジレがそっと手を置いた。とても楽しそうに笑っている。

「君があわてふためいているのも、新鮮で可愛らしいな。普段の落ち着き払った様子も、たいそう愛おしいが」

「……もう、それでなくても恥ずかしいんですから、あまりからかわないでください」

どうにか立ち直って反論すると、デジレはいたずらっぽく首をかしげて流し目を返してきた。すぐ近くの人込みの中から、女性たちの黄色い声がいくつも上がる。

すぐさま二人揃《そろ》って真顔になり、大急ぎで辺りを見渡す。どうやら、舞踏会の時のように失神した者はいないようだった。声の主たちはまだきゃあきゃあ言いながら、それでも人の流れに乗って遠ざかっているようだった。

ほっと安堵のため息を吐いて、デジレが小声でささやく。

「何事もなかったようで、安心した。それにしても、顔を少々隠すだけでここまで反応が変わるとは思いもしなかった。いっそ、普段から仮面をつけて暮らそうか」

「……それもいいかもしれませんね」

私の返事は、ほんの少し遅れた。彼の言葉を聞いたとたん、おかしな考えが浮かんできてしまったのだ。

もしも彼が人前で仮面をつけるようになれば、彼の素顔を見る人間は今まで以上に限られるだろう。そして私は、数少ないその中の一人になる。そんなことを思ったとたん、奇妙な嬉しさがこみ上げてしまったのだ。何だろう、この感情は。

デジレは私のそんな戸惑いには気づいていないらしく、穏やかに微笑んで言葉を続けていた。

「そうだな。そうすれば、君と一緒にもっとあちこち出歩くことができるかもしれない」

彼は純粋に、私と一緒にいられることを喜んでくれている。彼の笑顔を見ていると、自分の気持ちがとても浅ましいもののように思えてならなかった。

そんなもやもやした気持ちを追いやるように、私は静かに微笑んで大きくうなずいた。

それから私たちは、お菓子をつまみながら他愛のないことを話し続けていた。

デジレはもうかなり警戒が解けたのか、肩の力を抜いてくつろいでいる。その口元には、大きな笑みが浮かんでいた。

しかし私の方は、反対に落ち着かなさを感じるようになっていた。遠巻きに彼を見つめている女性たちの声が、少しずつ耳につき始めたのだ。気のせいか、どんどん数を増している。

「どこの方なのかな、とっても素敵ね。本物の夜の王みたい」

「あっ、こっちを見たわ。仮面の下が気になるわね」

「連れの子がいなければ、声をかけるのに。残念だわ」

「でもあの人、とても立派な雰囲気よね。もしかして、お忍びで来た貴族かも」

「挨拶《あいさつ》するくらいなら、いいんじゃない？　私、あの人の声を聞いてみたい」

「だったら、みんなで行っちゃう？」

そんなささやき声が、あちこちから聞こえてくる。その声はデジレにも聞こえているだろうに、彼は悠然とした態度を少しも崩さなかった。のんびりとお菓子をつまみながら、色々なものに目を止めては面白そうに微笑んでいる。

さっき感じた奇妙な嬉しさが、くるりと裏返って胸をちりちりと焦《こ》がす。そんな感覚に背を押されるようにして、口を開いた。

「あの……そろそろ移動しませんか、デジレ様」

周囲の女性たちに聞こえるように、ほんの少しだけ声を張り上げる。

「他の場所も見て回りたいですし、もっと落ち着いたところでゆっくりしたいです」

デジレは仮面の下の目を見張り、すぐにうなずく。ちょうど、お菓子の皿は空になっていた。

「ああ、そうしよう。どこに向かうかは、君に任せる。なにぶん、私には勝手が分からないからな。頼りにしているぞ、フローリア」

彼は明るく微笑み、手を差し出してくる。その手をしっかりと握り、並んで歩き出した。

今はただ、この場を離れられることが嬉しかった。デジレを見てはしゃいでいる女性たちの声を聞き続けていたくないと、そう思ってしまったから。

もし彼女たちが話しかけてきたとしても、面倒なことにはならないだろう。デジレは彼女たちとの会話を少しばかり楽しむかもしれないが、それだけだ。そう断言できるくらいには、デジレのことを信じている。

万が一彼女たちがデジレにのぼせ上がってしまったら、いつぞやと同じように走って逃げればいい。いや、むしろそうなってくれれば、堂々と逃げる口実ができるのに。

私は、彼女たちがデジレを見ているのが嫌だった。どうしてそんな風に考えてしまうのか、その理由は自分でも分からなかった。ただ今は、一刻も早くこの場を立ち去りたい。そんな衝動に突き動かされるまま、足早にその場を立ち去った。


そうやってデジレと手をつなぎ、大通りをふらふらと歩いていたその時のことだった。

「……レナータ?」

様々な衣装に身を包んだ人の波の向こうに、見覚えのある姿がちらりと見えた気がした。思わず立ち止まり、その人影をもっとよく見ようと目をこらす。けれどその姿はすぐに、人込みに飲み込まれて消えていった。

「どうした、フローリア」

「いえ、今レナータがいたような気がして……そんな筈《はず》、ありませんよね。彼女は王宮から出られないのですから」

そう答えながらも、私にはどうしても今の人影がレナータのように思えてならなかった。もう一度あの姿が見えはしないかと、つま先立ちになりながら人込みの向こうを見つめ続ける。

「心配するな。もし本当に彼女がここにいたとしても、私がついている。何も危険はない」

私の手を包み込むようにしっかりと握りしめて、デジレが耳元でささやく。その力強さを頼もしく思いながらも、別の感情が胸に湧《わ》き起こるのを感じていた。

レナータは私を憎んでいる。それはもう、動かしようのない事実なのだろう。私だって、それくらいは分かっている。けれどレナータがそこにいるかもしれないと思ったら、あの子が昔のようにお祭りを楽しんでいるのかもしれないと思ったら、不思議なくらいに心が浮き立ってしまったのだ。

「はい、ありがとうございます。何があっても、あなたがいてくれれば大丈夫だと、そう思えることが嬉しいです。それと、これはただの願望なのですが」

デジレの手をしっかりと握り返して、小声で付け加える。

「……もし、レナータが私とは関係なくこの場にいて、このお祭りを楽しんでいるとしたら……素敵だなと、そうも思うのです」

「ああ、そうだな」

返ってきたデジレの声は、とびきり優しいものだった。


さらにあちこちを気ままに歩いているうちに、比較的人の少ない、静かな広場にたどり着いた。ゆっくりとお祭りを楽しんでいるらしい人たちの和やかな話し声や、笛や竪琴《たてごと》などが奏でる軽やかな音楽が聞こえてくる。

「おや、これはまた素敵な夜の王と女王だ」

「うわあ、かっこいい！」

「二人とも、よく似合っているよ」

広場に入るなり、私たちはそんな声に出迎えられた。道化師の派手な衣装を着た男性が軽やかな足取りで近づいてきて、酒の入った杯をこちらに渡してくる。

「ちょうど、新しい酒樽《さかだる》を開けたところなんだ。まあ飲んでいってくれ」

その男性は、既にかなり酒が回っているらしい。仮面からのぞく顔は、もう真《ま》っ赤《か》だ。どうもこの広場は、腰をすえて飲み食いする人たちのたまり場になっているようだった。どこからか運び込まれた大きな木のテーブルには料理の皿がところ狭しと並べられているし、辺りには酒樽がいくつも転がっている。

勧められるまま、そろそろと杯に口をつける。すっきりとした味わいの果実酒だ。デジレもためらうことなく酒を口にし、微笑んだ。

「ほう、これは初めて口にするが、美味なものだな」

「それは俺《おれ》が仕込んだんですよ。褒めてもらえて嬉しいですね」

頭からすっぽりと布をかぶって亡霊に扮《ふん》した別の男性が、デジレに声をかける。どうやらその男性は、デジレが貴族だということに気づいているような口ぶりだった。けれど男性は臆《おく》することなく、果実酒について楽しそうに説明を始めている。

そしてデジレも、男性の話に興味深そうに耳を傾けていた。その気取らない態度に興味を持ったのか、さらに人が集まってきた。みんな笑顔で、私たちにあれこれと食べ物や飲み物を勧めてきたり、世間話を持ちかけてきたりしている。

デジレの隣に付き従いながら、いつになく楽しそうな彼の横顔を見上げた。

彼は肩の力を抜いて、ごく気軽に町の人たちと話している。ちょうど、いつも私と話している時と同じような様子で。それは私にとってはとても新鮮で、そして同時にひどく落ち着かない気分になる光景だった。

このお祭りに来てから、ことあるごとに得体のしれない違和感を覚えていた。とても楽しいのに、デジレといられて幸せなのに、心のどこかがずっとざわついたままなのだ。

こちらを見ないまま、とても楽しそうに彼が笑った。私以外の誰かに、彼が笑みを向ける。たったそれだけのことに、心が乱される。

やがて、一人の若い女性がデジレに近づいてきた。彼女の目はうっとりと細められていたし、その唇はまるで口づけでもせがむかのように薄く開かれている。けれど彼女は、それでもぎりぎりの節度を保ったまま彼と話していた。

デジレの方も、私以外の女性が近くにいるという状況に少しずつ慣れてきたらしい。最初のうちこそ顔をこわばらせていたものの、その口元にはまた薄く笑みが浮かび始めていた。

胸が苦しい。どこも悪くないのに、どうしてこんなに苦しくてたまらないのだろう。胸をぎゅっと押さえ、デジレから目をそらしてうつむく。少しでも心を落ち着けようと、ゆっくりと深呼吸する。

「どうした、フローリア。……もしかして、疲れたのか？　先ほどから時折、ぼんやりしているようだが」

「いえ、大丈夫です」

私の様子に気づいたらしいデジレが、心配そうに尋ねてくる。けれど私の声は、自分でも驚くくらいそっけなく、硬いものだった。

「私には構わず、どうかデジレ様はお話に戻ってください。せっかくの機会なのですから」

そんな言葉が、するりと口をついて出る。どうして私はこんなことを言っているのだろうか。これは私の本心ではない。気にかけてもらえて嬉しいのに、どうして私は彼を突き放しているのだろう。ああ、奇妙なくらいに胸が痛い。

苦痛をごまかすように唇を噛《か》んでいると、いきなりデジレが私の腕に自分の腕をからめてきた。そのまま、私の体を引き寄せる。

「そんな顔をして、大丈夫も何もないだろう。ほら、私に寄りかかっているといい」

ぴったりとくっついた体越しに、彼の体温が伝わってくる。じんわりとその温かさを感じていると、胸の痛みが急に引いていった。代わりに、泣きたくなるような安心感が広がっていく。私は自然と彼の肩に頭を寄せて、甘えるようにもたれかかっていた。

「……温かいです」

「ああ、私もだ」

デジレが満足げに笑い、そっと私の髪に唇を触れさせた。広場のあちこちから、小さな悲鳴がいくつも上がる。デジレはそれには構わずに、優雅に会釈《えしゃく》した。

「それでは、私たちはそろそろおいとまさせてもらおう。良い夜を」

さっきまであんなに熱心に話し込んでいたとは思えないほどあっさりと、デジレは周囲の人々に別れを告げてしまう。ぴったりと寄り添ったまま、私たちは広場を後にした。残念そうな顔をした女性たちの視線が突き刺さらんばかりになっていたが、デジレは顔色一つ変えなかった。

人の多い通りに出て、どこへともなく歩き続ける。その間も、私たちはしっかりと腕を組んだままだった。

彼が突然こんな行動に出た理由が分からなくて、少し悩んでから口を開く。すぐ近くにある彼の顔を見上げて。

「……あの広場に、もう少し留まっていても良かったのではありませんか。とても話が弾んでいたようですし」

「寂しそうにしている君を、放っておけるものか。しかもそれが私のせいとあらば、なおさらだ」

思わぬ言葉に、目を丸くしてデジレの顔をまっすぐに見つめる。仮面の下の赤い瞳《ひとみ》は、とても優しく笑っていた。さっき町の人たちに向けていたものとは、比べものにならないくらいに優しく。

「君をないがしろにして他人と話し込むなど、どうやら私は浮かれてしまっていたようだ。まったく、これでは恋人失格だな」

「いえ、そんなことは」

「しかし、君はさっきよりもずっと穏やかな顔をしているぞ？」

そんなことを言いながら、彼は顔を近づけてくる。

「それ、は……あるかもしれません」

つい先ほどまで、私は訳の分からない感情に振り回されていた。でも今はもう、嘘《うそ》のように心が落ち着いている。その理由は明らかだった。

デジレはずっと、あの屋敷で孤独に暮らしていた。ジョゼフやマーサといった古い付き合いの人間だけを近くにおいて。そして私が彼の側仕えになってからは、彼の笑顔のほぼ全《すべ》てが、私だけに向けられていた。

けれど先ほど彼は、広場に集まった人々と気さくに交流し、楽しげに話し込んでいた。彼の赤い目が、見ず知らずの人たちに向けられていた。たったそれだけのことが、私の胸をひどくざわつかせていたのだった。

私だけを見て、他の人には微笑まないで。私の心は、ずっとそんなことを叫んでいたのだ。

「……私、嫉妬《しっと》していたのかもしれません。その、デジレ様が……あまりにも楽しそうに町の人たちと話していたから」

うつむいて唇を噛み、つっかえながらそう答えた。恥ずかしくて、デジレを直視できない。彼に楽しんでもらいたくてお祭りに誘ったくせに、彼がほんの少し他人に目を向けただけで寂しがってすねるだなんて。恋人失格というなら、それは私の方だ。

無言のまま落ち込んでいると、いきなりふわりと抱きしめられてしまった。彼がまとっているたっぷりとしたマントが、カーテンのように周囲の風景を遮《さえぎ》る。

「君がそんな風に感じてくれるとは、意外だったな。君は嫉妬などとは無縁だと思っていたから」

デジレはとても嬉しそうな声で笑っている。その明るい声音に拍子抜けしながら、恐る恐る尋ねた。

「その、デジレ様は私に幻滅しないのですか。こんなささやかなことで機嫌を悪くして、あなたのことを振り回してしまっているのに」

「するものか。むしろ可愛らしいとさえ思っているが」

予想もしていなかった言葉に、思わず彼の顔を正面から見つめた。彼もまた、まっすぐにこちらを見返している。

「だいたい、嫉妬というなら私だって相当なものなのだぞ」

何故《なぜ》か誇らしげに、デジレは堂々と言い放つ。

「君がミハイルといきなり打ち解けてしまったせいで、どれだけ私が気をもんだことか」

その言葉に、あっと声が漏《も》れた。あれは舞踏会の次の日、私たちが滞在していた離宮にミハイル様が訪ねてきた時のことだった。

デジレの言う通り、私はミハイル様に親近感を覚えていた。弟妹を思う者同士として、共感していたのだと思う。しかしデジレは何故か、私とミハイル様を引き離そうとするようなそぶりを見せていた。

それからもデジレは、私がミハイル様のことを口にするたびに不思議なくらい機嫌を悪くしていたように思う。あれは、私とミハイル様の距離が近づいていることに、デジレが嫉妬していたからなのか。

「だから私は、嬉しいのだ。私だけがやきもきするのではなく、君が妬《や》いてくれたことが、とても」

ひときわ優しく微笑むと、デジレはゆっくりと顔を寄せてきた。二人の仮面が触れ合って、こん、と軽い音を立てる。

「……あなたに出会わなければ、こんな感情を知ることもありませんでした」

そう答えて彼の背に腕を回し、そのまま体を寄り添わせた。彼も腕を伸ばして、私の背をそっと支えるようにしっかりと抱きしめてくる。

「ああ、私もだ。愛しさも、嫉妬も、幸せも。全部、君がくれた」

祭りは、まだまだ続く。人々の楽しげな笑い声は、途切れることなく続いていた。そんなにぎやかな声を聞きながら、私たちはそのまま固く抱き合っていた。ごく普通の恋人たちが、愛を確かめ合っているのと同じように。

◇

フローリアとデジレが祭りに繰り出す少し前。城下町の片隅にある小さな広場に、たっぷりとひだをとった白く長いローブをまとった男性が立っていた。その姿は、どことなく神官を思わせるものだった。そこに、同じようなローブ姿の少女が駆け寄ってくる。

「エドワード伯父様、お久しぶりです！」

その少女はまぎれもなく、聖女であるレナータだった。伯父と呼ばれた男性は仮面を外すと、レナータに笑いかける。

「ああ、久しぶりだねレナータ。君が元気そうで良かった」

エドワードは年の頃は四十過ぎ、育ちの良さを感じさせる立ち居振る舞いながら、ひどくやつれて顔色も悪く、頬骨がくっきりと浮き出ていた。彼はレナータと同じ暗い紫色の目を見張り、肩をすくめている。

「それにしても驚いたよ。君から『一緒にお祭りに行きましょう』という手紙をもらうなんて、思いもしなかったからね」

「だって、ずっと伯父様に会いたかったんです。私のたった一人の味方で、一番大切な伯父様に」

「そう言ってくれるのは嬉しいね。でも、どうやって王宮を抜け出してきたのかな？　君はまだ王宮から出してもらえないいんだろう？」

エドワードが首をかしげると、レナータは着ていたローブの裾を得意げにめくり上げてみせた。その下からは、メイドのものらしきお仕着せがのぞいている。

「メイドに変装して、王宮を抜け出してきたんです。昔みたいにおどおどと振る舞ってみせたら、門番たちも私の正体には気づかなかったみたい。こんなにうまくいくなんて思わなかった」

「それは君の演技が素晴らしいからだよ。俺も鼻が高いな」

エドワードの褒め言葉に、レナータが嬉しそうにはにかむ。普段王宮で見せている高慢な顔とはまるで違った、年相応の愛らしい表情だった。

「さあ伯父様、せっかくのお祭りなんだから、そろそろ行きましょう。私、あっちこっち見て回りたい」

「そうだね。積もる話もあることだし、今夜はたっぷりと語り合おう」

そうして二人は、手を取り合って人込みの中に消えていく。何も知らない周囲の人間は、彼女たちのことを実の親子と思って疑わなかった。それくらいに、二人は親密な雰囲気を漂わせていたのだった。


二人は手をつないだまま、華やかに飾り立てられた城下町をぶらぶらと歩いていた。

「いつ見ても素敵な光景だね。セレナと三人で歩けたら、どんなにか良かっただろう」

色とりどりの人の波を見ながら、エドワードがしんみりと言った。かつての彼の婚約者にして、レナータの実母であるセレナ。彼女の名を呼ぶ彼の声は、底抜けに優しいものだった。

「君が生まれる前、セレナはよくアンシアの屋敷を抜け出して、俺に会いに来てくれていたんだ。一度だけ、彼女と一緒にこの祭りに来たこともある」

エドワードの言葉に、仮面の下のレナータの顔が曇った。レナータはうつむいて、小声でつぶやく。

「セレナお母様……アンシアの連中につかまったりしなかったら、今も生きていたのかな」

「俺もそう思うよ。行く当てのなくなったセレナを言いくるめて、側室なんかにして閉じ込めて、あんなに若くして死なせたアンシアの連中……あいつらさえ、いなければ」

エドワードのやつれた顔に、狂気じみた激しい怒りが一瞬よぎる。けれど物思いにふけっていたレナータは、それに気づくことはなかった。

「伯父様、お母様のかたきは、私がちゃんと取ってみせます。……なんてったって、私は聖女なんですから」

声をひそめて、レナータが力強く宣言する。エドワードはさっきの表情が嘘のように、気取った笑みを浮かべた。

「ああ、君ならきっと……セレナの復讐を遂げてくれると信じているよ。けれど、何もできない自分が歯がゆくてたまらないな」

自嘲するように顔をゆがめるエドワードの腕に、レナータがしっかりとすがりついた。子供が父親に甘えるような、そんな仕草だった。

「いいえ、伯父様がいてくれるから私は頑張れるんです。伯父様も、お母様の復讐に力を貸してくれているんですよ」

「なぐさめてくれてありがとう、レナータ。……ほかでもない君が聖女に選ばれたことを、俺は心から誇らしく思うよ」

エドワードがレナータの耳元でささやきかけると、レナータはひときわ嬉しそうに微笑んだ。エドワードも笑顔を返し、さらに声をひそめる。

「そういえば、前のあの件はどうなったかな？　ほら、フローリアを怖がらせてやる件だよ」

その言葉を聞いたレナータの顔から、笑みが消えた。心底無念そうな顔で、彼女はつぶやく。

「……駄目でした。伯父様の提案通り、さらって閉じ込めるところまではうまくいったんですけど」

レナータはうつむいたまま、小さくため息を漏らす。

「たぶん、ひどく怖い思いをさせることはできたと思います。でも……あの公爵様が、フローリアをその日のうちに見つけ出してしまいました」

しゅんとなってしまったレナータの頭に、エドワードの手がそっと置かれる。祭りの華やかな明かりに照らされた淡い亜麻色の髪を、彼は優しくなでていた。

「そうか。アンシアの娘に怖い思いをさせるところまではうまくいったんだ。そう気を落とさなくていい。また、次の機会もあるさ」

エドワードはそのまま口を閉ざす。うつむいたままのレナータには見えていなかったが、彼はその唇だけでつぶやいていたのだ。アンシアの娘なんて、そのまま死んでしまえば良かったのに、と。

暗い紫色をした彼の瞳、今はほとんど黒にしか見えないその瞳には、目の前の祭りの光景はかけらほども映っていないようだった。うつろに宙を見つめる彼は、ここではないどこかを見ているようだった。

レナータはそんな彼の様子には全く気づいていないらしく、小さくうなずいて顔を上げた。

「分かりました、伯父様。そうですよね、これくらいでめげていたら、目的は果たせませんね」

「そうだよ、その意気だ。さすがはレナータ、強い子だね」

エドワードに褒められたレナータが、くすぐったそうに笑う。二人はまた手をつないで、にぎやかな人の波の中に消えていった。仲良く微笑み合いながら。

# 第三章　聖女の儀式

私とデジレはお祭りを一通り楽しんだ後、またアンシアの屋敷に戻ってきた。そうして元の服に着替えると、待たせていた馬車に乗り込んだ。王宮に向かうために。

もう真夜中を過ぎていたというのに、父様も母様も、そしてローレンス兄様もまだ起きていて、私たちを笑顔で見送ってくれた。

久しぶりの王宮はすっかり寝静まっていた。警護の兵士たちの足音が時折聞こえるほかは、人の気配すらしない。おかげで前の時のようにメイドに追い回されるようなこともなく、私たちはすんなりと離宮にたどり着くことができた。次の朝は思いっきり寝坊して、その日は離宮で二人きり、のんびりと過ごす。

そうして、とうとうこの日がやってきた。


今日、ついに聖女の儀式が執り行われる。私とデジレは身なりを整えて離宮を発ち、神官に案内されて儀式の場へと向かっていた。王宮の中は静まり返り、普段とはまるで雰囲気が違っていた。

五十年に一度の儀式の日、この日は国中の全《すべ》ての者が身を慎《つつし》み、ひたすらに神に祈りを捧げるのだ。

私たちを先導しているのは、壮年の物静かな男性だ。そもそも、神官は男しかいない。おかげでデジレも特に身構えることなく、むしろのんびりと歩いていた。

王宮の地下深くに存在する古い聖堂、普段は誰《だれ》も立ち入ることのできないその場所で、聖女の儀式は執り行われる。

この儀式の中心となるのはもちろん、聖女であるレナータだ。神官たちが彼女の補佐を務め、それに加えて見届け人も参加することになっている。陛下とミハイル様、それにマルク様だ。さらに、デジレも見届け人として指名されていた。

ここまではほぼ通例通りだ。しかし今回は、さらに数名の人間が加わることになっている。私たちアンシア家の人間だ。

過去にも、聖女の家族が見届け人として参加したことはあるらしい。その時の聖女は十歳にも満たない少女で、儀式を恐れる彼女を力づけるために、彼女の家族が呼ばれたのだそうだ。

けれど私たちが呼ばれた理由は、そんな微笑《ほほえ》ましいものではなく、むしろ正反対のものだ。そのことは少し悲しいけれど、何があってもきちんと見届けよう。

そう決意を新たにしながら、すぐ前を行くデジレの背を見つめた。美しい白銀の髪が、歩みに合わせてしなやかに揺れていた。


そうして地下の聖堂に足を踏み入れた時、私は驚かずにはいられなかった。聖堂の姿は、想像していたものとはまるで違っていたのだ。

以前レナータと一緒に王宮に滞在していた頃、一度だけ地上の礼拝堂に足を踏み入れたことがある。そこは美しく整然とした、とても清らかな場所だった。彫刻の施された真っ白な壁に、神話を描いた見事な絵がいくつも飾られていた。清潔そのものの装束をまとった神官たちの姿が、その風景によく調和していたのを今でも覚えている。

けれど地下にあるこの聖堂は、とびきり大きなほら穴にしか見えなかった。床も壁も、ただのごつごつした岩だったのだ。一応地面はそれなりにならしてあるものの、ひどく歩きにくい。

しかもこの聖堂ときたら、舞踏会の会場だった大広間よりもさらに広い。壁の高いところにはずらりと燭台《しょくだい》がすえつけられていて、驚くほどたくさんの蝋燭《ろうそく》が燃えているというのに、辺りはぞっとするほど薄暗い。天井《てんじょう》にいたっては、真っ暗でろくに見えなかった。

頭上にわだかまる恐ろしげな闇《やみ》から目をそらし、道案内の神官に続いて歩き続ける。やがて、聖堂の突き当たりが見えてきた。そこには私の背丈の何倍もある大きな岩が、ちょうど奥の壁から生えるような形でそびえていた。

その岩を囲むようにして絨毯《じゅうたん》が敷かれ、背の高い燭台が整然と並べられていた。それらの傍《そば》には、白を基調とした荘厳な服に身を包んだ神官たちが立っている。彼らは気味が悪いほどきっちりと、寸分の狂いもなく等間隔で整列していた。

自然の荒々しさを感じさせるこの聖堂の中で、その大岩のある一角だけが明らかに異質で、そして何故《なぜ》か、奇妙な寒気を感じさせるものだった。

私たちを先導している神官は、そのまままっすぐに大岩に向かっていった。気のせいか、寒気が少しずつ強くなっていく。

これ以上あの大岩に近づきたくない、そう思ったその時、神官が突然足を止めた。大岩の右側、少し離れたところに、父様と母様、そして兄様が立っている。

神官は三人の方を指し示しながら、私に言った。

「フローリア殿は、こちらでお待ちください」

それから神官は、デジレに向き直る。大岩の左側を指して、神官は言った。

「ドゥーガル様はあちらへ。席を用意してあります」

「いや、結構。ここからでも儀式は見届けられるからな。どのみち私は王族でも聖女殿の親族でもないし、言うならば部外者のようなものだ。立っている位置が少々違っていたところで、伯父上も気にされないだろう」

さらりとそう答えて、デジレはにっこりと笑った。今までずっと無表情だった神官の頬《ほお》に、血の色がふわりと赤く浮かび上がる。その目が、ほんの少し揺らいだ。

神官はそれ以上何も言わず、一礼してそそくさと私たちの前から去っていく。気のせいか、さっきまでよりほんの少し早足だった。

その背中が十分に遠くなってから、デジレがかがんで顔を寄せてきた。内緒話をするように、小声でささやいてくる。

「いかん、うっかりしていた」

「さっき、神官に笑いかけたことですか？」

「ああ。このところずっと君と過ごしていたせいで、つい同じような感覚で笑ってしまった。危なかったな。普段から仮面を着けることを、本気で検討すべきか……」

「……話には聞いていましたが、本当に男性をも魅了してしまうのですね……」

「納得してくれたか？」

「はい、存分に」

顔を突き合わせてひそひそと話し続ける私たちの後ろから、苦笑しているような兄様の声がした。

「デジレ様、フローリア、相変わらず仲がいいですね」

その言葉に、二人一緒に振り返る。兄様がすぐ後ろで、穏やかに笑っていた。兄様の背後、少し離れたところでは、父様と母様が並んで立っている。こちらは少々、いやかなり緊張した表情だ。

「そうだろう？」

ふふんと得意げに笑うデジレと、いつになく楽しげに微笑む兄様。一呼吸おいて、デジレが父様と母様に向き直る。

「そうだ、アンシア殿、奥方殿。先日は世話になった」

「いえ、私どもの屋敷にお越しくださって、ありがとうございました。古びた貧相な屋敷で申し訳ありません」

「謙遜《けんそん》しないでくれ。確かに古くはあったが、手入れの行き届いたくつろげる場所だった。またいずれ、改めてそちらを訪ねたいと思う」

「そこまでおっしゃっていただけるとは……」

父様と母様は深々と頭を下げている。二人とも、デジレ相手にすっかり縮こまってしまったようだった。デジレと顔を合わせるのはこれで三回目だというのに、少しも慣れていないらしい。

「……できれば、頭を上げてもらいたいところだが……どうしたものかな、ローレンス？」

困り顔のデジレが赤い目だけを動かして、兄様を見る。兄様はくすりと笑って、いつも以上に穏やかに口を開いた。

「父様、母様。デジレ様が困っておられますよ。……いずれこの方とは縁続きになるのですから、少しずつ慣れていってください」

縁続き。兄様がさらりと口にしたそんな言葉に、父様と母様は勢いよく顔を上げた。二人とも、こぼれんばかりに目を見開いている。二人がここまで驚いているのは、初めて見た。レナータが聖女に選ばれたあの時よりも混乱しているように思える。

「……先日のドゥーガル様とフローリアの様子を見て、気にはなっていたのですが……めでたいことではありますが……その、心の準備の方が、少々……」

「私もまさかとは思っていましたけれど……まさか、本当に……フローリアが……あら、まあ……」

父様と母様は、呆然《ぼうぜん》としながら私を見つめている。急に恥ずかしくなってしまって肩をすくめ、視線をそらす。デジレはそんな私たちを見て、満足げに笑った。

「おや、もうばらしてしまうのかローレンス。いずれアンシアの屋敷を訪れて、正式に挨拶《あいさつ》をしようと思っていたのだが。私たちの関係について君に手紙でこっそり教えたのは、失敗だったか？」

「いえ、正解ですよ。いきなりあなたがうちの屋敷に現れて、婚約だなんだと言い出したら、間違いなく両親は卒倒してしまいますから」

「……そういうものなのだろうか」

「そういうものですよ。あなたは僕たちよりも遥かに立場が上で、おまけにそのけた外れの美貌ですから。義理の息子と呼ぶには、あまりにも規格外なんです」

兄様は今までに何度かデジレと話しているし、舞踏会の前などは私に内緒で手紙をやり取りしていた。そんなこともあってか兄様は少しも気後《きおく》れすることなく、むしろ若干失礼と言えなくもないような言葉をぽんぽんとぶつけていた。

「肝《きも》のすわったフローリアとは違って、うちの両親はいたって常識人ですから。あなた相手に堂々と立ち回るほどの度胸はないんです」

しかしデジレは兄様のそんな物言いを全く気にしていないようで、愉快そうに言葉を返す。

「遠回しに私のことを危険物扱いしていないか、君は。それに、フローリアのことを変わり者扱いしているような気もするのだが」

「気のせいですよ、どちらも」

「目が泳いでいるぞ、ローレンス。さては図星だな。だいたいそれを言うなら、君も相当の変わり者だろう」

気軽に軽口を叩《たた》き合う二人を、父様と母様は信じられないものを見るような目で凝視していた。それからもう一度私を見て、二人揃《そろ》って目を白黒させている。驚きすぎて、頭がついていっていないようだった。

楽しげに喋《しゃべ》っているデジレの横顔を見上げて、こっそりと微笑む。父様、母様、この方が私の愛した男性です。そんなことを心の中でつぶやく。いつか、ちゃんと二人にそう伝えよう。今はまだ、照れくさくて言えそうにないけれど。

二人の和気あいあいとしたお喋りを、澄んだ鐘の音が遮《さえぎ》った。聖堂の入り口に立っていた神官が、手にした古風な鐘をゆったりと打ち鳴らしたのだ。

神官は厳《おごそ》かな声で、陛下とミハイル様、マルク様が到着したことを告げる。大岩の傍に並んでいた神官たちが、一糸乱れぬ動きでひざまずいた。私たちもそれにならう。

静まり返った聖堂に、こつん、と靴音が響いた。靴音は数を増し、壁に、天井に反響していく。何十人もが行進しているような錯覚に、ぶるりと身が震える。

足音はさらに近づいてきて、それから大岩の左側に向かっていく。やがて、足音が止まった。

「みな、面を上げよ。楽にするがいい」

陛下の声に従い、ゆっくりと顔を上げて立ち上がる。大岩の左側に置かれた豪華な椅子《いす》に、陛下とミハイル様、そしてマルク様が腰を下ろしているのが見えた。三人とも、どことなく表情が硬い。その近くに空いた椅子が置かれている。あれが、デジレのために用意されていたという席だろう。

それからもう一度、視線を大岩に戻す。神官たちはまた、きちんと整列して大岩の傍に控えていた。彼らの顔は、先ほどまでよりもずっと厳しく引き締まっていた。

そのさまを見ていたら、急に実感が湧《わ》いてきた。いよいよこれから、聖女の儀式が執り行われるのだ。五十年に一度の、この国を守るための儀式が。

思わず緊張してしまって、腹の前で重ね合わせた手をぎゅっと握りしめる。それに気づいたのか、傍《かたわ》らのデジレがほんの少し身を寄せてきた。ほとんど吐息《といき》だけの、かすかなささやきが聞こえる。

「大丈夫だ、私がついている」

そろそろとそちらをうかがうと、頼もしい笑みを浮かべたデジレと目が合った。こっそりと笑い返すと、彼は小さくうなずいてくる。こわばっていた肩から、力が抜けるのを感じた。

その時、また鐘の音が聞こえた。いくつもの鐘が、先ほどのものより複雑な旋律を奏でている。

全員の目が、また聖堂の入り口に集まった。そこには、レナータが立っていた。

先ほどとは違い、神官たちは立ったまま彼女を出迎えている。私たちも立ち尽くしたまま、じっとレナータを見つめていた。

レナータはいつものごてごてしたドレスではなく、清楚《せいそ》な聖女の正装に身を包んでいた。彼女は誇らしげに胸を張り、口元に大きな笑みを浮かべて聖堂の中を進んでいく。

彼女の暗い紫色の目が、ちらりとこちらに向けられた。父様たちを優越の目で見下しながら、彼女はその姿を見せつけるように歩みを遅くする。

寄り添っている私とデジレを見た時、レナータの目に一瞬だけ怒りがひらめいた。しかし彼女はすぐに顎をつんとそらし、堂々と立ち去っていく。

そうして、レナータは大岩のすぐ前にたどり着いた。よく見るとその大岩の正面には、大きな白い石のようなものがはめ込まれていた。

私の身長ほどもある白い石の表面は、まるで鏡のように磨きこまれている。その前に立つレナータの姿が、ぼんやりと映り込んでいた。

「聖女による救国の儀式の始まりを、ここに宣言いたします」

静まり返った聖堂の中に、しわがれた声が響く。声の主《あるじ》は一番豪華ななりをした、一番年老いた神官だった。デジレが小声で、あれは神官長だ、と教えてくれた。

神官長は朗々と語っていく。この国と、聖女にまつわる秘められた言い伝えを。

遥か昔、邪悪なるものがこの国に害をなしていた。それを憂えた初代の聖女は、神の力をもって邪悪なるものを封じ込め、この国を救った。

五十年に一度選ばれる聖女たちは、初代の聖女の力と思いを継ぐ者だ。再び邪悪なるものがよみがえることのないように、代々の聖女たちは儀式を執り行い、封印をかけ直してきたのだ。

古めかしい言葉で語られる聖女の秘密に、思わず聞き入ってしまう。ふと隣のデジレに目をやると、彼はとても優しい面持ちでこちらを見ていた。まるで、はしゃぐ子供を見守る親のような目をしている。とっさに澄ました顔を作って、また神官長の話に耳を傾ける。

「ここで目にし、耳にしたことは決して他言なさいませんように。もし禁を破れば、きっと天罰が下りましょう」

神官長はそんな言葉で話を締めくくると、レナータに向き直ってひざまずいた。聖堂に集まっていた神官たちが、彼に続いて一斉に膝《ひざ》をつく。

ひれ伏す神官たちを見下ろしたレナータの顔に、この上なく満足げな笑みが浮かんでいく。彼女はちらりと私たちを見た後、大きな白い石に向かってひどくゆっくりと手を伸ばした。まるでこちらに見せつけているかのような、大仰《おおぎょう》な動きだった。

聖女であるレナータがあの白い石に触れることで、封印はかけ直されるらしい。その時、白い石はまばゆい光を放つのだと、神官長はそう語っていた。

ひときわ思わせぶりに、じらすような手つきでレナータが白い石に触れた。思わず目を細めて、身構える。

けれど、いつまで経《た》っても白い石が光ることはなかった。

聖堂の中は、気味が悪いくらいに静まり返っていた。レナータは白い石に手を触れたまま、微動だにしない。

ひざまずいた神官たちも、ぴくりとも動かない。離れたところで椅子に座ったままの陛下やミハイル様、マルク様は、黙ってレナータと白い石を見つめていた。

そろそろと視線を動かして、横を見る。父様と母様は呆然としたまま、ぽかんと口を開けていた。デジレと兄様も、驚いたように目を見張っている。

誰も、何も言わない。ただ戸惑いの気配だけが、ひしひしと伝わってきた。

混乱する頭を必死に働かせて、今起こっていることを確認する。聖女が触れたというのに、白い石は光らなかった。封印はかけ直されていない。ならばいずれ、邪悪なるものがよみがえってしまう。この国は、滅んでしまう。

遅れてやってきた恐怖に、叫び声がこみ上げてきた。とっさに自分の口を押さえようとしたその時、小さなつぶやき声が静寂を破る。

「……なんで……どうして」

その声の主は、レナータだった。彼女は両手で白い石にすがりつき、うわごとのようにつぶやいていた。

「光りなさいよ……石の分際で、私に、聖女に逆らうの……？」

彼女の小さな手が、白い石をぺたぺたとなでていく。けれどもやはり、石は光らない。レナータの動きが少しずつ大きく、乱暴になっていく。

「どうして、どうしてなのよ……そんなの、許さない‼」

レナータが吠《ほ》える。白い石を平手で叩きながら、大きな叫び声を上げている。それは間違いなく怒りの声なのに、私にはまるで彼女が泣いているようにも聞こえた。

そう感じた瞬間、思わず飛び出していた。今がまだ儀式の最中であることも、ここが陛下の御前であることも、私の頭からは抜け落ちてしまっていた。

「レナータ、落ち着いて！」

無意識のうちにそんなことを口にしながら、レナータの傍に駆け寄る。叫びながら石を殴りつけていたレナータが、手を止めてこちらを向いた。

暗い紫の目に戸惑いを浮かべて、彼女はまっすぐに私を見つめる。彼女もまた混乱しているのか、その目は弱々しく揺らいでいた。

「……私を、あざ笑いに来たの？」

彼女がまだ聖女ではなかった頃を思い出させる、頼りなげな、高くてか細い声。懐かしさに涙ぐみそうになりながら、首を横に振った。自然と、私の声も優しくなってしまう。

「いいえ、違うわ。そんな筈《はず》ないでしょう」

「でも、石が光らないの。私は聖女なのに、どうして？」

レナータは目を伏せて、幼子のような声でぼそぼそとつぶやく。その肩に、そっと手をかけた。励ますように、慰めるように。

聖女の正装をまとった今のレナータは、まるで昔の彼女に戻っているように見えてしまった。そしてそのことが、どうしようもなく嬉《うれ》しかった。こんな状況でそんなことを思うだなんて、私はひどい姉だ。

自己嫌悪《けんお》を覚えながらも、ひときわ優しくレナータに声をかける。

「不思議なこともあるのね。ほら、深呼吸してもう一度触れてみましょう？」

「でも、また光らなかったら？」

「大丈夫よ、私がついているから」

そう言って、レナータの手首を優しくつかんだ。そのまま彼女の手を、もう一度白い石の方へ導いていく。

「やだ、放して」

やはり子供のような仕草で、レナータが私の手を振り払う。その拍子に、私の手が白い石に触れた。石の表面はやけに温かく、まるで生きているようにさえ感じられた。あまりの気味悪さに、思わず身をすくめる。

しかし次の瞬間、さらに信じられないことが起こった。

「……えっ……？」

私とレナータが、同時に声を上げる。私が触れたところから、白い石がぼんやりと光り始めたのだ。呆然と見つめる私たちの目の前で、光はどんどん広がり、強くなっていく。

レナータは目をむいて、私を凝視した。その顔に、ゆるゆると理解したような色が浮かび上がってくる。

「また……あなたなの……また、あなたが私の邪魔をするのね」

そう吐き捨てて、レナータが自嘲のような笑みを浮かべる。幼さの残るその顔が、醜くゆがんでいった。

「あなたはそうやって、優しく笑いながら私をみじめな気持ちにさせる！　あなただけは、絶対に、許さない!!」

目も開けていられないほどの光が満ちた聖堂に、レナータの怒り狂った叫び声だけが響き渡っていった。

光が消えた瞬間、デジレが駆け寄ってきた。彼は立ち尽くしていた私の肩を抱いて、レナータから引き離す。そのまま二人一緒に、父様たちのところまで戻ってきた。

「フローリア、大丈夫か」

私にだけ聞こえるようなかすかな声で、彼はそう尋ねてくる。小さくうなずき返すと、彼はほっとしたように息を吐いた。

「君が石に触れたとたん、あの石が光ったように見えたが……」

「はい、そのようです。けれど、どうしてそんなことになったのか……」

そう答える自分の声が、ひどく遠くに感じられる。ゆっくりと呼吸を整えながら、周囲の様子をうかがった。

数名の神官が同じようにレナータに駆け寄り、彼女を白い石の前から下がらせているのが見えた。レナータは強く手を握りしめて、うつむいたまま肩を震わせていた。

そこから少し離れたところでは、我に返ったらしい神官たちの一団が何事かささやき合っていた。彼らもまた、大いに戸惑っているようだった。話の合間に、ちらちらとこちらを見てくる。

陛下は、そんな神官たちを静かに見つめている。ミハイル様は、指一本動かすことなく座り続けていた。けれどマルク様は、動揺を隠せていない。真っ青《まさお》な顔をして、白い石を食い入るように見つめていた。

神官たちは背を丸め、顔を寄せてなおもひそひそと話し続けている。その姿には、さっきまでの威厳も神聖さも全く感じられなかった。

やがて、神官たちの群れの中から神官長が進み出てきた。彼は私たちを順に見渡し、ゆっくりと口を開く。その唇は、かすかに震えていた。儀式の前の堂々たる様子とは、まるで違ってしまっていた。
「封印は、無事に成りました。これより五十年、この国はつつがなく守られましょう」
喜ばしい知らせである筈のその言葉は、これっぽっちも私たちを安心させるものではなかった。
みなは無言で、困惑した顔を見合わせるだけだった。
「しかしその封印をかけ直されたのは、聖女様ではなく、おそらくはフローリア殿です。どうして
そのようなことになったのかについては、これより調査いたします」
「……そうか」
陛下は重々しく答えると、かすかにため息のようなものを漏《も》らした。
「ここで起こったことは、一切《いっさい》他言無用とする。聖女レナータについては、いましばらく王宮から
出ることのないように。デジレ、お前はフローリアと共に、そのまま離宮に留まってくれ。神官た
ちの調査が済むまでは、こちらに残っていてもらいたい」
「はい、伯父上」
きっぱりと言い切る陛下に、デジレが短く返事をする。落ちつき払った陛下の姿は、大混乱に
陥《おちい》っているこの場では、たいそう頼もしく思えた。
陛下はさらにあれこれと指示をして、それに従い神官たちが動き始める。そんな姿を眺めている
うちに、ようやく事態がはっきりと飲み込めてきた。
聖女であるレナータは、儀式をなし遂げることができなかった。彼女が触れても、あの白い石は
光らなかった。けれど私が触れたとたん、あの石はまばゆく光り始めた。

その事実が、意味するものは。

足の先から、冷たさがじわじわと忍び寄ってくる。その先を考えたくない。目を背《そむ》けていたい。

ふらりとよろめく私の肩を、しっかりとデジレが抱いた。いつもは少しひんやりとしている彼の手が、とても温かく感じられた。

その温かさに励まされるようにして、私は気力を振り絞り立ち続けた。黙り込んだレナータの方を見ないまま。


やがてデジレは私を支えながら、ゆっくりと歩き出した。何も考えずに、ただ彼に導かれるまま足を動かす。聖堂を出て王宮を出て、そのまま離宮に足を踏み入れる。

いつも二人で過ごしている二階の居間に戻り、扉をしっかりと閉めたところで、ようやくデジレが大きく息を吐いた。

「まったく、とんだことになったものだ。儀式も済んだのだし、一刻も早く屋敷に戻りたいというのに……」

そうぼやく彼の声は、いつも以上に明るかった。私には、彼がつとめて明るく振る舞おうとしているように思えてならなかった。

「だいたい、誰が封印をかけ直そうが関係ないだろう。この国はこれからも守られる。そのことに、変わりはないのだから。聖女が誰なのかということなど、私にはどうだっていい」

肩をすくめて早口にそう言い切る彼の姿を見ていると、不意に涙がこみあげてきた。

あの儀式をなし遂げることができるのは聖女だけだ。そしてなし遂げたのは、レナータではなく、おそらくは私だった。

だとすると。もしかすると私が、聖女なのかもしれない。

そんな可能性が、頭の中を駆け巡っている。けれどその可能性から、私は必死に目を背け続けていた。

もしそんなことになってしまったら、レナータはどうなるのだろう。また、あなたが私の邪魔をするのね。白い光の向こう側から聞こえてきた彼女の震える声が、耳の奥で鳴り響いている。

それに、私は聖女になどなりたくない。聖女としてみなに崇《あが》められるなんて、考えただけで寒気がする。私はただデジレと共に、静かに暮らしていたいだけなのに。

「……デジレ様。私……これから、どうなるのでしょうか」

「心配するな。何が起ころうと、私は変わらずに君の傍にいる」

つい弱音を吐いた私に、ひときわ優しいささやき声が返ってくる。彼は私を甘やかすように微笑んで、そっと両腕を広げた。こぼれそうになっている涙を袖《そで》でぐいと拭って、彼の腕の中に飛び込む。

彼はそのまま、ぎゅっと私を抱きしめる。その胸の中に、私を閉じ込めるように。

「だから君も今まで通りに、私の傍にいてくれればいい。変わらず穏やかな日々を、共に過ごしていこう」

「ふふ、そうですね。だったら、少しだけこうさせてください」

またにじんできた涙を隠すように、彼の胸に頭を押し当てる。

「少しだけと言わず、好きなだけ甘えてくれ。……君の笑顔が戻るまで、いくらでもこうしているから」

彼がまとっている控えめな花の香りが、ふんわりと私を包んでくれている。その香りを全身で感じながら、私はただじっと彼に寄り添っていた。

# 第四章　嵐の前

聖女の儀式が執り行われてから数日が経《た》った。しかしその間、陛下からも神官たちからも連絡はなく、私は離宮でただやきもきするだけの日々を送っていた。

表向きは、聖女の儀式は何事もなく執り行われたことになっている。民の心を不用意に惑わすべきではないと、陛下がそう判断したのだ。けれどあの日何が起こったのか、そのことについては未《いま》だ明らかになっていないようだった。

レナータは今、どうしているのだろうか。聖女の儀式の時のレナータの姿がよみがえる。あの子が最後に見せていた、ひときわ激しい敵意。思い出すだけで、背筋が冷たくなる。

今までのあの子の敵意は、私たち家族の全員に向いていた。けれど儀式の時のあの敵意は、まっすぐに私だけに向けられていた。

あの子はこれから、どうするのだろう。私に何か、できることはないのだろうか。そんなことを考えながら、ただひたすらに待ち続ける。何もできないままじっとしているのは、どうにも辛《つら》かった。デジレがいてくれなければ、耐えられなかったかもしれない。そう思えるくらいに。

真剣な顔をしたローレンス兄様が離宮を訪ねてきたのは、そんなある日のことだった。

「よく来てくれた、ローレンス。君がいてくれれば、フローリアの憂いも少しは晴れるだろう。このところ、彼女はずっと浮かない顔でな」

上機嫌で、デジレは兄様を招き入れた。けれど兄様の顔は、いつになくこわばっていた。

「……聖女の噂《うわさ》は、ここまで届いているでしょうか」

「聖女の噂、だと？　いや、何も聞いていないが……」

赤い目を見張って、デジレが戸惑い気味に首をかしげる。兄様は声をひそめ、静かに言った。

「おそらくは、神官の誰《だれ》かから漏《も》れたのでしょうが……聖女の儀式で起こったことが、王宮の中でささやかれ始めているのです」

そうして兄様は、硬い声で語り出した。聖女は儀式に失敗した、どうやら他に真の聖女がいるらしい。そんな噂が王宮で流れているということを。

「レナータが自室にこもりきりになっていると、ミハイルから聞いてはいたが……なるほど、そんな噂が流れていては、それも当然か」

そう言って、デジレが深々とため息をつく。

以前から、レナータは聖女としての資質を疑われていた。王宮に上がってからの傍若無人な振舞いに加え、私に対する数々の嫌がらせ。それらを目の当《ま》たりにしていた王宮の人々は、こんな人物が本当に救国の聖女なのだろうかと、そんなことをささやき合っていたのだ。

そこへもってきて、あの儀式でのことが外に漏れてしまったのなら。きっと今の王宮は、レナータにとっては針のむしろのようなものなのだろう。

「彼女の婚約者であるマルクも、思うところでもあるのか同じようにずっと引きこもっているという話だ。ミハイルはほとほと困り果てていたな」

今あの子はたった一人で、どんな気持ちでいるのだろう。悲しんでいるのか、苦しんでいるのか、それとも怒っているのか。全部当たっているようにも思えたし、全部違うようにも思えた。

黙り込む私とデジレを交互に見て、兄様はすっと顎を引いた。いつも穏やかな兄様が、ひどく凛々《りり》しく見える。私をまっすぐに見つめて、兄様は言った。

「ねえ、フローリア。このままじゃいけないと、僕はそう思うんだ。レナータのためにも、あの日何が起こったのか、事の真相を明らかにしなくてはならない。そうじゃないかな？」

「でも……儀式は無事に済んだのですし……真相なんて分からなくても……」

真相を知りたい。真相なんて知りたくない。相反する二つの気持ちの間で揺れていた私がそう言葉を濁すと、兄様はゆっくりうなずいた。

「そうだね、今回の儀式は無事に終わった。ほかならぬ、君の手によって」

兄様は穏やかに笑っている。けれどその笑みは、どことなく怖かった。

「神託によって選ばれた筈《はず》のレナータは、聖女ではなかった。これはまぎれもない真実だ。そしておそらく、真の聖女は君なんだ」

私もデジレも薄々感づいてはいたが口にしなかった言葉を、兄様ははっきりと言い切ってしまう。

「どうしてこんなことになったのかきちんと調べておかないと、五十年後にまた大変なことになるかもしれないからね。……いや、それは建前《たてまえ》かな」

青緑の目を細めて、兄様が小さく苦笑する。

「僕は知りたいんだ。僕たち家族が、君とレナータがこうも振り回されることになってしまった、その理由を」

兄様の青緑の瞳《ひとみ》が、まっすぐに私を見つめる。そこには、今まで見たこともないような強い光が宿っていた。

「フローリア、君は知りたいと思わない？　どうしてこんなことになってしまったのか」

どうしてこんなことに。それはレナータが聖女に選ばれてからずっと、私が繰り返してきた疑問だった。反論できずに、ぐっと唇を噛《か》む。兄様はそんな私を見て、ひときわ切なげに笑った。

「……まあ、僕としても、ただじっとしているのが辛くなってしまっただけなんだけどね。今までずっと、次々と移りゆく状況に流されることしかできなかったから」

それは、私も同じだ。ためらいつつもうなずくと、兄様も大きくうなずき返してくる。

「だから僕は、真相をつきとめようと思う。神官たちも調べてくれてはいるけれど、彼らに任せきりにしたくない」

兄様は晴れやかに、力強く言った。引き込まれるようにしてもう一度うなずきかけた時、兄様はとんでもないことを口にした。

「たぶん、まずは神託を疑ってみるべきなんだろう。正しい聖女を指し示さなかった神託、きっとそこに鍵《かぎ》がある」

その言葉に、息を呑《の》まずにはいられなかった。この国を守るため、神は聖女を遣わしてくださっている。新しい聖女を指し示す神託は、すなわち神の言葉だ。神託を疑うなど、おそれ多いにもほどがある。

頭の中でそんな言葉を繰り返して、必死に否定しようとする。けれど同時に、兄様の言葉に納得してしまっている自分もいた。動揺しながら隣のデジレを見上げると、彼は眉間《みけん》にしわを寄せて難しい顔をしていた。

「それよりも先に、神官たちを疑うべきではないか？　何らかの理由があって、彼らが神託を故意にゆがめたとすれば、どうだろうか」

「僕もそれは考えました。ですが、もしそうだとすれば、どうして彼らはフローリアではなくレナータを選び出したのでしょうか。その行動に、意味はあるのでしょうか」

「……神官たちからすれば、フローリアもレナータも大差ない、か。二人の立場はほぼ同じ。神官たちは二人と全く縁がなく、その人となりを知る筈もない。わざわざ神託をゆがめるなどという危険を冒す理由が、どこにも見当たらない」

考えながらつぶやくデジレに、兄様は力強くうなずいた。

「はい、そうなんです。僕も色々と考えてみたのですが、もっともらしい理由は見つかりませんでした。それに、そんなことをして聖女をすりかえたところで、聖女の儀式を乗り切ることはできません。そのことは、彼らには十分すぎるほどに分かっていたでしょう」

神官たちは、聖女の儀式で何が行われるか、何が起こるかについて熟知している。あの白い石から湧《わ》き出《で》た光は、きっと神の力によるものだ。人の小細工ごときでどうにかできるものだとは、とても思えなかった。

小さく頭を振って、あの時の白い光の記憶を頭から追い出す。デジレはまだあれこれと考えているようだったが、やがて深々と息を吐いた。

「なるほどな。神託そのもの、あるいはその解釈に何か問題があって、正しく聖女を選び出せていなかったのではないか。そう考えるのが、確かに一番妥当だろうな。君の言う通り」

「同意いただき、ありがとうございます」

兄様はにっこり笑って、今度はデジレをまっすぐに見つめた。

「それで、折り入って頼みがあるのですが……僕の調べものに少しばかり協力してはいただけないでしょうか。実は今日は、それをお願いに来たのです」

デジレはそれを聞いて、くすりと笑う。さっきまでの重苦しい雰囲気が、その笑み一つで軽くなったように思えた。

「ふむ。私でなくてはできないことのようだな。となると……神官たちから話を聞きたいので口利《くちき》きをしてくれ、といったところか？」

「はい、その通りです。先日、一人で神官たちのもとを訪ねてみたのですが、ごくごく普通の文官でしかない僕には、何も話してくれませんでした。僕は聖女の兄だと主張してみたのですが、それでも駄目でした。でも公爵であるあなたなら、と思いまして」

「神官たちはとにかく口が堅いからな。私相手でも素直に話すかどうか、分からないぞ」

「ですが、彼らも人間ですし、口が滑ることもあるでしょう。あんな噂が流れてしまうくらいには隙があるようですから。対話の席にさえ引っぱり出せれば、後はどうにかなりますよ、きっと」

「あれこれと言いくるめて、必要な情報を聞き出すのか。それも面白《おもしろ》そうだな。善は急げだ、これから行ってみるか」

「そうおっしゃると思って、今日の仕事はほぼ片付けてきました。……ちょっとだけ残った分は、父に押しつけてしまいましたが」

二人はすっかりいつも通りに、和やかに話し込んでいる。どうにかして神官の口を割らせた上、神託の間違いを見つけ出そうとしているとは到底思えないほど、のんきに構えていた。

私は、どうしよう。視線を床に落として、黙って考える。真相を知りたいのか、知りたくないのか。ここで待っているのか、それとも二人についていくのか。

唇をぎゅっと引き結んで考え込む私に、デジレがそっと声をかけてきた。

「フローリア、辛いようならここで待っていればいい。……この離宮の屋敷にこもっていれば安全だろう。なに、話を聞いたらすぐに戻る」

「そうだね。デジレ様も手伝ってくれるし、調べものなら僕たちだけでもどうにかなるよ」

どこか心配げなデジレに、おっとりといつも通りに笑う兄様。二人とも、私のことを気遣ってくれているようだった。

もう少しだけ迷ってから、首を横に振った。

「……いえ、私も一緒に行きます。これは、私の問題でもありますから」

きっと私が、本当の聖女なのだろう。ならばどうして、神託はレナータを指したのか。この謎解《なぞと》きを他人任せにしておいたら、きっと私は後悔する、そんな気がした。

「……うん、そうだね。フローリア、一緒に立ち向かっていこうか、レナータと、そして君のために」

言葉少なにそう答えた兄様の顔は、ほんの少しだけ泣き笑いのようにゆがんでいた。


そうして私たちは連れ立って、神官たちのもとへと向かっていた。森の小道を抜けて王宮に近づき、けれど城の中には入らずに、王宮の外庭を歩いていく。ぐるりと城を回り込むように。

ありがたいことに、神官たちが普段過ごしている礼拝堂は王宮のすぐ外に建っているのだ。おかげで、メイドたちがうろつく廊下を通らずに済む。

「さて、どう切り出したものか。神官長に話を聞くことができれば一番だが、そううまくいくだろうか」

重たげな礼拝堂の扉を軽々と開けながら、デジレが首をひねっている。

「そうですね。下の方の神官たちだと、そもそも僕たちが知りたい情報を持っていない可能性もありますね」

兄様はまっすぐに、礼拝堂の奥を見つめていた。けれど突然、その目がすっと細められる。

その視線の先には、初老の神官がいた。彼はほんの少し背を丸めたまま、まっすぐにこちらに向かって歩いてきた。その顔には全く見覚えがないから、彼は聖女の儀式には参加していなかったのかもしれない。

「このようなところまで、どういったご用件でしょうか」

私たちの目の前までやってくると、神官は恐ろしいほど平坦な声でそう言った。その合間に、ちらちらと兄様を何とも言えない目で見ている。兄様はとぼけたような目つきで、彼から視線をそらしていた。

そういえば、兄様は単身で神官たちのもとに向かい、彼らから話を聞き出そうとしたのだと言っていた。おそらくこの神官は、その時に兄様と会っていたのだろう。懲《こ》りずにまた来たのかと、神官の目はそう言っているように思えた。

「なに、少し話を聞きたいと思ってな。私はデジレ、ドゥーガル家の当主だ。こちらはローレンスと、その妹のフローリア。共にアンシア家の者だ」

デジレが名乗ったとたん、神官は肩をこわばらせた。そして私の名を聞いたとたん、彼は急に背筋を伸ばした。

「分かりました。こちらへどうぞ」

そう言うなり、神官は先ほどまでのゆったりとした動きが嘘《うそ》のようにきびきびと、礼拝堂の奥へ向かって歩き出した。

「……僕一人で来た時とは、大違いだね」

苦笑する兄様と、おかしそうに微笑《ほほえ》むデジレ。そんな二人と一緒に、神官の背中を追いかけていった。

神官は私たちを、奥の小部屋へと案内した。そこに置かれた椅子《いす》に腰かけて、待つことしばし。驚くほど年老いた、それでいて強さを感じさせる老人が姿を現した。彼の顔には見覚えがあった。先日、聖女の儀式の際に見かけた神官長だ。

できるだけ上の位の神官に話を聞きたいものだと、デジレと兄様はそう言っていた。しかしまさか、いきなり神官長に会えるとは思いもしなかった。

神官長は私たちの向かいに座ると、穏やかな笑みを浮かべてデジレと兄様に軽く会釈《えしゃく》した。それから私をまっすぐに見て、深々と頭を下げる。

「私はここの神官長を務めております。どうぞお見知りおきを、フローリア様」

聖女の儀式の時、彼は私のことを『フローリア殿』と呼んでいた。それが今では、様付けになってしまっている。おまけにこのうやうやしい態度ときたら。

それらが意味することの重さに、ひとりでに震えが走る。隣のデジレが、そっとこちらに視線を送って微笑んだ。いつもと変わらない優しさをたたえた赤い目を見返すと、すぐに落ち着きが戻ってきた。彼がいるから大丈夫。そう心から信じられることが、嬉《うれ》しい。

デジレはこちらに小さくうなずきかけてから、神官長に向き直った。そうして前置きもなく切り出す。

「実は、聞きたいことがあるのだ」

「はい、何でしょうか」

「聖女について、そして神託について。広く一般に知られている以外のことを教えてもらいたい」

ここに来る前に、兄様は私たちに説明してくれた。神官たちに会って、何を尋ねようと思っていたのかを。

私たちはみな、聖女という存在について、神託がどんなものなのかということについて、ほとんど何も知らないに等しい。

神は聖女を遣わし、聖女は国を救った。そうして五十年に一度、神託によって選ばれる聖女が国を守り続けている。このことは、民にも広く知られている。

そしてあの聖女の儀式を通して、私たちは初代の聖女が邪悪なるものを封じたことと、代々の聖女によりその封印がかけ直されているということを知った。でも、裏を返せばその程度の知識しかないということだ。神託についても、神官たちが儀式を行うことにより下される神の言葉だということしか知らない。

実際に神託を受け、聖女の儀式にまつわる事柄の全《すべ》てを取り仕切っている神官たちであれば、きっともう少し情報を持っているだろう。それを知ることができれば、これから何をすればいいのか見えてくるかもしれない。兄様はそう考えていたのだ。そして私とデジレも、同じ意見だった。

息を呑んで返事を待っていると、神官長は私の顔をまっすぐに見つめてきた。穏やかな、しかしどこか底知れない視線に内心たじろぎながら、背筋を伸ばして見つめ返す。

どれくらいそうしていたのか、おもむろに神官長が微笑んだ。張りつめていた空気が、ふっと和らぐ。

「分かりました。それでは全てをお話ししましょう。王族と聖女、そして一部の神官のみに知らされる真実を。ただし、その前に」

神官長は、複雑な形に指を組み合わせてみせた。この国では、命を懸けた誓いを立てる時にこうやって指を組む。誓いを破ったならば命を取られても構わないという、そんな意味があるのだ。

「これよりお話しする真実は、厳重に秘しておかなければならないものなのです。何も知らぬ民たちには決して漏らさぬと、そう誓っていただけますでしょうか」

「民には告げるな、か。ならば伯父上やミハイル、それにマルクやレナータ辺りと話す分には問題ないのだろうか」

デジレの問いに、神官長はゆったりと首を横に振った。

「陛下とミハイル様、それにマルク様は既にご存じです。ですが、レナータ殿は何も知りません。まだその時ではないと判断していたのですが……結果として、それが最良の判断となったようです」

フローリア様、に続き、今度はレナータ殿、だ。表向きはどうあれ、神官長の中ではもう結論が出ているのだろう。いったい誰が聖女なのか、ということについて。知らず知らずのうちに、ため息がこぼれ出る。デジレと兄様も、難しい顔をしていた。

それから三人で顔を見合わせて、目だけでうなずき合う。ぎこちなく指を動かして、神官長と同じ形に組み上げていった。教養として知ってはいたけれど、実際にこの誓いを立てるのは初めてだ。少し、緊張する。

私たちは指を組み、口々に誓いの言葉を述べる。それを見届けると、神官長は静かに語り始めた。

「……それは遥かな昔、まだ魔法の存在が広く世に知られていた頃のことです」

いきなり飛び出したとんでもない言葉に、声を上げそうになる。私にとって魔法とは、おとぎ話の中だけにあるものだ。それが実際に存在していたと言われても、にわかには信じがたい。ちらりと横をうかがうと、デジレと兄様も驚きに目を見張っていた。

「この国には邪悪なるものがはびこり、人々は苦しんでおりました。それを封じたのが聖女です。ここまでは、今の言い伝えと同じですね」

神官長の声は、とても落ち着いていた。いっそ不気味なくらいに。

「聖女の力は、神から授けられた神聖なものとされています。けれどそれは、事実ではありません。初代の聖女は、高い魔力を持ち魔法を操《あやつ》ることに長《た》けた、ごく普通の少女でした。彼女は封印の魔法を用いて、邪悪なるものを封じ込めたのです」

想像もしていなかった事実に、ただ凍りついたように神官長を見つめることしかできなかった。私が呆然《ぼうぜん》としている間も、彼の言葉はたゆみなく続いていく。

「彼女が施した封印を保ち続けるために、聖女という仕組みが作られました。五十年に一度選ばれる聖女は、封印をかけ直すために必要な、たぐいまれなる高い魔力を持つ女性。ただそれだけのものでしかないのです」

あまりのことに、理解が追いつかない。ぎゅっと胸を押さえると、心臓が激しく乱れ打っているのが感じられた。

「そして神託もまた、神の言葉ではありません。神託とは、我ら神官が大掛かりな魔法の儀式を行うことで得られるもの。神官とは、封印の真実と神託の儀式について末永く受け継いでいくためだけに作られた存在なのです」

「つまり、聖女も神託も、神とは全く関係のないものなのですね」

ひどく冷静に、兄様が神官長に問いかけている。どうして兄様はあんなに落ち着いていられるのだろう。私は、足先から忍び寄ってくる冷たさに飲み込まれてしまいそうなのに。

「はい、その通りです。邪悪なるものにおびえ苦しんだ民が心穏やかに暮らせるようにと、かつて我らの祖《そ》たちは神の名を、その威光を借りました。そして今もなお、我らは民を欺き続けております」

「欺くというよりも、それは必要なことだったのだろう。……ところで、邪悪なるものとはどのようなものだったのだろうか」

考え込んでいるような声で、デジレが尋ねる。その声は、ひどく遠くから聞こえてくるように感じられた。

「確かなところは分かりませんが、意思を持つ災害のような存在であったと、そう伝えられております。あれが地上に出てこないよう、聖女の力を借りてあの聖堂に封じ込め続ける。それこそが、我らの使命にございます」

淡々と穏やかに語る神官長の声を聞いていると、頭がぼんやりしてきた。

子供の頃からずっと、この国は神が遣わした聖女によって守られているのだと信じていた。神の加護が、私たちの上にあるのだと思っていた。

けれどそれは全部偽りで、聖女は私たちと同じ、ただの人間でしかなかった。神は、私たちを守ってくれてはいない。それどころか、そもそも神自体が存在しないのかもしれない。がらがらと音を立てて、世界が崩れ去っていく。もう、何を信じていいのか分からない。恐ろしくて、息ができない。血の気が引いていって、ひどく気分が悪い。

縮こまって震えている私を、突然優しい温かさが包む。倒れ込むように、その温かさにもたれかかった。デジレの香りを胸いっぱいに吸い込みながら、ただ必死に彼にすがりついていた。


そこからのことは、あまりはっきりと覚えていない。デジレに手を引かれ、ふらふらと歩きながら礼拝堂を立ち去った、それだけはかろうじて記憶に残っている。

そして気がつくと、私はどこかに横たわっていた。目を開けると、見慣れた離宮の天井《てんじょう》が見えてくる。どうやらいつの間にか、私は離宮の長椅子《ながいす》で寝ていたらしい。いつもの部屋を目にしていると、心からほっとした。

「落ち着いたか、フローリア」

声のした方を見ると、デジレと目が合った。いつもと同じ赤い目が、心配そうにこちらを見ていた。白銀の髪がさらりと揺れて、とても綺麗《きれい》だ。

まだぼんやりとしたまま、きらきらと輝く彼の髪に見とれる。彼は手を伸ばして、横たわったままの私の頰《ほお》に触れてきた。

「君はずいぶんと取り乱していたからな。心配したぞ。……ああも衝撃的な話を聞かされてしまっでは、無理もないだろうが」

そう言いながら、デジレは私の頭を優しくなでる。その心地良い感触に目を細めているうちに、少しずつ頭がさえてきた。

「君には聞こえていなかったかもしれないが、神官長は最後に、今回得られた神託の文言について教えてくれた」

彼は赤い目で私を見下ろしたまま、形の良い唇をゆっくり動かして慎重に言葉を紡《つむ》ぐ。

「『アンシア』、そして『末娘』。得られたのは、その二つの言葉だけだったのだそうだ。これまでの神託はみな一続きの文章だったというのに、どういう訳か今回だけはぶつ切りの単語だった」

それは、全てが変わってしまったあの朝、私たちアンシアの屋敷にもたらされた神託と同じ言葉だった。やはりその言葉は、レナータを指している。私ではない。ならばどうして、私が。

「神官長たちは、今回の神託に何か不備があったのかもしれないと考えている。いずれ改めて、神託を得るための魔法の儀式をやり直すつもりなのだと、そう言っていた」

「やり直し、ですか……」

ついさっきまでの私は、神託とは神の言葉であると信じ込んでいた。五十年に一度、聖女を指し示すために神が下された、神聖なる言葉なのだと。

しかしそれは嘘だった。全ては、人間たちの手によるものだった。ならばやり直すことも可能だろう。これは喜ぶべきなのか、悲しむべきなのか。

「ああ。なんでも色々と準備が必要だとかで、早くても半月くらい後になるらしい」

眉間にしわを寄せて考え込む私に、デジレが優しく笑いかけてくる。それから彼は、もう一度頬に触れてきた。

「それと、ローレンスから伝言だ。『君の体調が気になるけれど、デジレ様に任せておけば安心かな。また後日改めて様子を見に行くよ』だそうだ」

几帳面に兄様の口調を真似しているデジレを見ていたら、不意に笑いが込み上げてきた。身をよじってくすくすと笑っていると、何故《なぜ》かデジレまで笑い出した。

「こら、そんなに動くな。くすぐったくてたまらない」

その言葉に、首をかしげる。どうして私が動くと、彼がくすぐったがるのだろうか。そういえばさっきから、どうも頭がほんのりと温かいような気がする。

次の瞬間、全てを悟った。こともあろうに、私は彼の膝《ひざ》を枕《まくら》代わりにして横たわっていたのだ。

思わず起き上がろうとする私を、デジレが笑いながら手で制する。

「もう少し、このままでいさせてくれ。君の重みを感じていると、とても幸せな気持ちになれるのだ」

嬉しそうに微笑むデジレをがっかりさせたくなくて、おとなしくまた横になる。少々落ち着かなくはあるものの、彼の温《ぬく》もりを感じていたいと思ってしまったのも事実だった。

すぐ近くにある彼の顔を見上げ、手を伸ばす。そのまま、さらりと垂れた白銀の髪に触れた。

「デジレ様は本当に、私に触れているのがお好きですね。……私も、好きですけど」

真上に見える彼の顔が、いたずらっぽい笑みを浮かべた。彼は伸ばしたままの私の手をつかまえると、そっと手のひらに唇を落としてくる。

「くすぐったいです、デジレ様」

「やはり、君はそうやって笑っている方が良いな」

赤い瞳にあふれんばかりの優しさをたたえて、デジレが微笑む。彼の手をぎゅっと握り、その目をまっすぐに見つめる。

「……私、実はほっとしているんです」

私が突然口にした言葉に、デジレがおや、と目を見張った。

「君は今しがた、とても恐ろしい思いをしたとばかり思っていたが」

「ええ、神がこの国を守ってくださっているのだと、私はずっとそう信じていました。ですから、それが偽りだと知ることは、とても恐ろしかったです」

衝撃のあまり、気を失いかけてしまうくらいに。デジレの手を胸元《むなもと》に引き寄せて、両手でしっかりと包み込んだ。

「でも、私にはもう一つ、恐ろしいことがあったんです」

目を閉じて、ゆっくりと独り言のように語り続ける。

「聖女は、神の遣い。私にとって聖女とは、人ならぬ存在、遥か遠くの存在でした。少なくともさっきまでは、そう思っていました」

「……ああ、そうだな」

「ですから……もし私が聖女だと認められてしまったら、私が人間でなくなったら、あなたも離れていってしまうのかもしれないと、そんなことを考えていたんです」

ゆっくりと目を開けると、悲しそうに眉《まゆ》を下げたデジレと目が合った。どうして彼は、こんな顔をしているのだろう。不思議に思いながら、静かに言葉を続けた。

「……きっと私が、聖女なんです。でも私は、神の遣いではありません。私は、これからも一人の人間としてあなたの傍《そば》にいられる。そのことが、とても嬉しいんです」

まっすぐにデジレを見上げて、穏やかに微笑みかける。

「聖女にまつわる真実は、驚くべきものでした。けれどその真実のおかげで、怖いことが一つなくなりました。神官長の話を聞くことができて、良かったです」

デジレはああ、とため息のような声を漏らすと、私の肩に手を添えて起き上がらせた。そのまま私をきつく抱きしめて、もどかしげに口を開く。

「君という人は、本当に……。私が君を遠ざけることなど、絶対にない。前にも言っただろう。何があろうと、私は君の傍にいると。ただ君を愛し続けると」

彼はそうささやきながら、首を横に振っている。彼の髪がさらさらと揺れて、私の頭をくすぐっていた。

「聖女の儀式からこっち、君が何やら考え込んでいることには気づいていた。きっと、自分が聖女かもしれないという事実に戸惑っているのだとばかり思っていた。まさか、そんなことを悩んでいたとは。……きちんと気づいてやれなくて、済まなかった」

切なげなその声に、申し訳なさがつのる。さっきの私の告白は、彼のことを信じ切れなかったと白状したも同然だったということに、今さらながらに気づいた。

「いいえ、悪いのは私です。……ついいつもの癖《くせ》で、一人で抱え込んでしまいました。あなたにちゃんと、思っていることを話しておけば良かった。ごめんなさい」

精いっぱいそう謝ったものの、返事はなかった。どうしようと困っていると、突然デジレの腕の力が強くなった。身動きできないほどしっかりと、抱きしめられてしまう。

「あの、ちょっと苦しいです」

「いいや、もうしばらくこのままだ。君が水くさいことを言ったせいで、私は傷ついているのだから。あれだけ愛をささやき続けてきたというのに、私のことを信じてもらえていなかったとは」

頭の上から、すねたようなデジレの声が聞こえる。

「よし、これからはもっともっと、君を構っていこう。余計なことを悩まずに済むように。そうすれば私も楽しいいし、いいことずくめだ」

先ほどまでの張りつめた空気はどこへやら、デジレは子供のようなことを口にしている。私を気遣ってことさらに明るく振る舞っているのか、あるいは単なる本音なのか。

いずれにせよ、彼のそんな言動のおかげで、こちらの気分も軽くなっているのは事実だった。

「……分かりました。それではお好きなだけどうぞ」

彼の背中に腕を回し、微笑みながら答える。まだいくつも謎は残っているけれど、少しだけいつもの日常が戻ってきたような、そんな気がした。

◇

フローリアが自室に戻っていったのを見届けると、デジレはすぐ隣の自室に戻っていった。窓の外には、細い月が輝いている。

聖女と神託についての真実を知らされた時、フローリアはたいそう動揺していた。デジレはそんな彼女を心配して、今の今まで彼女に付き添っていたのだった。

彼としては、朝までずっと彼女を見守るつもりでいた。しかし当のフローリアが、自分はもう大丈夫だ、お互い休まないと明日に響くと主張したのだ。

窓辺にたたずみ、デジレは目を伏せる。昼間の出来事を思い出しながら。

「まさか、気を失いかけるとは、な。……それだけひたむきに、彼女は神を信じていたのだろう」

彼自身は、さほど混乱してはいなかった。もちろん告げられた真実は衝撃的なものではあったが、彼はあっさりとその真実を受け入れていた。

事の真相はどうであれ、聖女という仕組みがこの国を、民を守り続けているという事実に変わりはないようだと、彼はそう判断したのだ。

彼がそんな風に考えることができたのは、彼の生い立ちによるところが大きかった。彼の母は王の妹であり、彼は王やミハイル、マルクと子供の頃から親しくしていた。

そうして王族たちと関《かか》わっているうちに、デジレは気づいた。王族たちはみな神の敬虔《けいけん》なる信者だということになっているが、どうもそれは表向きだけのことらしいと。身内だけでいる時、彼らは神を崇《あが》めるようなそぶりをみじんも見せなかったのだ。

　そんな彼らに影響されたのか、デジレは神とそれにまつわるものからは距離を取るようになっていた。フローリアのように純粋に神を信じ、神官を敬《うやま》う気持ちは、彼の中には元からなかった。

「……ローレンスの方は、さすがというか、なんというか……」

　デジレの形の良い唇が、思い出し笑いの形につり上がる。彼やフローリアと同様に、予想だにしなかった筈の真実を告げられた時のローレンスの反応は、これまた予想外のものだったのだ。

　ローレンスはかすかに目を見開き、神官長の話にじっと耳を傾けていた。一見すると神妙な態度を崩していなかった彼だったが、その青緑の目はきらきらと輝き、その頬はほんのりと上気していた。

「あれはどう見ても、好奇心に駆られている顔だったな。まったく、頼もしいことだ」

　デジレは一人、楽しげに笑う。顔を合わせた回数も、手紙をやり取りした回数もそう多くはなかったが、彼はローレンスのことを長年の友人のように思っていたのだ。ローレンスの冷静で頭脳明晰なところも、それでいて時折大胆な行動に出るところも、デジレは大いに気に入っていた。

　愉快そうに笑い続けていたデジレが、ふと動きを止める。月の光に照らされた彼の横顔からは、表情が消えていた。

「……聖女に、神託。フローリアと、レナータ。分からないことが多すぎるな」

　静かな声でつぶやくと、彼は机に歩み寄った。引き出しから一通の手紙を取り出し、じっと見つめる。そこには、彼にも見覚えのあるゆがんだ文字で、こう書いてあった。

『助けてください』

手紙から目を離すことなく、デジレはため息をついた。署名はなかったが、それは間違いなくレナータからの手紙だった。

彼はこの手紙を、聖女の儀式の直後に受け取っていた。けれど彼はこの手紙をフローリアに見せることなく、こっそりと自室にしまい込んでいた。あの儀式以来どうにも落ち着きを失っていた彼女にこの手紙を見せるのは、あまり良くないことのように思えたのだ。

「助けてやれるものなら、助けてやりたくはあるが。何をどうしたものか、さっぱりだ」

かつて彼は、ローレンスと組んでレナータに一杯食わせた。けれどそれは、フローリアが虐《しいた》げられていたことに対する意趣返しに過ぎず、彼はレナータ自身を嫌っていた訳ではなかった。レナータが彼に魅了されてしまっていることをわずらわしいとは思っていたが、ただそれだけだった。

「結局、聖女と神託について、もっと探ってみるしかないのだろうな。また神官長のもとに出向くか、あるいは王宮の書庫を調べるか……折を見て、伯父上やミハイルと話してみるのもいいかもしれない」

そんなことをつぶやきながら、彼は眉をひそめる。フローリアほどではなかったが、彼もまた気にはなっていたのだ。

聖女の儀式で、結局何が起こったのか。神託がレナータを指したのは何故なのか。そんなことが、彼の心の片隅にひっかかっていたのだ。

「まあ、気長に取り組むしかないか。もどかしいことこの上ないが」

デジレは肩をすくめ、手紙をしまい込んだ。それから何の気なしに、窓の外に目をやる。

夜の離宮の庭は、いつもと同じ静けさに満ちていた。淡く輝く月光花《げっこうか》の群れを眺めているうちに、デジレの顔には自然と笑みが浮かんでいた。

◇

フローリアたち三人が神官長に会った日から、さかのぼること数日。

王宮の一室、彼女がずっと自室として使っている豪華な部屋。そこに置かれた大きな寝台に、レナータは一人腰かけていた。

聖女の儀式が執り行われたあの日から、彼女はずっとこうして閉じこもっているのだった。分厚いカーテンがきっちりと閉ざされているせいで、外の光はほとんど入ってこない。

いったいどれだけの時間をこうやって過ごしているのか、レナータにはもう分からなくなっていた。いや、彼女にとってそんなことは、どうでもいいことだったのだ。

昼間だというのに薄暗い部屋で、彼女は宙を見つめたまま静かにつぶやく。

「私が聖女なの。あの女じゃない。私なの」

レナータが身じろぎをすると、たっぷりとしたドレスの布地がさらさらと音を立てた。恐ろしいくらい静まり返った部屋の中に、その音はやけに大きく響いていた。

侍女たちは、この部屋にはいない。かつてフローリアが使っていた隣の部屋で、じっと息をひそめているのだ。

聖女の儀式で起こったことについての噂が流れ始めると、侍女たちの態度はほんの少しだけ変わった。ずっとレナータのことを恐れ、ただおびえていた彼女たちの顔に、戸惑いと疑いの色が浮かぶようになっていたのだ。そのこともまた、レナータを大いにいらだたせていた。

「誰も彼もが、私のことを聖女じゃないって陰口を叩《たた》いてる」

か細い彼女の声は、恐れでも心細さでもなく、ただ怒りに震えていた。

「儀式が何だっていうのよ。神託は、私を選んだのよ」

レナータは、聖女と神託にまつわる真実を知らないままだった。国を揺るがしかねない真実を知らせるには、彼女はあまりにも幼く、自分勝手に過ぎると、王と神官たちはそう判断していたのだ。

そうして真実を知らないレナータは、今でもかたくなに信じていた。いや、信じようと必死になっていた。

自分こそが絶対なる神に選ばれた、たった一人の聖女なのだと。たまたま何らかの理由で儀式が失敗してしまっただけで、自分が聖女であるという事実が揺らぐことはないのだと。

「……それなのに、またあの女が邪魔してきた。フローリア姉様が」

幼げな顔には不釣り合いな憎悪を浮かべ、彼女はぞっとするほど淡々と、低い声で言葉を紡ぐ。

「あんな女、いなくなってしまえばいいのに」

一度口にしたことで勢いがついたのか、彼女の口は少しずつなめらかになっていく。

「あいつだけじゃない。私を見てくれないデジレ様もよ」

レナータは鋭い目を、部屋の片隅に向ける。そこには、握りつぶされた手紙が転がっていた。聖女の儀式の次の日に届けられたそれには、デジレの字でこう書かれていた。

『私の立場では、できることはほとんどない。おそらく、君の期待に応えることはできない。済まない』

その文面を見たとたん、レナータは手紙をぐしゃぐしゃにして放り投げてしまったのだ。それ以来、手紙はずっとそこに放置されたままになっていた。

「フローリア姉様のことは助けたくせに。みんな、みんな姉様ばっかり」

スカートの上質な生地は、レナータの小さな手に握られてしわになっていた。レナータの声が、少しずつ高くなっていく。

「それに、マルク様もよ。婚約者なのに、どうして私のことを守ってくれないの？　勝手な噂を流している連中を黙らせるくらい、王子様なら簡単にできるはずなのに」

彼女は寝台から立ち上がり、燃える目で宙をにらみつける。怒りに震える声で、全てを拒む言葉を吐き出す。

「こそこそすることしかできない王宮のやつらも、もちろんアンシアの連中も、みんな、みんな消えてしまえばいいんだ！」

薄暗い部屋の中にレナータの声が響き渡ったが、すぐに元の静けさが戻ってくる。不気味なくらいの静寂の中、レナータはじっと立ち尽くしていた。やがて、かすかなつぶやきがその唇から漏れる。

「……今は、待つしかない。こんなところで怒っていたって、どうしようもない。私にだって、それくらい分かってる」

体の横に力なく垂れ下がっていた彼女の手が、ぎゅっと強く握りしめられる。

「私は、儀式をやり遂げられなかった。だけど、それでも、神託によって選ばれたのはこの私。……もしかしたら何か手違いがあったのかもしれない、神託が間違っていたのかもしれないって、そう考えなくもない、けど」

不安げにそうつぶやいたレナータだったが、すぐに力いっぱい首を横に振った。淡い亜麻色の髪が、乱れて舞う。

「でも、私が聖女なんだって、もう民たちにも知らされてる。そのことはもうどうやったってひっくり返せない」

聖女に選ばれ、王宮にやってきてから、彼女はたくさんの貴族たちと顔を合わせてきた。だから彼女は、貴族たちの社会や考え方について、大まかにではあるが知っていた。

そしてレナータは、こう結論づけていたのだ。万が一、自分が聖女ではないと判断されてしまったとしても、王や貴族、それに神官たちはいきなり自分を放り出したりはしないだろうと。

民の心の安寧だか、自分たちの面目だかなんだか知らないが、彼らはやけにそういうことを気にするのだ。レナータからすれば馬鹿馬鹿《ばかばか》しいとしか思えない考え方だったが、今の彼女にとっては、そのことは大いに好都合だった。

「口にするだけで気持ち悪くて鳥肌が立つけれど、『アンシアの末娘』は私だもの。万が一神託が間違っていたとしても、あいつらがあっさり認める筈がないわ。たとえ認めたとしても、そのことを公表しないかもね」

もしかしたら、表向き聖女はレナータのままだということになるかもしれない。聖女の儀式はもう終わってしまったのだから。今さら余計な混乱を招いてまで、聖女の交代を民に知らせるとは思えない。彼女はそう踏んでいた。

だからレナータは、自分の置かれた立場についてはそこまで心配してはいなかった。今までのような好き勝手はできなくなるかもしれないが、いきなりひどい目にあうことはないだろう。うまく立ち回れば、ある程度の特権を持ち続けることができるかもしれない。そんな風にのんきに構えてすらいた。

実のところ、彼女がデジレに送った手紙には、もしかしたら彼の同情を買えるかもしれない、こちらを見てもらえるかもしれないという、そんな打算も少なからず含まれていた。

だから今、彼女の胸をちりちりと焦《こ》がしているのは、もっと別の思いだった。

「……でも、悔しい。やっとあいつらを見返せると思ったのに。一番素晴らしい瞬間を、見せつけてやろうと思ったのに」

彼女はそう言って、奥歯を噛みしめる。幼さの残った顔が、苦しげにゆがむ。

「まだお母様の復讐は、終わっていないのに……ここからどうしたらいいの……」

そうつぶやくレナータの声は、泣きそうに震えていた。

「……誰か、助けてよ……」

レナータはうつむいたまま、ただ唇を噛んでいた。その時、そろそろと扉が叩かれる。

「聖女様、お手紙が届いています……」

扉の向こうから聞こえてきたその言葉に、レナータは弾かれたように振り返る。ついさっきまで悲しげに伏せられていた彼女の目は、一転してぎらぎらと輝いていた。

「今すぐ寄こしなさい！」

侍女が扉を開け、手紙をうやうやしく差し出す。その手からひったくるようにして手紙を受け取ると、レナータはばたんと大きく音を立てて扉を閉めた。あまりの勢いに、しずしずと下がっている途中の侍女が扉に挟まれそうになっていたが、レナータは少しも気に留めていなかった。

レナータは机に駆け寄って手紙をそっと置くと、勢いよくカーテンを開けた。久しぶりのまばゆい陽《ひ》の光に、彼女は思わず身をすくめる。

さんさんと降《ふ》り注《そそ》ぐ光に照らし出されたのは、安物の質素な封筒に、何よりも愛おしい見慣れた筆跡。

それは今のレナータにとって唯一の、最後の希望だった。

◇

フローリアたちが神官長のもとを訪ねたその日の夜、マルクは供も連れずに王宮の廊下を歩いていた。やがて彼は、豪華な扉の前で立ち止まる。扉の傍に立つ兵士に来訪の旨を伝えると、兵士は部屋の中に姿を消していった。

「マルク、お前がここにやってくるとは珍しいな」

そんな言葉と共に扉が開き、ミハイルが姿を現した。彼は自分を訪ねてきた弟の姿を見て、驚きに目を見張った。

そこに立っていたマルクは、以前の彼とはまるで違ってしまっていたのだ。普段の不機嫌さは鳴りをひそめていて、代わりに真剣な、苦しげな表情がその顔には浮かんでいる。いつもいらだたしげに力んでいた肩も、落ち込んだようにすぼめられていた。

ただならぬ弟の様子に、ミハイルは戸惑わずにはいられなかった。それでも彼は礼儀正しくマルクを部屋に招き入れ、椅子を勧める。

マルクはあっけないくらい素直に席に着いた。ミハイルも戸惑いつつ、その向かいに座る。けれど二人の間に会話はなく、部屋の中には奇妙な沈黙だけが満ちていた。マルクはミハイルから目をそらそうとしているのか、力なく顔を伏せている。そんな弟を、ミハイルはただ静かに見つめていた。

長い沈黙の後、不意にマルクがぽつりとつぶやいた。

「……俺《おれ》は、いったい何と戦っていたのだろう。何にあらがって、何に逆らっていたのか」

マルクの口調は、普段ミハイルに話しかける時の礼儀正しくもよそよそしいものではなかった。

「俺は、ずっと兄上に勝ちたかった。何か一つでもいい、兄上に勝てるものが欲しかった。俺は、ずっとそんな思いにとらわれていた」

独り言のようなマルクの言葉は、とぎれとぎれに続いていく。ミハイルは何も言わず、弟の言葉に耳を傾けていた。一言も聞き漏らすまいとしているような、そんな表情だった。

「だから俺は、聖女と婚約した。兄上を超えるために、聖女の持つ権力を利用しようとした」

マルクは遠くを見つめているような目つきをしたまま、誰にともなく語り続けている。膝に置かれた彼の手は、固く握りしめられていた。

「これでやっと、兄上に勝てると思った。兄上の呪縛《じゅばく》から逃れられると思った。何をやっても兄上には敵《かな》わない俺が、兄上を差し置いて次の王になることもできるかもしれない。そんなことすら考えていた」

懺悔《ざんげ》のような弟の言葉に、ミハイルはひどく痛々しげに眉を寄せる。うつむいたままのマルクは、そんな兄の表情に気づくことはなかった。

「しかし、俺が婚約した相手は聖女ではなかった。いずれ父上と神官たちは、デジレの傍にいるあの女を真の聖女として認めるだろう。あの封印をかけ直したのは、間違いなくあの女だ」

マルクは唇を噛みしめる。己《おのれ》の行いを後悔しているようでもあり、ふがいない己を恥じているようでもあった。

「民には真の聖女の存在が知らされないかもしれない。表向き、聖女はレナータのままということになるかもしれない。だがその場合でもレナータは表舞台から姿を消すことになるだろうし、もちろん権力も取り上げられる」

ほんの少しかすれた、大人になる途中の声が、淡々と言葉を紡いでいく。

「俺が手にしたと思ったものは、全て幻だった。そう思ったら、絶望するほかなかった」

ミハイルはその言葉に、少なからず衝撃を受けていた。弟が自分を敵視していることを、彼は知っていた。けれどそこまで弟が追いつめられていることに、彼は気づいていなかったのだ。

「マルク、私は」

「兄上」

うろたえながら口を開くミハイルの言葉に、マルクの声が重なる。マルクが顔を上げて、ミハイルをまっすぐに見た。兄と同じ淡い水色の瞳は、とても静かに澄んでいた。

「俺はあの儀式の日からずっと、考え続けていました。レナータのこと、兄上のこと、そしてデジレたちのことを。俺はどうしたかったのか、これからどうしたいのかを」

今までの彼からは想像もつかないほど穏やかな声に、ミハイルはわずかに目を見張った。そうしてマルクは、己の思いを兄に告げる。

「……俺は、自分自身の力で兄上に勝たなければならなかった。聖女の権力を借りて兄上に勝ったところで、意味がなかった。もしそうなっていたら、俺はどうしようもない虚《むな》しさを抱えることになったでしょう」

マルクはミハイルを見つめたまま、さらに言葉を続ける。どことなく、誇らしげに。

「だから俺は、兄上に宣言しにきたのです。ただ兄上を憎むのではなく、正々堂々と打ち負かしてみせると」

「そうか、お前のその言葉、しかと胸に留めておく」

いつもは王太子という立場にふさわしい穏やかな表情を崩さないミハイルだったが、今、彼は顔いっぱいに切なげな笑みを浮かべていた。目をぎゅっと細めて眉を下げたそのさまは、まるで泣いているようでもあった。

「……立派になったな、マルク」

ミハイルの温かな声音に、マルクはゆっくりと目を細めた。それから誇らしげに胸を張り、いつもと同じふてぶてしい笑顔を浮かべてみせる。ミハイルにとっては見慣れたその子供らしい表情は、どこか余裕すら感じられるものに変わっていた。

そうして兄弟は、微笑んだまま向き直る。少しの間二人は無言で見つめ合っていたが、やがてミハイルがゆっくりと口を開いた。

「マルク、一つ聞いてもいいだろうか。……レナータのことなのだが」

無言でうなずくマルクからわずかに目をそらし、ミハイルは続ける。

「お前は彼女に、これからどう接していくつもりなのだろうか。今の彼女の立場は、その……かなり不安定になっている」

「俺と彼女の婚約が認められたのは、彼女が聖女だったから。しかし彼女は聖女ではない。そして彼女の本来の身分は、俺の、王子の伴侶《はんりょ》となるにはあまりにも低い。そういうことですね」

兄が濁した言葉を、マルクが拾い上げる。そしてさらに、言葉を付け加えた。

「俺は、彼女の意思を尊重したいと思っています。このまま俺と共にあるか、それとも婚約を解消して王宮を出るか。どちらを選ぼうと、俺は彼女を全力で支えます」

マルクはすらすらとそう言ってから、少しためらうような表情を見せた。薄くそばかすの散った頬が、ほんのりと赤い。

「……きっかけはどうあれ、今の俺は彼女の、……婚約者なのですから」

「そうか。お前がそう決めているのなら、私は何も言わない。ただ、私にできることがあるのなら、いつでも言ってくれ。喜んで、力を貸そう」

「……ありがとう、ございます」

そう答えるマルクの口調はどことなくぎこちなかった。無理もない、彼はずっと兄をただひたすらに妬《ねた》み、憎んできたのだから。聖女の儀式をきっかけとしてマルクは様々なことを考え、そして兄に一歩だけ歩み寄ることができた。しかし、彼の胸の奥底によどむ思いがすぐに消えてなくなる訳ではない。

ミハイルはそれに気づいていたから、あえて何も指摘せずに、そのまま話を続けることにした。

「しかし、お前たちが婚約したのも何かの縁だろう。今まで色々あったが、お前たちがこれから一緒にやり直していければいいと、私はそう思うのだが」

お前たちはどうも、似た者同士のようだから。そんな言葉を飲み込んだミハイルに、マルクはすぐ言葉を返す。

「いえ、彼女が見ているのは俺の地位だけです。彼女は決して俺のことを好いてはいません」

やけにきっぱりと、マルクは言い切った。

「……そしておそらく、彼女の幸せは俺の傍にはありません。このまま王宮に留まるのは、彼女にとって酷《こく》でしょう」

マルクはやけに大人びた苦笑を浮かべて、小さくかぶりを振っている。ミハイルはそんな弟を見ながら、ゆっくりと目を細める。

ミハイルは気づいていた。マルク自身すら気づいていない、弟が抱いている思いに。

レナータが自分のことを好いていないと、マルクはそう断言した。けれど彼は、自分が彼女のことをどう思っているかについては口にしていなかった。

彼はレナータのことを嫌ってはいない。むしろ彼は、レナータにぼんやりとした好意を抱いているようだった。けれど未だにその思いを、きちんと自覚できていないらしい。少年らしいそんな弟の心の動きを、ミハイルは微笑ましく思っていた。

「そうか。……彼女が、お前たち双方にとって良い判断をしてくれることを、私は祈るとしよう」

兄の言葉に何かを感じ取ったのか、マルクが居心地悪そうに身じろぎした。それを見て、ミハイルがほんのわずかに微笑む。

静かな室内に、兄弟の話し合う穏やかな声だけがひっそりと響いていた。

しばらくして、ミハイルの部屋からマルクが出てきた。見送る兄に会釈して、マルクはその場を後にする。

けれど彼は、まっすぐ自室に戻ろうとはしなかった。彼は廊下をぶらぶらと歩きながら、兄との会話の断片を思い出していたのだった。

和解したと言い切れるほどには歩み寄れておらず、けれど今までのような一方的な敵対関係とも違う。マルクは兄に思いを打ち明けたことを後悔してはいなかったが、それでもまだ戸惑いを覚えずにはいられなかった。彼が何年もかけて兄との間に築いてしまった壁は、それほどに高かったのだ。

夜の王宮の廊下に、風に乗って花のような香りがふわりと漂ってくる。マルクは足を止め、心地良さげに目を細める。彼はそのまましばらく立ち止まっていたが、やがてある一室へ向かってまた歩き始めた。

「おそらくもう、眠っているとは思うが……」

彼が目指していたのはレナータの部屋だった。先ほどよりも少しゆっくりとした足取りで、彼は進んでいく。

もしまだ彼女が起きていたなら、少しだけでも語り合いたい。自分に何かができるなどとは思っていないが、せめて伝えたい。少なくとも自分は、彼女の味方なのだと。彼の心の内には、そんな思いがふわふわと漂っていた。

そうしてマルクはレナータの部屋を訪れ、控えていた侍女に用件を伝える。侍女は恐る恐る奥の間を見に行って、すぐに戻ってきた。蝋燭《ろうそく》のかすかな明かりでもはっきりと分かるほど、侍女の顔は青ざめている。

「聖女様が、どこにもおられません……」

その言葉に、マルクは胸騒《むなさわ》ぎのようなものを覚えていた。何か、取り返しのつかないことが起こっているのではないか。何故か、彼にはそう思えて仕方がなかったのだ。

「俺の方で探してみよう。お前はここで、彼女の帰りを待て」

泣きそうな顔の侍女に背を向けながら、マルクは得体のしれない何かに突き動かされるように、大股で立ち去っていった。

# 第五章　もう戻れない

その夜、私は中々寝つけずにいた。寝台に横たわって目を閉じているのに、頭の中では昼間に聞いた話がぐるぐると回り続けていた。

聖女とは、神に選ばれし存在ではない。この国を守っているのは、神ではない。その事実を、私はまだしっかりと受け止めきれずにいた。自分がただの人間でいられるという安心感と、心の支えを失ってしまったような虚無感。その二つの間で、心が揺れ動き続けている。

目を開けて、また閉じて。もう一度目を開けて、ぼんやりと天井《てんじょう》を眺める。気のせいか、天井がやけに明るく見えた。

ため息をついて、ゆっくり起き上がる。このままではとても眠れそうにない。少し、外の空気を吸ってこよう。

静かに寝台を抜け出して、上着を手にする。ふと窓の方に目をやった時、異変に気がついた。

今は真夜中で、庭には何の明かりも灯《とも》されていない。それなのに、窓の外はおかしなくらいに明るかった。今夜は満月ではないし、月光花《げっこうか》の輝きにしては明るすぎる。

驚きながら窓に歩み寄り、外の様子をうかがう。思いもかけない光景に、息を呑《の》んだ。

離宮の裏手に広がる庭のあちこちで、炎が激しく踊っていた。建物に燃え移るまでにはまだ間がありそうだけれど、かといってそう猶予があるようにも思えない。

弾かれるように振り返り、上着をつかんで走り出した。すぐ隣の、デジレの部屋に向かう。

「デジレ様、火事です！　庭が燃えています！」

がんがんと扉を叩《たた》き、返事を待たずに部屋に飛び込む。私の声で目を覚ましたのか、眠そうな顔のデジレが寝台の上で身を起こし、こちらを見ている。

「……火事、だと？」

デジレはそうつぶやいて、のろのろと窓の方に顔を向けた。次の瞬間、まだぼんやりとしていた赤い目が驚きに見開かれる。彼はするりと寝台を下りて、窓に駆け寄った。

「こちらまで火の手が回る前に、急いで出よう」

こくりとうなずきながら、クローゼットから取り出した彼の上着を渡す。彼はそれを羽織り、こちらに手を差し出してきた。

手を取り合って、二人で部屋を出る。小声で話しながら、廊下を急ぎ足で進んだ。

「裏門の兵士は、どうしているのでしょうか。裏門は庭に面していますから、もうとっくに気づいていると思うのですが」

「火消しのための人手を集めに、王宮に向かっているのかもしれないな。しかしこういった場合、まず私たちのところまで変事を知らせに来る決まりになっているのだが」

廊下の窓の外では、ちらちらと炎が揺れている。その勢いが、少しずつ増しているように思えた。

「そもそも、どうしてあの庭で火事が起こっているのだろうな。それも広い庭のあちこちで同時に火の手が上がるとは、不思議なこともあったものだ」

「そうですね。あそこには燭台《しょくだい》一つ置かれていないのに……」

「まあ、いずれ兵士たちが消し止めてくれるだろう。原因を調べるのはその後だな。ひとまず私たちの仕事は、安全なところまで逃げ延びることだ」

離宮の屋敷はそう大きくない。すぐに、玄関の扉の前にたどり着いた。デジレが扉を開けようとして、ぴたりと動きを止める。

「どうしたのですか？」

「……扉が開かない。鍵《かぎ》がかけられているのか？」

デジレはそう言うと、上着のポケットから鍵を取り出して鍵穴に差し込む。しかし彼は眉間《みけん》にしわを寄せて、首をかしげるだけだった。

「鍵はかかっていない。ならば何故《なぜ》……」

困惑しながらつぶやくと、彼は両手で扉の取っ手をつかみ、全身を使って扉を押し始めた。彼は見た目よりも力がある。けれど、扉はびくともしない。私も手を貸して、今度は二人一緒に扉を押す。それでもやはり、扉は動かない。いつもは、私が片手で開け閉めできるくらい軽いのに。

「おい、どうなっている！」

デジレが扉を叩き、向こう側に呼びかける。表門を守る兵士がそちらにいる筈《はず》なのに、扉の向こうからは何の返事もなかった。

「いったい、どうなっているのでしょうか？」

「私にも分からん。ただ一つだけ言えるのは、ここからは出られそうにないということだ」

扉をにらむデジレの声には、はっきりとした焦《あせ》りがにじみ出ていた。

「仕方ない。いったん庭に出て、裏門から外に出よう。まだ庭に火は回り切っていなかったから、急げば通り抜けられるだろう」

警備を容易にするためなのか、この屋敷の一階の窓には頑丈な鉄の柵が取りつけられていて、そこから出入りすることはできない。そして離宮の広い庭は、高く頑丈な柵に囲まれている。玄関が使えないとなると、デジレの言う通り庭を抜けて裏門から出る以外に逃げ道はない。

さらに屋敷の中を走り、庭へ続く出入り口に向かう。そこの扉は、あっけないほどすんなりと開いた。いつもはひんやりとしている夜の空気は、息が詰まるような煙の臭いで汚されていた。

「フローリア、私から離れるな」

厳しい顔をしたデジレが、しっかりと私の手を握りしめる。そうして私たちは、夜の庭に飛び出していった。

右には炎、左にも炎。辺りには、ぞっとするほど鮮やかな炎がいくつも躍っている。それはまだ焚火《たきび》ほどの小さな火ではあったけれど、貪欲に周囲のものを飲み込み、少しずつ大きくなっていた。

可憐な花たちが、炎に包まれてちりちりと焦《こ》げていく。そんなさまを横目に見ながら、庭を急いで走り抜ける。胸の痛みをこらえて、炎をよけながら懸命に走り続ける。

「あっ、月光花が……」

白く輝く月光花の一群れに、炎がひとかけら舞い降りる。繊細な花びらはあっという間に燃え上がり、くすんだ灰になって散っていく。

思わず足が止まる。燃え尽きていく花々に、空いている左手を差し伸べる。私の右手を握るデジレの手に、力がこもった。悲しげなつぶやきが、すぐ隣から聞こえてくる。

「口惜しいが、今はここを脱出するのが先だ。行こう」

「はい……」

何もできない悔しさに唇を噛《か》んだその時、デジレの肩越しに人影のようなものが見えた気がした。見間違いだろうかと思いながら、そちらをじっと見つめる。

庭の奥の大きな木、その下に誰《だれ》かが立っている。もっとよく見ようと身を乗り出したその時、その誰かは隣の生垣の向こうに姿を消した。暗くて遠いということもあってはっきりとは見えなかったけれど、あの制服は。

「どうして、王宮のメイドがこんなところに？」

あっけにとられてそう口にすると、デジレが赤い目を見張った。

「フローリア、誰かいたのか？」

「たぶん、ですが……さっき、あちらの生垣の陰に……」

その瞬間、小さな悲鳴のようなものが庭に響く。ちょうど今しがた、メイドが消えていった方から聞こえてきた。

私たちは顔を見合わせて、そちらに向かって走り出す。

「奥に入り込んでいないといいのだが……」

周囲の様子をうかがいながら、デジレが小声でつぶやく。あの辺りは背の高い生垣が複雑に入り組んでいて、まるで迷路のようになっているのだ。不慣れな者がうっかり足を踏み入れたら、迷子になってしまうかもしれない。炎が燃え広がりつつある今、あのメイドを放っておくのは危険だった。

この庭を熟知しているデジレが先に立ち、私は彼に手を引かれて走る。ところどころに火がついた迷路の中を走り、さっきのメイドを探す。ひたすらに走り続けているうちに、生垣に囲まれた小さな広場のようになっているところに出た。まさに、その時。

「ふふ、ひっかかった。本当に甘いのね、あなたたちって。ちょっと悲鳴を上げただけで、炎の中をすっとんでくるなんて」

場違いに明るい声が、私たちを出迎えた。そこにいたのは、なんとメイドの制服をまとったレナータだったのだ。

広場の向こう側、さらに奥に続く通路への入り口の傍《そば》に、大きな石の彫像が置かれている。彼女はその台座に腰かけて、こちらを見下ろしながらくすくすと可愛《かわい》らしく笑っていた。幼さの残る彼女の顔に、揺らめく炎が不気味な影を投げかけていた。

私たちとレナータの間には、ひときわ盛んに燃え上がる炎の壁がそびえ立っている。それは、自然にできたものだとは思えなかった。まるで誰かが薪《まき》や枯れ枝を積み上げて、火をつけたもののように思える。

その炎の壁にはばまれて、彼女に近づくことはできそうになかった。それだけではなく、周囲の生垣はみな激しい炎に包まれていた。いつの間にか、私とデジレは三方を火に囲まれてしまっていたのだ。燃えていないのは、今しがた通ってきた後ろの道だけだ。

恐ろしさに身をすくめて後ずさりする私の肩を、デジレがしっかりと抱きしめる。けれど彼の腕も、かすかに震えているように思われた。

ただ一人平然と、レナータは笑う。いつになく優しい声で、彼女は言った。

「あなたさえいなければ、全部丸く収まるの。だから私、あなたに消えてもらうことにしたのよ。ねえ、フローリア」

「レナータ……まさか、この火はあなたが……？」

もしかして、という気持ちと、きっとそうなのだろう、という気持ちとがせめぎあう。どうか否定して欲しい、そんな思いを込めて彼女を見上げ、言葉を投げかける。

けれど彼女は、いっそ残酷なほど無邪気な笑みでそれに答えた。

「そうよ。火をつけたのも、あなたたちをここに誘い出したのも、全部私」

いともあっさりと私の願いを打ち砕き、レナータは軽《かろ》やかに喋《しゃべ》り続ける。

「どうして、そんな……だって、こんなことをしたら、デジレ様まで」

真っ白になりそうな頭を必死に動かして、どうにかそれだけを口にする。

私の言葉を聞くと、彼女は小さな両手を胸の前で組み合わせて目を伏せた。それは昔、まだ私たちがアンシアの屋敷で穏やかに暮らしていた頃、よく彼女が見せていた弱々しい表情だった。

「だって、デジレ様は私のことを助けてくれなかったんだもの。あなたのことは懸命に守るのに、私のことは見捨てた。動いてすら、くれなかった」

「レナータ、あなたは何を言って……」

「デジレ様には、分かりますよね？　私が言いたいこと」

私の言葉を遮《さえぎ》って、レナータはにっこりと笑いかける。訳が分からないまま、隣のデジレを見上げた。彼はとても静かな、どことなく苦しげな顔で、ゆっくりと口を開く。

「……君の置かれた状況を思えば、不憫《ふびん》だとは思う。だがやはり、私にできることはないのだ。聖女や神託のことについては、私はあくまでも部外者でしかない」

可愛らしく小首をかしげていたレナータが、その言葉を聞いて顔をこわばらせた。見る見るうちに、激しい怒りがその顔に浮かび上がる。

「ふうん？　でも、もしフローリアが同じ状況に置かれたなら、あなたはどんな手を使ってでも彼女を救おうとしたんじゃないですか？」

「……もちろんだ。彼女は私にとってたった一人の、かけがえのない存在だからな」

「やっぱりそうですか。ああもう、腹が立つったら。聞くんじゃなかったわ」

レナータは牙《きば》をむきだすように顔をゆがめると、顎をそらして私を見すえる。その目には、激しい憎悪の炎が躍っていた。辺りで燃え盛っている炎よりもずっと強く、激しい炎だった。

「みぃんな、あなたが悪いのよ、フローリア。王宮の連中がひそひそと噂話をしているのも、デジレ様が私のことを見てくれないのも、私が聖女じゃないって疑われたのも、全部、ぜんぶあなたのせいなんだから!!　私が聖女なのよ、神に選ばれたのは、私なのよ!!」

辺りの炎が、レナータの叫び声に応えるかのように大きく揺らめく。ああ、そうだ。彼女は知らないのだった。聖女が、ただの人間でしかないということを。神は聖女を選びなどしないということを。

真実を知れば、彼女の態度も変わるだろうか。そう考えて口を開きかけ、思いとどまる。今のレナータにとって、自分が神によって選ばれた聖女だということは、おそらく唯一の心のよりどころなのだろう。ここでうかつに真実を告げても、彼女は納得しないに違いない。それどころか、文字通り火に油を注《そそ》いでしまうかもしれない。

レナータの迫力に圧倒されて立ち尽くす私たちに、彼女は冷ややかな視線を向けていた。けれど少しして、その顔に心底嬉《うれ》しそうな笑みが浮かぶ。

嫌な予感がしたまさにその時、私たちのすぐ後ろで大きな音がした。びくりとしながら、デジレと二人振り返った。

「しまった、退路が！」

私たちの視線の先には、一本の木が倒れていた。ちょうど、私たちがやってきた道を塞《ふさ》ぐように。生木《なまき》とは思えないほど勢いよく燃えているその木の根元には、のこぎりを入れたような跡があった。

「そろそろかなって思ってたんだけど、ぴったりだった。ふふ、ついてたわ」

笑い声にまた振り向くと、勝ち誇ったような顔で笑うレナータと目が合った。

「あなたたちがここに着いた後で倒れるように、少し仕掛けをしておいたのよ。倒れやすくなるよう根元に切り目を入れて、油を染み込ませたぼろきれを巻きつけて。火をつける順番も、ちゃんと考えたんだから」

　弾んだ声で、レナータが語る。私たちはただ、彼女と倒木を交互に見ることしかできなかった。これでは、とても来た道を戻ることはできない。前には炎の壁、左右には燃え盛る生垣、後ろには燃える倒木。私とデジレは、すっかり炎に取り囲まれてしまっていた。

　デジレが私の肩を抱いて、私を守るように抱き寄せる。ゆらゆらと不吉に揺らめく炎の向こうで、レナータがまた愉快そうに笑った。

「素敵ね。これでもう、あなたたちはどこにも逃げられない」

　まるで酒にでも酔っているかのように、レナータが調子外れの笑い声を上げた。ぱちぱちと木がはぜる音に、彼女のかん高い声がゆがんで交ざり合っていく。

　この世のものとは思えないほど恐ろしい光景に立ちすくむ私の耳元で、デジレが小声でささやいた。

「大丈夫だ、じきに表門か裏門の兵士が異常に気づいて駆けつけてくる。炎の勢いもさほど激しくはないし、それまで十分耐えられるだろう」

「あらあ、本当にそう思うんですか？」

　デジレの言葉に、レナータが反応した。炎の向こうに見える彼女の幼い顔は、ゆがんだ喜びに輝いていた。

「どうして玄関から出られなかったのか、考えてみなかったの？　それに、どうして私が庭に入り込めたのかも」

無言のまま、デジレと顔を見合わせる。さっきから色々なことが立て続けに起こりすぎて、一向に考えがまとまらない。彼もまた、困惑を顔に浮かべていた。

戸惑う私たちを見て、レナータは歌うように言葉を続ける。

「くすねた制服を着て、ちょっと気弱そうに振る舞ってみせるだけで、みんな簡単にだまされちゃうのよ。王宮の連中も、離宮の門を守る兵士たちも、私が誰なのかちっとも気づかなかった。みんな、私のことをただのメイドだって勘違いしてた」

レナータの笑顔が、一瞬泣いているように見えた。しかし彼女はすぐに、満面の笑みに戻ってしまう。

「アンシアのぼろ屋敷で暮らしていた経験が、こんなところで役に立つなんて思いもしなかったわ」

メイドのお仕着せをまとったレナータは、小さな胸をつんとそらした。

「それからこそこそと王宮を歩き回って、準備を整えたの。たいまつ用の特製の油に強い酒、それにぼろきれや細い薪なんかをたくさん集めて、小さな手押し車に積んだのよ。そうして私は、ここまでやってきた。この離宮に、火を放つために」

「しかし、そんな大荷物を離宮の庭に運び込めば、必ず、兵士たちに止められるだろう。王宮を抜けるところまではできるかもしれないが、離宮の門では必ず中身をあらためられる」

じりじりと、辺りの温度が上がっていく。その熱気から私をかばうようにしながら、デジレが低く厳しい声で問う。レナータは全くひるむことなく、軽やかな笑い声でそれに答えた。

「ええ、そうですね。見とがめられちゃったから、門の兵士にはそのまま眠ってもらいました、とびきりよく効く特製の眠り薬を、ちょっとくすねてたんです。あの人たち、今頃《いまごろ》それぞれの持ち場でいい夢を見てるんじゃないですか？」

場違いに明るい笑みを張りつけたまま、レナータは話し続ける。まるでちょっとしたいたずらが成功した時の子供のような、やけに無邪気な表情だった。

「ついでだから、もう一つ種明かしをしてあげますね。離宮の玄関の扉には、外からかんぬき代わりに木の板をくくりつけておいたんです。森の中の廃屋《はいおく》にフローリアを閉じ込めた時と、同じように」

眠り薬。森の廃屋。閉じ込めた。レナータが口にした言葉に、思わずつぶやきが漏《も》れる。

「それなら……あの時私がさらわれたのは、やはりあなたが……」

「『やはり』ね。やっぱりあなたは私が犯人だって、そう思ってたのね」

彼女の澄んだ声に、はっきりとした失望の響きが混ざる。しまった、今の言葉は決して口にしてはいけなかったのに。そう思っても、もう言葉を取り消すことなどできない。

レナータは一転して、冷ややかに言い放つ。

「ええそうよ、あなたの思った通りよ。あなたがデジレ様の傍にいて、彼に守られていることが気に食わなかったの。だからちょっとこらしめて、家に追い返してやろうと思ったの」

ちょっとこらしめる。あの時の状況とはあまりにも不釣り合いな軽い口調に、背筋がぞっとした。あの日、あの廃屋の中で味わった恐怖がじわじわとよみがえる。けれどそれ以上に、私の胸の内には凍りつくような絶望が忍び寄っていた。

かつてレナータは、私をさらわせた。けれどそれは、あくまでも私を苦しめるためだった。けれど今、彼女は私とデジレを炎の中に閉じ込めている。彼女の敵意は、もう戻れないところまで来てしまっているのだろう。そう思えてならなかった。

「でも今にして思えば、こらしめるだなんて甘いことを考えないで、あの時にきちんととどめを刺しておくべきだったわね。そうすれば、聖女の儀式を邪魔されることもなかったもの」

そんな私に、レナータは容赦なく冷ややかな言葉を叩きつけていく。嫌だ、そんな言葉は聞きたくない。

思わずうつむいた私を、デジレが抱き寄せた。私の頭を胸元《むなもと》に抱え込むように、私を隠すように。彼にすっぽりと包まれて、レナータの姿が見えなくなる。そのことを嬉しいと思ってしまった。そしてそう思えることが、ただひたすらに悲しい。

デジレは私を抱え込んだまま、静かに問いかける。

「……その誘拐事件には、マルクも関《かか》わっていたのか」

「あら、そこまで感づいていたんですか。はい、そうですよ」

やはりレナータはひるむことなく、ふふんと鼻で笑う。

「フローリアを直接さらった兵士たちは、マルク様の腹心なんです。あいつらはマルク様の言うとならなんでも聞く犬ですから。ほんと、役に立ってくれました」

あの事件の直後から、ミハイル様はずっと犯人を探していた。けれど結局、私をさらった兵士たちは見つからなかった。その事実が意味するところについて、私もデジレも明言こそしなかったけれど、こう思っていた。きっと、マルク様が何らかの形で関与しているのだろうと。

その推測を、レナータはあっさりと肯定してのけた。けれどその時胸に浮かんだのは、ああ、やっぱりな、というひどく静かな思いだけだった。衝撃に次ぐ衝撃で、心が麻痺し始めていたのかもしれない。

「さあ、お喋りはこの辺で終わりにしましょう。私、もう疲れちゃったの」

レナータの雰囲気が、突然変わる。笑いに怒りに、目まぐるしく色を変えていた彼女の声から、表情が消えた。

恐る恐る顔を上げ、レナータを見た。彫像の陰にでも隠していたのか、いつの間にか彼女は手桶《ておけ》のようなものを抱えていた。

次の瞬間、手桶の中身が私とデジレにぶちまけられる。ぬるりとした液体が、服にしみこんで肌を濡《ぬ》らした。

「……油か！」

デジレが短く叫ぶ。彼が身震いしたのが、触れ合っている体越しに伝わってきた。

「ええ。その油はとびきり燃えやすい特別製だから、あとは火の粉の一つでも飛んでくれれば、あなたたちはぼっと燃え上がって、それでおしまい」

周囲で躍り狂う炎は、少しずつ勢いを増している。デジレと支え合うようにしながら、なすすべもなく視線をさまよわせた。レナータはこちらを見ることなく、独り言のようにつぶやいている。

「ああ、これでやっと、あなたたちの顔を見なくて済む。私を踏みにじったあなたたちがどこかで

幸せにしているんじゃないかって、そんなことを考えて苦しまなくて済む！」

レナータはゆっくりと顔を上げ、夜空を見すえる。立ち上る煙に、細い月がかすんで見えた。

「やっと、やっと自由になれる！」

月にも届けとばかりに、彼女は叫ぶ。その声に、辺りの炎すらたじろいだように思えた。

聖女に選ばれてからずっと、レナータは驚くほどの高慢さを漂わせていた。けれど今の彼女は、助けを求めて泣き叫ぶ子供のように見えていた。怒り狂いながら叫ぶレナータは、今までで一番か弱く、辛《つら》そうに見えた。

「レナータ、どうしてそんな悲しいことを言うの……」

彼女の叫び声が胸に突き刺さって、苦しい。そんな気持ちに突き動かされるように、小声で問いかける。きっと、ちゃんとした答えは返ってこないのだろうなと、心のどこかでそう思いながら。

「うるさい！　もう私に構わないで！」

彼女はそう吠えて、私をまっすぐににらみつける。そこにあるのはもう怒りでも憎しみでもない、ただひたすらに純粋な、拒絶だけだった。それでも、もう一度食い下がる。

「いいえ……だってあなたは私の、いもうと」

「お前なんか家族じゃない!!　私の家族は、一人だけよ!!」

私の言葉を塗りつぶすように、レナータが悲鳴のような声を上げる。いつもは暗い紫をしている彼女の瞳《ひとみ》は、今は狂おしい炎の赤に染まりぎらぎらと輝いていた。

「私のことを見てくれるのも、私を愛してくれるのも、この世にたった一人しかいないの!!」

「……エドワード、か」

その時、恐ろしいほど静かな声が割り込んできた。それは声変わりの途中の、少しかすれた少年の声だった。レナータが目を大きく見張り、ひゅっと息を吸い込んだ。

「どうしてあなたが、伯父様の名前を知っているのよ！」

ひときわ大きな声で叫ぶレナータの視線は、私たちの後ろに向けられていた。のろのろと後ろに目をやると、倒木の向こう側に立っているマルク様の姿が見えた。その隣には、兵士たちもいた。

兵士たちは手桶のようなもので、せっせと倒木に水をかけている。

倒木を焦がしていた炎は、ほぼ消えていた。兵士たちはさらに水をかけてから、注意深く倒木を押しのけて、道を空けようとしている。

どうして、マルク様がこんなところに。呆然《ぼうぜん》としている私の耳に、いくつもの物音が飛び込んでくる。

ばたばたというたくさんの足音、こっちだ、急げ、といった声、水のようなものが盛大にまき散らされる音。さっきまで庭を満たしていた木々の燃える音は、もう聞こえなくなっていた。

そうこうしているうちに、倒木が道の脇《わき》にどけられた。水桶を手にした兵士たちが次々と駆け込んでくる。彼らは私たちとレナータとの間に立ちはだかっていた炎の壁に、ざぱんざぱんと豪快に水をぶちまけていった。見る見るうちに炎の勢いが弱まっていく。

どうやら、危機は脱したらしい。けれどいまだに実感が湧《わ》かなくて、デジレの腕にしがみつく。デジレも呆然としたまま、私をぎゅっと抱きしめていた。

マルク様が、こちらに向かって歩いてくる。彼は私たちの横を素通りして、レナータに向かっていった。

「レナータ、お前は離宮の庭に火を放ち、この二人を殺そうとした。そのことに相違ないな」

「なんで、どうして、マルク様がこんなところにいるんですか！　ねえ、どうして⁉」

「……お前が部屋にいないと思ったら、こんなことになっているとはな」

レナータはマルク様の問いに答えることなく、金切り声で叫んでいる。そしてマルク様もレナータの問いに答えずに、独り言のようにつぶやいていた。いつもいらだたしげだった彼の声は、不思議なくらいに穏やかで、目を見張るほどの威厳に満ちていた。

「俺《おれ》なら、お前のことを分かってやれるかもしれないと思っていた。いや、もっと早くに、分かろうとしなければならなかったのだな。取り返しがつかなくなる、その前に」

そのマルク様の言葉は、レナータには向けられていないようだった。それは自分自身に向けられた後悔の、あるいは軽蔑《けいべつ》の言葉のようにすら聞こえた。

「マルク、様……」

ぎらぎらと狂おしい光をたたえ続けていたレナータの目が、ふっと戸惑いに揺れる。レナータの暗い紫色の目と、マルク様の淡い水色の瞳が、正面から向かい合った。

周囲ではたくさんの兵士たちがきびきびと走り回り、手分けしてせっせと火を消し続けている。燃えた枝を切り落とし、水をかけ、踏みつけていく。

辺りはまるで、朝の市場のように騒がしくなっていた。それなのに、見つめ合う二人の周りだけは、不思議なくらいに静まり返っているように思えた。

デジレに寄り添ったまま、じっと二人を見守る。やがて、マルク様がゆっくりと息を吐きだした。

「レナータ、俺はお前を罪人として捕らえなければならない。それが俺の、王族としての責任だ」

その言葉と同時に、マルク様の後ろに控えていた兵士たちが進み出た。機敏な動きでレナータに駆け寄り、彫像の台座から引きずり下ろす。

ぽかんとしていたレナータが、また怒りをむき出しにして暴《あば》れ始めた。腕を振り回し、兵士を蹴《け》り上げ、わめき散らす。けれども兵士たちは、無情なまでにびくともしなかった。

「放しなさいよ、逃げたりしないわよ！　私だって、そこまで愚かじゃないわ‼」

獣のように叫びながら、レナータが引きずられるようにして連れられていく。そのさまを直視できずに目を背《そむ》けた私の耳に、かすかなつぶやきが聞こえてきた。

「……レナータ。お前の苦しみに気づいてやれなくて、……済まなかった」

マルク様はレナータの名を、それは愛おしそうに、そして悲しげに呼んでいた。そろそろと顔を上げると、レナータを見送っているマルク様の姿が目に入った。月の光に淡く照らされた彼の顔は、まるで泣き出しそうにゆがんでいた。

レナータの姿が見えなくなっても、マルク様はしばらくそちらを見つめたままだった。やがて彼は、ゆっくりと空を仰《あお》ぎ見《み》た。

澄み切った夜空に、細い月が白く輝いている。その清らかな姿は、焦げた臭いに満ちた地上とは、悲しくなるくらいにかけ離れたものだった。

# 第六章　私にできること

レナータは兵士に連れていかれ、庭の火も全《すべ》て消し止められた。兵士たちも次々に引き上げていき、離宮の庭は徐々に静けさを取り戻し始めていた。

けれど辺りに漂う煙の臭いと無残に焦《こ》げた木々たちは、ここで起こった惨事をありありと物語っていた。

まだしっかりと私を抱きしめたまま、デジレがマルク様に呼びかける。

「マルク、お前のおかげで助かった。感謝する」

「俺《おれ》はたまたまあいつを探していて、そうしてここにたどり着いただけだ。それに、ここの火事を放っておけば周囲の森まで燃えてしまいかねん。別に、お前たちを助けに来た訳ではない」

いつもと同じようにぶっきらぼうにそう言うと、マルク様はくるりときびすを返す。

「……こうも煙臭くては、ろくに休むこともできないだろう。今夜は王宮に来るといい。後で迎えをこちらに寄こす」

「ああ、そうしてもらえるとありがたい。済まないな」

「ただの気まぐれだ。礼はいらない」

こちらに背を向けたまま、マルク様が立ち去っていく。相変わらず無愛想なその声には、かつてのような不機嫌さはなかった。むしろ、どことなく照れくさそうですらあった。先ほどからのレナータとのやり取りといい、今のこの様子といい、マルク様は少し見ない間に驚くほど変わってしまったようだった。

前よりも大きく見える彼の背中を、無言で見送る。マルク様と兵士たちの気配が遠ざかっていき、辺りにいつもと同じ静寂が戻ってきた。

その間ずっと私をきつく抱きしめていたデジレの腕から、ふっと力が抜けた。彼は私の顔をのぞき込んで、赤い目を優しく細めて微笑《ほほえ》む。

「屋敷に戻ろうか、フローリア。迎えの馬車が来る前に着替えておこう」

言われてようやく、自分たちの無残な姿に気がついた。寝間着にも上着にも油がべっとりと染み込んでしまっているし、あちこち泥や煤《すす》で汚れてしまっている。火傷《やけど》こそしていなかったものの、見事なまでにぼろぼろの姿だった。

そうやって自分とデジレの姿を交互に見ていると、助かったのだという実感が急に湧《わ》いてきた。それと同時に、今さらながらに怖くなってしまった。

安堵《あんど》と恐怖が一度に押し寄せたせいか、膝《ひざ》ががくがくと震え出す。そんな私を、彼はもう一度しっかりと抱き留めた。

「どうした、具合が悪いのなら私が運んでやろうか」

「い、いえ、大丈夫です。自分の足で歩けますから」

「そうか。君を抱えて歩くのも悪くないと思ったのだが、残念だ」

彼はそう言って、いたずらっぽく微笑む。まだ動揺している私を気遣うような、そんな声だった。ついいつもの癖《くせ》で強がってしまったことに、遅れて気づく。そろそろと顔を上げて、すぐ近くにある彼の顔をまっすぐに見つめる。少しだけためらってから、思うままを口にした。

「……ですが、その……まだ足が震えているので、手を貸してもらえますか」

「もちろんだ。手でも足でも、いくらでも貸そう。……君に頼られるのは、嬉《うれ》しいものだな」

デジレは笑って胸を張ると、改めて手を差し伸べてくる。その手につかまると、驚くくらいにほっとするのを感じた。

顔を見合わせて、小さく微笑み合う。手を取り合ったまま、焼け焦げた植え込みの迷路を二人一緒に抜け出した。

膝の震えは、もう止まっていた。

離宮の屋敷に戻り、大急ぎで着替える。迎えの小さな馬車に乗り込んで、王宮へ向かった。とっくに寝静まっている筈《はず》の王宮は、どことなくざわついていた。おそらく離宮の火事の後始末に、兵士や文官たちが駆り出されているのだろう。

そうして私たちは、王宮の静かな一角にある客間に通された。この辺りにはごく限られた者しか立ち入らないので、デジレもそれなりには安心して休めるらしい。

ただ一つだけ、気になることがあった。この客間は陛下やミハイル様、それにマルク様の私室のすぐ近くに位置しているのだ。

普段の私であれば、こんなところに泊まるなんておそれ多い、と尻込《しりご》みしただろう。しかし今の私は、もうくたくたに疲れ果てていた。そんなこともあって、あてがわれた部屋に素直に入り、ぐっすり眠った。夢すら見ないほどに。

そうして一息ついた次の日の昼過ぎ、私たちのもとに衝撃的な、しかし心のどこかで予測していた知らせがもたらされた。

「私を、正式に聖女として認める……」

「ただし民の動揺を避けるため、しばらくの間このことは公には伏せておくものとする。加えて、昨夜の火事の詳細についても口外しないように……か。慎重な伯父上らしい判断だ」

陛下からの書状に目を通し、デジレが冷静にそう言った。けれど私は、彼のその言葉もろくに聞こえないくらいに焦《あせ》ってしまっていた。

私が聖女として正式に認められた。つまり、陛下や神官たちにとって、レナータはもう聖女ではないのだ。表向きどうなるかはまだ分からないけれど、少なくとも今まで通りの特権が彼女に与えられ続けることはないだろう。

そして彼女は、真の聖女である私と、王家の血を引くデジレを消すために、王家の所有物である離宮の庭に火を放った。その罪の重さは、どれほどのものになるのか。

血の気が引いていき、手が震えてくる。恐ろしさに息ができない。どうしよう、このままではレナータが。

「……フローリア？」

私の様子がおかしいことに気づいたのか、デジレがこちらをのぞき込んでくる。その赤く優しい目を見つめていると、ほんの少しだけ心が落ち着いてきた。

「デジレ様、……レナータは、どうなるのでしょうか」

震える唇で、どうにかそう尋ねる。デジレは物憂げに目を伏せると、静かに答えた。

「……幸い、怪我人は出なかった。だがそもそも、放火自体が重罪だ。ましてや、聖女である君に危害を加えようとしたのだ。彼女の複雑な立場ゆえに断言はできないが、もしかすると……」

こちらを見ないまま、デジレは沈痛な面持ちで言葉を濁す。

私は取り立てて法に詳しい訳ではない。けれど公爵として領地を治めているデジレは、法律について熟知している筈だ。その彼が、こんな顔をするということは。

最悪の場合、レナータは死罪になることもあり得る、そういうことなのだろう。そして認めたくはないが、そうなってしまう可能性が高いのだろう。

気がつけば、デジレにすがりついていた。彼の腕をつかみ、その顔を見上げる。

「でも、表向き聖女はまだレナータということになっています。聖女を処断するなんて、そんなこと……」

「……既に、聖女の儀式は済んでいる。聖女がいなくなったところで問題はない。民を動揺させずに聖女を退場させる方策など、いくらでも立てられるだろう」

「そんな……どうにか、ならないのですか……？」

「彼女があのような行いに出たことについて、何か酌《く》むべき事情があればあるいは、といったところだろうか。現状では、かなり厳しいとしか言いようがない」

私の望んだ答えを返せないことが申し訳ないとでも思っているのか、デジレはかたくなに目を合わせようとしない。それだけ状況は深刻なのだと、そう感じられた。

デジレの腕に触れたまま、ゆっくりと顔を伏せる。あの子がこんなことになってしまったのは、きっと私のせいでもあるのだ。

聖女に選ばれたレナータが豹変《ひょうへん》した時、私は大いに驚いた。けれど思えば、その前から予兆のようなものはあったのだ。でも私は、気弱な妹を支える姉という立場の居心地の良さに甘えて、かすかな違和感から目を背《そむ》けた。

そして聖女の儀式の後も、私はローレンス兄様が訪ねてくるまで何一つ行動を起こそうとしなかった。私は自分が聖女なのかもしれないと、そのことに恐れおののくばかりで、あの子のことはろくに考えてやれなかった。私以上に、あの子は動揺していたのに。

王宮に上がる前に、あの子の話をしっかり聞いていたなら。別人のようになってしまったあの子から逃げるのではなく、きちんと向き合っていたなら。聖女の儀式の後、すぐに何か行動を起こしていたなら。

私の行動一つで、何かが変わっていたかもしれないのに。後悔に、ぐっと唇を噛《か》む。

「酌むべき、事情……それがあれば、あるいは……」

デジレの言葉を、ゆっくりと復唱する。そんなものがあるのかは分からない。それでも私は、探さなくてはならない。レナータを助けるために。

目を閉じて、深呼吸する。もうこれ以上、間違えたくない。過去は変えられないけれど、未来なら変えられる。いや、変えるのだ。

決意を込めて、もう一度顔を上げた。デジレの目を、まっすぐに見る。

「デジレ様、私は……今までずっと逃げ続けていました。レナータからも、聖女と神託からも。私がきちんと向き合っていたなら、こんなことにはならなかったかもしれません」

「いや、君は悪くない。レナータの嫌がらせは度を越していた。君が逃げるのは当然のことだ。それに聖女や神託については、君もさんざんに振り回された側だろう。そう気に病むことはない」

ほんの少し驚いた顔で、デジレが答える。私はきっぱりと首を横に振って、言葉を続けた。

「それでも私は、レナータを救うためにあがきたい。もうこれ以上、後悔したくないんです。なので、どうか……力を貸してくれませんか。一人では、できることも限られてしまいますから」

恐る恐るそう口にして、じっと彼の返事を待つ。彼はわずかに目を見張っていたが、ひときわ柔らかく微笑んだ。まるで花がほころぶような笑みに、思わず見とれる。

「君が望むのなら、私はいくらでも力を貸そう。普段から私は、そう言っているだろう」

「はい、そうでしたね」

いつもと変わらず優しいデジレの微笑みに、知らず知らずのうちにこわばっていた肩から力が抜ける。

「フローリア、私は君に笑っていて欲しい。何があっても、私がついている。だから、一人で抱え込むな。苦しみも悲しみも、私が共に背負うから」

その言葉に、涙がじわりとにじむ。デジレはそんな私の頭をそっとなでて、それからぎゅっと抱きしめた。小さな子供をなだめるような仕草だったが、私はおとなしく彼の胸にもたれていた。そうしていると、元気をもらえるように思えたから。

こうして私たちは、レナータを助けるために行動を起こすことにした。王宮の客間に留まったまま。

離宮の屋敷は無事だったし、煙の臭いもほぼ残っていないらしい。だから、そちらに戻ろうと思えば戻れる状況ではあった。

けれど燃えた庭の修復のため、しばらくの間は庭師やその手伝いたちが離宮の庭を出入りすることになる。ざわざわする中でじっくりと調べ物や考え事をするのは、難しいように思えた。

などと理由をつけてはいたが、実のところ、今は離宮の庭を目にしたくないというのが本音だった。かつての見事な庭の姿を思い出して悲しくなってしまうだろうということもある。けれどそれ以上に、今の焼け焦げた庭は、レナータの罪の証しだとしか思えなかったのだ。

そうして私は、王宮の客間でデジレと二人、難しい顔を付き合わせて話し込んでいた。

「レナータが何故《なぜ》あのような行動に出たのか、その辺りの詳しい事情を聞くことができれば、一番いいのだが」

「はい。……ですが、直接あの子に聞いても教えてはもらえないでしょう」

昨夜のあの様子では、私がいくら尋ねたところでレナータはまともに答えないだろう。レナータは私を拒み、消そうとさえした。私にとってあの子は大切な妹なのに、あの子にとって私は家族ですらないのだから。

涙ぐみそうになるのを、ぐっとこらえる。その時、ふとあることを思い出した。

私の家族は、一人だけよ。昨夜レナータがそう叫んだ直後に、突然現れたマルク様が知らない男性の名を口にした。そしてそれを聞いたレナータは、大いに動揺していた。これは、何かの手掛かりになるかもしれない。

「……エドワード。昨夜マルク様は、そんな名前を口にしていました。そしてレナータは、その人物のことを『伯父様』と呼んでいました。でも私は、その人物に心当たりがありません。初めて聞く名なんです」

父様にはよそに嫁いだ妹がいるだけで、母様にも姉と妹しかいない。私たち兄妹には、伯父と呼べる存在はいないのだ。

「しかしレナータの口ぶりでは、彼女はそのエドワードという男のことをずいぶんと慕っているように思えたが……」

デジレは眉間《みけん》にしわを寄せて考え込んでいたが、じきに顔を上げてこちらを見た。二人同時に、大きくうなずく。

「ひとまず、最初に調べることが見つかったようだな」

それから私たちは客間を出て、メイドに出くわさないように気をつけながらこそこそと王宮の廊下を歩いていった。目指すは、マルク様の部屋だ。

エドワードという人物に会うことができれば、レナータについて私たちの知らない事情を聞き出せるかもしれない。そしてマルク様は、何故かその人物のことを知っているらしい。

マルク様は私やデジレのことを良く思ってはいないようだけれど、それでも私は、マルク様からエドワードの情報を得なければならない。それこそ、彼にすがりついてでも。

そう意気込んでマルク様の部屋を訪ねた私たちは、思いもかけないことを知らされた。

昨夜から今日の間に何があったのか、マルク様は自室で謹慎させられていたのだ。幸い、私たちがマルク様と会うことは許された。デジレと二人、怪訝《けげん》な顔を見合わせながら部屋に入る。扉が閉まった次の瞬間、マルク様の声がした。

「いずれ、俺のところに来ると思っていた。『エドワード』の件だろう」

真昼のさわやかな陽光が窓から差し込んでいる。マルク様はその陽《ひ》だまりに立ち、私たちを見つめていた。彼はろくに寝ていないのか、少年らしい柔らかさを残した頬《ほお》はわずかにこけていたし、顔色も悪かった。

しかしその淡い水色の目は、とてもまっすぐに私たちを見つめていた。昨夜と同じ、不思議なくらいに大人びた雰囲気だった。

いきなり用件を言い当てられて驚く私たちの様子が面白《おもしろ》かったのか、マルク様はふっと小さく笑った。

「お前たちに渡しておきたいものがある。レナータの持ち物だ」

彼はそう言うなり、机の上に置かれた箱を手に取った。ゆったりとこちらに歩み寄り、その箱を差し出してくる。豪華な部屋には全く不釣り合いな、古びた粗末な箱だった。

「レナータは今、王宮の一室に監禁されている。彼女がそこに押し込められてすぐに、俺は彼女がそれまで使っていた部屋を調べた。そうして、これを見つけたのだ」

「これは、もしかして文箱《ふばこ》か？　しかし何故このようなものを？」

デジレが首をかしげながら箱を受け取り、しげしげと眺めている。レナータのものだという古い文箱に、私は全く見覚えがなかった。思わず身を乗り出して、文箱をじっと見つめた。

マルク様はそんな私たちを交互に見ながら、口を開く。

「……俺はずっと、レナータとその周囲について探っていた。侍女たちを通じて、彼女がずっとエドワードという男と手紙をやり取りしているのも知っていた。その中身は、全てエドワードがレナータにあてた手紙だ」

その言葉に、デジレが文箱から視線を外し、マルク様に問いかける。

「ならばお前は、そのエドワードという男についても既に調べているのではないか」

「ああ、ある程度のことは知っている。その男はレナータの実母の従兄にして、元婚約者だ。今は城下町で暮らしている。王宮からはかなり離れた、下町の方だ。昔から、たびたびレナータと会っていたようだな。レナータとエドワードはたいそう親しげで、まるで実の親子のようだったらしい」

思いもかけない言葉に、頭をがつんと殴られたように感じた。私たちアンシアの屋敷は、貴族の屋敷が立ち並ぶ区画の端の方にある。それでも下町からはかなり離れているし、そちらの住民とは交流もない。だから、そんなところにレナータが通っていたことに、驚きを隠せなかった。

「俺はレナータとエドワードとの関係に、どうにも気になるものを感じていた。ただの勘でしかなかったがな。だからレナータが監禁されてすぐに、エドワードからの手紙を探しにいったのだ。……それを調べることで、レナータを救う糸口が得られるかもしれないと、そう思った」

マルク様は大きく息を吐き、デジレが手にしている文箱をにらみつけた。けれどその目つきは以前のようなふてぶてしいものではなく、ただ悲しみだけをたたえていた。

「俺はもう一通り目を通した。だからその手紙は、お前たちに預ける。二人の関係については、その手紙を読んで自分で判断しろ。余計な先入観がない方がいい」

「私たちにとってはありがたい話だが、いいのか？　これがレナータの持ち物だというのなら、昨夜の火事の取り調べにおいて必要になるかもしれないと思うのだが」

「父上の許可は既に取ってある。いずれ、これをお前たちに渡すことになるだろうと思っていたからな。その文箱及び手紙をお前たちの客間から理由なく外に出さぬこと、破損させないこと、みだりに人目に触れさせないこと。その三点を守れば構わないと、父上はそうおっしゃっていた」

はきはきとそう言って、マルク様はふと目を伏せる。

「……おそらく、その手紙を一番役に立てられるのは、お前たちだと思う。これもまた、ただの勘でしかないのだが」

そうして彼は、驚くべき行動に出た。なんと彼は姿勢を正すと、そのまま深々と頭を下げてきたのだ。

「頼む。レナータを、助けてやってくれ」

頭を下げたまま、マルク様は静かに言葉を紡《つむ》ぐ。

「あいつがしたことは、決して許されないものだというのは分かっている。このままでは間違いなく死罪になるだろうということも」

信じられない光景に何も言えずにいる私たちに、彼は静かに、しかし力強く訴える。

「それでも俺は、あいつに機会を与えてやりたいのだ。自分の行いを振り返り、悔い改めて償うための機会と、そのための時間を」

俺がほんの少しだけ、変わることができたように。そんな言葉が、吐息《といき》に交じってかすかに聞こえてきた。

デジレが小さく感嘆のため息をつき、マルク様に声をかける。

「ならばお前も手を貸してくれないか。調べ物の人手は多いに越したことはないが、かといってうかつな人間を巻き込む訳にはいかない。聖女についても、昨夜のことについても伏せておけと、伯父上からそう言われているからな」

その言葉に、マルク様はようやく顔を上げた。しかしその顔は、悔しげにゆがんでいた。

「できることなら、そうしたい。だが……俺は見ての通り謹慎の身だ」

マルク様の声が小さくなっていく。今までに聞いたことがないくらい弱々しい声で、彼は言葉を続ける。

「……昨夜レナータが離宮の兵士を眠らせるのに使った薬は、以前に俺が調達したものだった。そこから、かつて俺がフローリアの誘拐に関与したことが明るみに出た。それが、こうして謹慎している理由だ」

その言葉に、胸を押さえて息を呑《の》む。昨夜のレナータの場違いに明るい笑い声が、頭の中で響いていた。マルク様が、一瞬だけこちらを見てまた目を伏せる。

「だが、このことがなくても、俺はいずれ己《おのれ》がしたことを父上や兄上に告げるつもりだった。口をつぐんだまま、知らぬふりを決め込むつもりはなかった」

「そう、か。事情は分かった。……昨夜、レナータが言った通りだったか」

ぞっとするほど冷たい声で、デジレが言い放つ。

「ところで、お前はフローリアに言うべきことがあるのではないか？」

その声は、煮えたぎる怒りを含んでいた。ただ隣に立っているだけの私の背筋までぞくりとさせるほどの、低く重い声だった。

マルク様は肩をこわばらせていたが、やがて顔を上げ、全身で私に向き直った。背筋をぴんと伸ばし、真剣な顔をしている。

「……デジレの言う通りだ。俺はお前に、わびなくてはならない」

私はただ黙って、マルク様を見つめる。私とほとんど変わらない高さにある彼の水色の目は、ミハイル様のそれを思い出させる誠実さをたたえていた。

「俺はかつて、レナータの口車に乗ってお前の誘拐に手を貸してしまった。デジレを苦しめてやりたいという、ただそれだけの理由で」

隣でデジレが息を呑む気配がする。ちらりとそちらに目をやると、歯を食いしばっているデジレの顔が見えた。必死に怒りを押し殺している、そんな表情だった。

そして彼の視線の先では、マルク様が力なくうなだれていた。

「デジレの怒りはもっともだ。俺の行いは王族として、いや、人として許されざる行いだった。俺は自分のことが恥ずかしい」

マルク様は、心底自分の行いを悔いているように見えた。年の割にがっしりとした彼の手は、きつく握りこまれている。

「謝罪が受け入れられるとは思っていない。だがそれでも、謝らせてくれ。済まなかった」

そうして彼は、また深々と頭を下げた。以前の彼とはまるで違う言動に戸惑いながら、一生懸命に考える。

あの夜に味わった恐怖や絶望は、まだ胸の奥底でよどんでいる。彼を責め、なじりたいという気持ちも、確かにあった。

でも。

先日王宮で出会った時のマルク様は、十四歳という年齢よりもずっと幼く見えていた。私を怒鳴りつけていた時の姿など、かんしゃく持ちの子供のようですらあった。

そんな彼が、かつては取るに足らぬ相手と馬鹿《ばか》にしていた私に対して、ここまで誠実に謝罪の姿勢を見せている。

何が彼をこんなにも変えてしまったのかは分からない。けれど、彼は良い方に変わっているのだと、そしてこれからも変わっていくのだと、そう思えた。

部屋の中に、静けさが満ちている。私の目の前には、下げられたまま微動だにしないマルク様の頭があった。

自然と笑みが浮かぶのを感じる。そろそろと息を吐いて、ゆっくりと言葉を返す。

「どうぞ、頭を上げてください。私は……マルク様の謝罪を、受け入れたいと思っています」

「そうか、済まない。いや、……ありがとう」

マルク様がほっとしたように息を吐き、また小さく頭を下げた。

「変わったな、マルク」

先ほどとは打って変わって柔らかなデジレの言葉に、マルク様はやはり打って変わって不機嫌な顔をする。

「お前に言われるまでもない。俺とて、いつまでも子供のように駄々をこねている訳にもいかないのだからな」

マルク様はそっぽを向くと、もごもごと口ごもりながらそう答えた。いつも以上に偉そうな口調も表情も、どうやら照れ隠しらしい。耳の端が、ちょっぴり赤い。

そんなマルク様を見るデジレは、弟を優しく見守る兄のような、そんな温かい目をしていた。

それから私たちは文箱を手に、急ぎマルク様の部屋を後にした。マルク様は別れ際に、どうかレナータを頼む、と繰り返し口にしていた。その顔には、レナータのことが心配でならないのだということが、ありありと表れていた。

レナータは聖女に選ばれてからずっと、自分勝手な振る舞いを繰り返していた。そのせいで周囲の人間はみな、彼女から離れていった。けれどそんなあの子に、まだ味方がいてくれる。たったそれだけのことが、涙が出るくらい嬉しかった。

そうして行きと同じように周囲を警戒しながら客間の前まで戻ってきた私たちを、意外な人物が出迎えた。

「フローリア、デジレ様！」

そこに立っていたのはローレンス兄様だった。私たちの顔を見て、こちらが申し訳なくなるくらいにほっとした顔をしている。

「離宮が火事だと聞いて、いてもたってもいられず……あちこち訪ね回って、こちらにおられるとようやく知ることができました。少々留守にされているとのことでしたので、ここで待っていたのです」

燃えたのは庭だけですから、と答えそうになって、あわてて口をつぐんだ。昨夜の詳細については伏せておくように、そう命じられていたことを思い出したのだ。少なくとも、誰《だれ》が聞いているか分からない廊下では話すべきではない。

「心配をかけたな、ローレンス。見ての通り、二人とも怪我《けが》一つない」

「ああ、本当に良かった」

微笑む兄様を見て、手元の文箱に視線を移す。これから私たちは、この中の手紙に目を通し、エドワードなる人物について、そしてレナータの事情について、調べなくてはならない。

兄様の力を、借りることはできないだろうか。兄様は優秀だし、王宮の外のことも気軽に調べられる。手紙をみだりに人の目に触れさせるなと言われてはいるけれど、兄様一人くらいなら問題ないだろう。

そう考えて、隣のデジレをちらりと見る。彼もまた、私と同じようなことを考えているようだった。意味ありげに、文箱と兄様を交互に見ている。

「ところでローレンス、今、時間はあるだろうか。君に聞いてもらいたいことがあるのだ」

「……何か、事情があるようですね。分かりました」

私たちの緊迫した雰囲気を察したらしく、兄様も顔を引き締める。三人一緒に客間に入り、テーブルに文箱を置いてから、めいめい椅子《いす》に腰を下ろした。

「これから話すことは、口外無用に頼む」

そう前置きして、デジレは語り出した。昨夜離宮で起こった、その一部始終を。彼はできるだけ感情を込めずに淡々と説明していたが、それでもあの出来事は、十分に恐ろしく、悲劇的なものに聞こえた。

「……そんな、ことが……」

全てを知った兄様は、かすかに唇を震わせながら絶句している。その顔色は真っ白で、今にも倒れてしまいそうだった。いつも冷静な兄様が初めて見せた表情に、思わず立ち上がる。

「大丈夫だよ、フローリア。僕は、大丈夫だから」

傍《そば》に駆け寄った私に、兄様は微笑みかけてくる。いつものように、私を安心させようとして。けれどその青緑の目は、とても悲しげに揺らいでいた。

兄様を励ましたいのに、言葉が出てこない。ただじっと、兄様と見つめ合うことしかできなかった。

「……力を、貸してください、兄様。あの子の、ために」

やがて私の口をついて出たのは、そんな言葉だった。はっとする兄様に、今度はデジレが声をかける。

「君には、レナータが今後どうなるか大体見当がついていると思う。そしてフローリアは、彼女を救いたいと強く願っている。そのために、減刑に値するだけの特別な事情がなかったか探しているのだ」

いつもの快活な物言いとはまるで違う、硬い声でデジレは述べる。

「今のところ鍵《かぎ》となるのは、エドワードなる人物だとにらんでいる。私たちは情報を得るためにマルクに会い、この文箱を託された。ただ、今のところ収穫はそれだけだ」

テーブルの上の文箱に目をやって、デジレは続ける。

「手にした情報を精査するにせよ、新たに情報を探すにせよ、人手も時間も足りない」

兄様はかすかに目を見張ったまま、私たちをじっと見つめていた。少しの沈黙の後、兄様は口を開き、きっぱりと言い放つ。

「……分かりました。僕もあなたたちに協力します。いえ、させてください。僕の大切な妹たちのために」

「助かる、ローレンス。君がいてくれれば心強い」

「ありがとうございます、兄様」

頭を下げる私たちに、兄様は悲しげに微笑むだけだった。そして兄様は、すっと背筋を伸ばして口を開く。

「法を厳密に適用すれば、レナータは死罪を免れ得ないでしょう。ですが、まだ希望はあります。離宮の火事についても、フローリアが聖女として認められたことについても、ごく限られた者以外の耳に入らないように、堅く口止めがされています」

仕事をしている時の兄様はきっとこんな感じなのだろうな、と思わずにはいられない、はきはきとして冷静な口調だ。

「おそらく陛下は、この事態をどうするのか、決めかねておられるのだと思います」

「同感だ。おそらく伯父上は、民の動揺を最低限に抑え、かつ法を大きく曲げることのない終わらせ方を、考えておられるのだろうが……」

「もしレナータを死罪にするのであれば、真実を覆《おお》い隠すための盛大な作り話が必要になります。神託が間違っていただけでも大ごとなのに、真の聖女が殺されかけて、偽りの聖女が処刑された。そんな話が広まってしまえば、国がひっくり返ってしまうかもしれません」

恐ろしいことを淡々と語っている兄様だったが、その目は力強く輝き、口元には笑みが浮かんでいた。

「ですがそんな事情が、僕たちに時間を与えてくれます。レナータの処分を秘密裏に決め、もっともらしい作り話をでっち上げ、それに合わせた準備を整える。しかも、決して民には知られないように。それだけのことをなすには、相当な手間と時間とが必要になりますから」

「その間に、減刑を願い出るのに十分な材料を探し出す。それしかないな」

「ええ、やり遂げるしかありません。どうぞ、よろしくお願いします」

「もちろんだ。私たちが力を合わせれば、きっと何とかなる」

デジレと兄様はすっかり元の調子を取り戻したようで、にぎやかに話し合っていた。そんな二人を、微笑みながら見つめる。

きっとこれらの事件の裏には、思いもしなかったような様々な事情があるのだろう。私たちはこれから、その事情を探し出さなくてはならないのだ。

けれど、私は一人ではない。愛しい人と、大切な家族がついていてくれる。みんなで、レナータを助けるのだ。決意も新たに、私はそっと両手を握り締めた。


それから私たちは、さっそく文箱を開けてみることにした。

丁寧に扱われていたのが一目で分かる文箱の中からは、きちんと整理され、古いリボンでまとめられた手紙の束《たば》がいくつも出てきた。整理整頓が苦手なレナータの持ち物だとはとても思えないくらい、これらの手紙はきっちりとしまい込まれていた。

「きれいに日付順に並べられているみたいだね。それだけ、大切なものだったのかな」

兄様も私と同じようなことを感じていたのか、ぽつりと寂《さび》しそうにつぶやく。

「ひとまず、手分けして目を通してみるしかないか。他人宛ての手紙に目を通すのは気が引けるが、今はそうもいっていられないからな」

デジレがそう言いながら、束の一つを手に取る。私と兄様も、同じようにそれぞれ束を手にした。緊張しながら、手紙を開く。

やけに気取った美しい文字が目に飛び込んできて、思わず目をまたたく。きちんとした教養と、そしてほのかな高慢さを感じさせる文章は、安物のざらざらした紙にはまるで不釣り合いだった。

マルク様から聞いた通り、差出人は『エドワード』となっている。

「……セレナさんの従兄の、エドワード……やはりその名に、聞き覚えはないですね」

手紙から目を離すことなく、ローレンス兄様はつぶやいている。

「そのセレナという女性は、ずっと城下町にある君たちの屋敷で暮らしていたのだろう？　エドワードも同じく、城下町で暮らしていると聞いた。それならば、一度くらいセレナのところに顔を見せていてもよさそうなものだが」

美しい眉間にくっきりとしわを刻んだまま、デジレが私たちに尋ねる。兄様ははっきりと首を横に振った。

「いいえ、セレナさんの昔の知り合いも、親戚も、誰一人としてアンシアの屋敷を訪ねてきたことはありません」

「断言できるか？」

「ええ。彼女がアンシア家に引き取られてきた時、僕はもう五歳でした。子供心にも、彼女はひとりぼっちなのだなと、そう感じていたのを覚えています。だから彼女が寂しくないように、せめて僕たちが近くにいてあげようと、よく姉たちとそう言っていたものです」

なるほどな、とつぶやきながら、デジレはさらに手紙を読み進めている。その眉間のしわは、さらに深くなっていた。

「しかしそれにしても、この手紙は……何とも、すさまじいな」

デジレがそう言いたくなるのも無理はなかった。手紙はどれもこれも、甘ったるい言葉でレナータを褒めそやし、一方で私たちアンシア家の人間を徹底的にこきおろしていたのだ。そしてそこには、レナータがしょっちゅう彼のもとを訪ねているということも書かれていた。

レナータは小さい頃から、勉強をさぼって行方《ゆくえ》をくらますことが多かった。友達のところに行っている様子もなかったし、きっとどこかで一人、時間をつぶしていたのだろうと思っていた。けれどその時に、彼女はエドワードに会っていたのだろう。

家族の中でレナータと接する時間が一番長かったのは、年の近い私だ。なのに私は、エドワードのことも、レナータが彼と会っていたことも知らなかった。後悔に歯噛みしながら、黙々と手紙に目を通し続ける。

しばらくして、兄様がこめかみを押さえながらつぶやいた。ひどく疲れた様子だ。

「今のところ、手紙はみな似たような感じですね。レナータを甘やかして、同時に僕たちアンシアへの憎しみをあおっています」

その言葉に、私とデジレが同時にうなずく。

「アンシアの連中は君を虐《しいた》げている、俺だけは君の味方だよ、いつか共に復讐を果たそう……そんな文言が繰り返されていますね」

「君たちは、レナータをないがしろにした覚えはないのだろう？　それなのに彼女は、自分が虐げられてきたと思い込んでいると聞いた。どうもこの手紙を見る限り、そのおかしな状況にはエドワードが一枚噛んでいるように思えるな」

デジレが難しい顔でそう言う。私は私で、別のことを考えていた。

「一つ、気づいたことがあります……聖女に選ばれてからのレナータの言動、私たちアンシアの人間をさげすむ言葉は、エドワードのものと良く似通っていました。手紙を読んでいるうちに、レナータの声が聞こえてくるような、そんな気がしてしまうくらいに」

「嘘《うそ》を吹き込んで周りの人間が敵なのだと思い込ませ、そして自分だけが味方なのだと信じ込ませる。彼女の敵意は、そっくりそのままエドワードに植え付けられたものなのかもしれないな」

「だとしても、レナータがあんな行動に出たことを正当化することはできませんし、減刑の材料としても弱いですね」

私の指摘に、デジレと兄様がそろって目を伏せた。手にしたままの手紙をちらりと見て、小さくため息を漏《も》らしている。

いたたまれなくなるような沈黙を追いやるように、そろそろと口を開いた。

「……そもそもエドワードは、どうしてこうも私たちのことを恨んでいるのでしょうか……復讐、だなんて」

「セレナという女性は、元々エドワードの婚約者だったのだろう。彼女を横取りされた逆恨みだとか、そういった類のものではないか？」

「そうですね、僕もその可能性が一番高いように思います。彼女がアンシアに来た時の事情を、一度確認してみた方が良さそうですね」

「あとは、かつてのエドワードとセレナの関係についても調べてみるべきだろうな。しかし」

大げさに肩をすくめながら、デジレが首を横に振る。

「どうにもこの手紙は、気味が悪くてたまらない。読んでいるだけで嫌な気分になるな」

「ええ、僕も同感ですよ。仕事柄、文字は読み慣れているんですが、これはちょっと……疲れますね」

そう言ってデジレと兄様は、疲れた顔を見合わせている。私も少しばかり、疲労を覚えていた。調べ物は今日一日では終わらないだろうし、あまり根を詰めるのは良くない。

「少し休憩にしませんか？　私、お茶を持ってきます」

二人の返事を待たずに、客間を飛び出した。あの手紙から少しの間だけでも離れていられることを、嬉しく思いながら。

そうして軽くお茶を飲んでから、また作業に戻った。途中さらに休憩を挟みながらどうにか全ての手紙を読み終えた時には、もう夕暮れが近づいていた。

「結局、大した収穫はなし、か……」

心底疲れ切ったという顔で、デジレがつぶやく。

テーブルの上には、手紙の束が並んでいた。けれどみな、内容は同じようなものでしかなかった。疲労と、それを上回る失望を抱えながら、手紙を文箱に戻そうと空の文箱を持ち上げる。

「……あら？」

違和感に、ぴたりと手が止まる。空っぽの文箱を動かした時、その中から音が聞こえた気がしたのだ。紙がこすれる時の、かさりという音が。

そのまま両手で文箱をつかみ、傾けたり裏返したり、中をのぞき込んだりしてみる。デジレと兄様が身を乗り出して、そんな私を見つめてきた。

「どうした、フローリア」

「文箱の中から、かすかに音がしたような気がするんです」

「もしかして、隠し底か何かがあるのかな」

疲れ果てていたことも忘れて、三人がかりで文箱を突っつきまわす。やがて、内側の底板が突然ぱかりと外れた。小さな歓声が、同時に上がる。

文箱は二重底になっていたのだ。そこからは、新たに数通の手紙が出てきた。知らず知らずのうちに緊張しながら、私たちはそれらの手紙を開いていった。

「……思った以上に、とんでもないものが出てきましたね」

兄様が、手紙をにらみつけたままぽつりとつぶやく。

隠されていた手紙を一通り読み終えた私たちは、ただ困惑した顔を見合わせることしかできなかった。そこに記されていたのは、あまりにも衝撃的で、信じがたい内容だったのだ。

エドワードは他の手紙と同じ軽《かろ》やかな文体で、それは恐ろしいことをつづっていた。誘拐に、放火。そんなことをそそのかす言葉が、これらの手紙には並んでいたのだ。

まだどこか呆然《ぼうぜん》としながら、デジレも口を開く。彼の顔には、はっきりとした嫌悪《けんお》の色が浮かんでいた。

「この手紙があれば、一連の事件にエドワードが関《かか》わっていたのだと、そう主張することはできるだろう」

「そうですね。ただ、できればもう少し情報が欲しいところです。何故エドワードがこのような恐ろしい手紙を書くに至ったのか。その辺りのことが分かれば、より良いのですが」

「はい、兄様。『あの手紙はただの冗談だった、レナータが勝手に真に受けただけだ』などと言われてしまったら、どうしようもありませんから」

デジレと兄様を順に見つめて、それから低い声で付け加える。

「……たとえ本当に冗談だったとしても、あんな手紙をレナータに寄こしたエドワードを、私は許せません」

「ああ、僕もだよ、フローリア。必ず彼の尻尾《しっぽ》をつかんでやろう」

それから三人顔を見合わせて、大きくうなずき合う。二人とも疲労の色が濃かったが、彼らの目はいつも以上に力強かった。

「僕は、エドワードという人物を知らないか両親に尋ねてみます。あとは、セレナさんがアンシア家に来た時のいきさつについても、じっくり聞いてきましょう」

「頼む、ローレンス。私たちは城内の資料を調べてみる。かつてその二人が所属していたという伯爵家について、書庫に何か記録が残っているかもしれないからな」

そうやっててきぱきと次の行動を決めている二人を見て、頼もしいと思うと同時に、少し悔しかった。レナータを助けたいと最初に懇願したのは私なのに、いつの間にか二人に任せたような形になってしまっている。私も、もっと役に立ちたいのに。

こぼれそうになったため息を、ぐっと飲み込む。今は、そんなことを気にしている場合ではない。目的のためには、ちっぽけな自尊心など放り捨ててしまわなくては。

全ての手紙が元通りにしまわれた文箱を見つめて、一人小さくうなずいた。


さらにもう少し打ち合わせをしてから、兄様は帰っていった。客間にデジレと二人残されたとたん、今までの疲れが一斉に押し寄せてくる。

長椅子に腰かけて、背もたれにぐったりと寄りかかる。そのまま目を閉じていると、突然唇に何か柔らかくてひんやりとしたものが押し当てられた。

びっくりして飛び上がりそうになりながら、状況を確認する。いつの間にか椅子の後ろに回り込んだデジレが、何かを私の口に押し込もうと頑張っているようだった。少々子供っぽい振る舞いだが、これもまた彼なりの気遣いなのだろう。沈んでいる私を、励まそうとしてくれているのだ。

笑みが浮かぶのを感じながら、そろそろと口を開いてみた。

小さな丸いものが、ころりと口の中に転がり込んでくる。それは皮をむいたみずみずしい葡萄《ぶどう》の一粒だった。噛みしめると、甘酸っぱい果汁がじわりと染み出してくる。私がお茶と一緒に運び込んだ、お茶うけの残りだ。

「……おいしいです」

振り返って、微笑みながらそう答える。デジレも満足そうに笑い、今度は自分の口に葡萄を放り込んだ。葡萄が盛られた皿を手に長椅子をぐるりと回りこみ、私の隣に腰を下ろす。

「疲れた時は、やはり甘いものに限る。本当は、茶の一つもいれてやりたかったのだが」

小さいながらも厨房を備えていた離宮とは違い、ここは本当にただの客間だ。寝台や机などはあるけれど、かまどはない。だから湯を沸かしたければ、一階の厨房に足を運ぶしかない。そして厨房の周辺は、いつもたくさんのメイドが出入りしている。当然ながら、デジレがあそこに近づくのは無理な話だ。

その代わりとばかりに、デジレは葡萄の皮を手早くむいては、せっせと私の口に放り込んでいる。まるでひな鳥になったような気分だ。

彼は手を止めることなく、ため息をついてぼやいている。

「それでなくても、君はレナータの悪意に傷ついているというのに……エドワードとやら、許されるものなら一発ひっぱたいてやりたいところだ。まったく、ひどい手紙だった」

「でも、それでも……あの手紙のおかげで、レナータを救える可能性が出てきました」

エドワードが、手紙の通りに、いやそれ以上に卑劣な人物であってくれればいい。それなら、レナータはきっと助かる。何もかも全部エドワードが悪いのだと、そういうことにできるから。

そんな考えが浮かんできたことでまた気分が重くなり、膝の上でぐっと手を握りしめた。その上に、そっとデジレの手が重なる。

「あまり思いつめるな。君は一人ではない、そうだろう?」

デジレが隣に座り、とても優しい目で見つめてくる。その手の温《ぬく》もりに、こわばっていた気持ちがほぐれるような気がした。

「君とローレンスにとって、レナータは大切な妹だ。そして私にとっても。みな、彼女を救いたいという思いは同じだ」

その言葉に、ふと首をかしげる。デジレはずっとレナータをはねつけていたし、彼がレナータを救いたいと思っているのは、少々意外ではあった。彼はただ私の願いをかなえるために、こうして私に力を貸してくれているのだとばかり思っていた。

「なに、彼女はいずれ私の義理の妹になるのだからな」

デジレは兄様とはすっかり仲良くなっているし、両親とも友好的な関係を築きつつあるように思える。けれど、レナータとはいつも距離をとっていた。というより、あからさまに避けていた。

だから、彼がそんな風に考えているなんて思いもしなかった。くすぐったさと嬉しさに、胸が騒ぐ。けれど今度は、デジレが浮かない顔をした。

「……それに、私がきちんと彼女に手を差し伸べていれば、今回の凶行はぎりぎりのところで防げたのかもしれない。そう思わずにはいられないのだ」

彼はいったい、何のことを言っているのだろう。小首をかしげて言葉の続きを待つ私に、彼はあいまいに笑ってみせた。

「しかし、私がこんなことを言っているのを知ったら、レナータはきっと怒り狂うだろうな。馬鹿にするな、などと言いながら」

打って変わって明るい声でぼやいてみせる彼に、笑いながらうなずきかける。

そうやって話しながら、まだ見ぬ未来に思いをはせた。いつか、そんな日がくるだろうか。死罪を免れ、きちんと罪を償ったレナータと、そんな他愛のない話をすることができる、そんな日が。

デジレの手の心地良い重みを感じながら、しばらくそのまま静かに座り続けた。口の中には、さわやかな甘さがかすかに残っていた。

◇

次の日、私はデジレと二人で王宮の書庫に足を運んでいた。エドワードとセレナの過去について調べるために。

セレナの過去について、私は何も知らないも同然だった。彼女はアンシア家にやってきた後、自分のことをほとんど語らなかったからだ。

それに幼い私にとって、セレナは当たり前のようにそこにいる、家族の一人だった。彼女がそれまでどこにいただとか、何をしてきただとか、そんなことを意識することすらなかった。そのことが、今さらながらに悔やまれる。

きっと、その辺りについては父様や母様に聞くのが一番早いだろう。だからそちらは兄様に任せることにして、私たちは別の角度から当たってみることにしたのだ。

王宮の書庫には、国中の貴族たちについての公式の記録がこと細かに残されている。セレナとエドワードがかつて所属していた、そして今はもうない家、パッセ伯爵家についての記録も。

そうして私たちは広い書庫でたった二人、壁中を埋め尽くす背の高い本棚を見渡していた。誰かが、特に女性が勝手に入ってこないように、入り口のすぐ外で兵士に見張ってもらっている。書庫をしばらく借り切ることも、デジレの身分であればたやすいことだった。

「十七年前に取り潰《つぶ》された伯爵家、か。ならばこの辺りか……」

独り言のようにつぶやきながら、デジレが一冊の本に手を伸ばす。革の表紙の、とても大きな本だ。

「この本には、貴族たちの婚姻や代替わりなどの事柄が記されている。家が取り潰されたという一大事なら、必ずここに載っているはずだ」

書庫の大机の上にその本を広げ、並んで座る。デジレと顔を突き合わせて、目を皿のようにしながら少しずつ本を読み進めていった。じきに、目当ての記載を見つけることができた。

『パッセ伯爵家の当主は、領民と深刻なもめ事を起こした。その罪はとても重く、彼の一族はもはや領地を治めることは不可能だ。よって、領地及び爵位を取り上げるものとする』

美麗な文言で長々と書かれた文章を要約すると、だいたいこんな感じだった。結局、具体的に何があったのか分からないままだし、当然ながらセレナやエドワードについても分からない。

「……他の資料も当たってみましょう。落ち込んでいる時間すら、もったいないですから」

小さな落胆を押し隠して、顔を上げる。隣のデジレも、力強くうなずいた。

「ああ。今日はとことん調べ物に費やそう。私はこの書庫にも詳しいから、必要な本をすぐに見つけられるぞ。任せてくれ」

それから二人で、資料を次々と読みあさった。けれど、結果はいまいち芳《かんば》しくなかった。

「元伯爵家の人間を見つけるのは、難しそうですね……二人について、話を聞ければと思ったのに」

ため息をつきながら、新たに分かった事柄を頭の中で整理していく。

セレナの父である元当主は、領民とのもめ事とやらで莫大な負債を背負ったらしい。そしてそれを苦にしたのか、彼は伯爵家が取り潰される直前に自害していた。セレナの母はそれよりもずっと昔に、病気で亡くなっていた。一人娘のセレナに関しては、アンシア男爵家に入ったとの記載があったが、それだけだった。

そしてその他の一族の者については、『他家に移る』『消息不明』としか記されていなかった。エドワードも、消息不明の一人だった。

「パッセ伯爵家の当主は何らかの罪を犯した。その汚名から逃れるために、一族の者は過去を捨てていったのだろう。セレナ以外は、みな」

デジレもまた、小さくため息をついている。広げたままの本から視線を上げて、つぶやいた。

「となると、公式の記録の方はあまり当てにはならないだろうな。ならば当時のことを知る者を探し、話を聞いていくべきか。例えば……古株の文官たちや、噂好きの貴婦人たち……」

そこまで言ったところで、デジレはぶるりと身震いした。目の色を変えた貴婦人たちに追い回される自分の姿を、つい想像してしまったのだろう。

「あの、女性への聞き込みは、私が一人で行きます。デジレ様の頼みだと言えば、みな話をしてくれるでしょうから」

「それはそうなのだが……やはり、君一人であちこちに行かせたくはない。何があるか分からないからな」

私には分かっていた。マルク様が謹慎していて、レナータが監禁されている今、もう私にとって王宮は危険な場所ではないのだと。そして間違いなく、デジレもそのことを分かっている。けれどそれでも、彼は私を一人にすることに不安を感じているようだった。

「心配してくださって、ありがとうございます。その、こんなことを言うのは図々しいかもしれませんが……あなたにそうやって気遣ってもらえることが、とても嬉しいんです」

「図々しくなどない。むしろ、私の思いが重荷になっているのではないかと、そちらを案じていた」

口々にそんなことを言い合って、それから同時に苦笑する。私の目は、自然と彼の目に吸い寄せられていた。その澄んだ赤に見とれていると、ずっと胸の中で暴《あば》れまわっている焦りを、少しの間だけ忘れていられるような気がした。

彼もまた、私をじっと見つめていた。優しく目を細め、口元に笑みを浮かべて。彼の手が、そっと私の頬に添えられる。

その時、入り口の扉が控えめに叩《たた》かれた。デジレが我に返ったように私から離れ、立ち上がる。彼は扉のところまで歩み寄ると、外にいる兵士と何やら言葉を交わしていた。その間私は胸に手を当てて、大あわてで呼吸を整えていた。

やがて扉が開き、ミハイル様が姿を現した。弾かれるように席を立ち、礼をする。ミハイル様はいつになく暗い顔で、私をじっと見つめている。

「君たちがここにいると聞いてきたのだ。……少しだけ、時間をもらえるだろうか」

「わざわざどうした、こんなところまで」

ミハイル様はわずかに目を伏せたまま、やけに緊張した足取りでまっすぐに私のところに歩み寄ってきた。私が声をかけるよりも先に、そのまま深々と頭を下げてしまう。金茶の髪が、さらりと揺れた。

「……フローリア。弟がしてしまったことについて、君にわびに来た。まさか、あのような行いに手を染めていたとは……」

ミハイル様は肩を震わせながら、そう言った。いつも穏やかで落ち着いている彼の声は、今はとても不安定に揺らいでいる。

「私は離宮の後片付けにずっとかかりきりになっていて、マルクが謹慎していることをつい先ほどまで知らなかったのだ。マルクが君の誘拐に関与していたという、そのことも」

深々と頭を下げたまま、ミハイル様は絞り出すように言葉を紡ぐ。

「わびに来るのが遅くなってしまった。本当に申し訳ない。許してもらえるとは思わないが、それでも謝罪させてくれ」

デジレと二人、ずいぶんと低い位置にある金茶の頭を眺める。デジレは何も言わず、私とミハイル様を交互に見ていた。この場をどうするか、私に任せるつもりらしい。

私は迷わなかった。ゆっくりと深呼吸して、ミハイル様に声をかける。

「マルク様からは、既に謝罪の言葉をいただいています。ミハイル様のお気持ちも、ありがたく受け取ります。ですからどうか、頭を上げてください」

「……マルクが、君に謝罪したのか……？」

「はい。とても誠実なお言葉でした」

ミハイル様が戸惑いながら顔を上げ、恐る恐るこちらを見た。そんな彼に、静かに微笑みかける。やがて彼の肩から、少しずつ力が抜けていった。

「そうか。……ありがとう。だがやはり、私は君に償いたい。何か、できることはないだろうか」

ミハイル様はそう言って、とても優しく笑いかけてくる。次の瞬間、デジレの声が割り込んできた。それも、やけに勢いよく。

「ちょうどいい、お前に聞きたいことがあった。十七年前に取り潰されたパッセ伯爵家について、何か知らないか」

あまりに唐突なデジレの言葉に、ミハイル様はぽかんとしている。

「私たちはパッセ伯爵家について調べているのだが、どうにもはかどらなくてな。次の王として幼い頃からみっちり教育を受けているお前なら、何か知っているのではないか」

「その、私たちはレナータを救いたくて……そのために、パッセ伯爵家についての情報を集めているのです。詳細を話すと長くなるのですが……」

あわてて説明を足すと、ミハイル様は力強くうなずいた。大机の上に広げたままになっている資料に目をやって、何かを考えているような目つきになる。

「十七年前に、取り潰し……莫大な負債……一人娘が……」

ミハイル様はぐっと眉《まゆ》をひそめて、小声でつぶやいている。私とデジレは一歩引いて、そんな彼をはらはらしながら見守っていた。

「そうだな……昔聞いたあの話に、似ているかもしれない」

しばらくして、ミハイル様はぽつりとつぶやいた。

「よし、教えてくれ！」

「お願いします！」

ついつい前のめりになってしまった私たちに、ミハイル様が目を丸くする。しかし彼はすぐにうなずくと、ゆっくりと語りだした。

「……私がまだ子供の頃、私の教育係が話してくれたのだ。人の上に立つ者が背負う責任と、そして善き人の行いについて」

不思議な語り出しの言葉に、私たちは揃《そろ》って首をかしげる。ミハイル様は小さく笑って、言葉を続けた。

そして彼は、とある伯爵家について語り出した。その内容は、パッセ伯爵家について私たちが調べ上げたことと驚くほど一致していた。

「そして当主は自ら命を絶ち、後には娘が一人残された。莫大な借金と共に。平民となった娘は借金のかたに、身売りすることになったらしい。平民など虫ぐらいにしか思っていないような、隣国の貴族のところに行くことが決まりかけていた。どうも、彼女の美貌に目をつけたらしい」

黙って話を聞いていたデジレが、片眉をつり上げる。この話がパッセ伯爵家のことだとすれば、その娘というのはきっとセレナなのだろう。身売りとは、穏やかではない話だ。

「しかしその借金を肩代わりした者がいた。たまたまその話を知ったという、どこかの男爵家の当主だった。彼は私財のほぼ全てを投げ打って、娘の借金を全て支払ったのだそうだ」

その男爵というのは、もしかして。ほのかな期待に胸が高鳴るのを感じながら、話に耳を傾ける。

「しかし男爵は、娘に何の見返りも求めはしなかった。もう君は自由だ、好きなように生きるといい。彼は娘にそう言ったのだそうだ。しかし娘はいたく感謝して、彼のもとに嫁ぐことにした。彼には既に妻がいたから、彼女は側室となった」

間違いない。それは我がアンシア家と、セレナの物語だ。納得した拍子に、ほうとため息が漏れた。

　おかしいとは思っていたのだ。私の家は貴族としては最下層の男爵家とはいえ、それなりに長く続いている、歴史のある家なのだ。

だというのにアンシアの屋敷には驚くほど物が少なく、蓄えもほとんどなかった。似たような格の家と比べても明らかに苦しい暮らしぶりなのだ。

けれど、ようやく納得がいった。我が家の蓄えは、セレナを救うために使われていたのだ。私たちが日々の暮らしに苦労していたのは、彼女のためだったのだ。

　父様も母様も、身寄りのないセレナがひどい目にあうのを見過ごせなかったのだろう。そして、彼女が肩身の狭い思いをしなくて済むように、過去にあったことを隠してきたのだろう。その判断は間違っていなかったと、そう思えた。貧乏暮らしは大変だけれど、それでもセレナと過ごした時間は、とても大切なものだったから。

「今の話が、どこの家のことなのかは聞かされていない。けれど状況から見て、パッセ伯爵家のことで間違いないだろう」

　ミハイル様はそう言って、話を締めくくった。感謝の意を込めて、彼に向かって深々と頭を下げる。デジレはとても優しい目でそんな私を見つめていたが、やがてミハイル様に向き直った。

「ありがとう、ミハイル。興味深い話を聞くことができた。ついでに、もう一つ頼んでもいいだろうか」

「ああ、何だろうか」

「パッセ伯爵家について、もっと情報が欲しいのだ。だがこれ以上のことを知るには、どうしても当時を知る者に尋ねるしかない。しかし私は聞き込みには向いていないし、フローリアを一人でうろうろさせるのも、やはり心配でな」

「デジレ様、私一人でも大丈夫です。それでなくてもミハイル様はお忙しいのですし、こんなことでお手をわずらわせるのも」

「しかし、君の身に何かあったらと思うと」

そうやって言い合う私たちを、ミハイル様が苦笑しながら制した。

「確かに、それなら私が聞き込みをするのが一番いいだろう。フローリア、どうかここは遠慮せずに、私に任せてもらいたい」

「……そうおっしゃっていただけるのなら、お願いしてもいいでしょうか」

おずおずとそう答えると、ミハイル様はほっとしたような顔をした。

「ありがとう。……こんなささいなことでも、君へ力を貸せることが嬉しい」

きっとミハイル様は、マルク様の分まで私に償おうとしているのだろう。だから、無言で彼に笑顔を返した。デジレが思いっきり眉間にしわを寄せているのを、横目に見ながら。

一通り話を終えると、ミハイル様はすぐに帰っていった。なんでも、まだ離宮の後始末が終わっていないらしい。

私たちもひとまず書庫での調べ物を切り上げることにして、資料を片付けていった。何冊もの本を抱えたデジレが、ためらいつつ問いかけてくる。

「先ほどのミハイルの話に出てきた男爵というのは、君の父君のことだろう？　窮地に陥《おちい》った女性を助けるために、ずいぶんと思い切ったことをしたものだ。君の母君は、何も言わなかったのだろうか」

貴族の家に側室がいるのは、さほど珍しいことではない。しかしその側室が、家の全財産と引き換えにやってきたとなれば、話は別だろう。そんなことを考えながら、記憶をたどる。

「両親とセレナさんは、とても仲良くしていました。特に母様は、セレナさんのことを妹のように可愛《かわい》がっていて……彼女が亡くなった後も、よくみんなで思い出話に花を咲かせていました。きっと母様も、父様の判断に賛成していたのだと思います」

そう答えると、デジレはくすくすと笑った。静まり返っていた書庫に、彼の軽やかな声が響く。

「そうか。君の父君だけでなく、母君もたいそう人がいいようだ。どうやら君のお人よしは、血筋のようだな」

「自分がお人よしだなんて、思ったことはありませんが」

その返事がおかしかったのか、デジレの笑い声がさらに大きくなる。

「お人よしだろう。君はかつてレナータに散々な目にあわされていながら、一度たりともやり返そうとはしなかった」

まあその分、私がやり返してしまったのだがな、と彼は小声でつぶやいている。どことなくきまりが悪そうな声だった。

「それは……あの子は私のたった一人の妹ですから」

「あれだけ拒まれ、憎まれた果てに命を狙《ねら》われたというのにか？」

一転してひどく静かに尋ねてくるデジレに、戸惑いながらもすぐにうなずく。

「はい。あの子にとって私は家族ではないのかもしれません。それでも、私にとってあの子は大切な家族の一人です」

そう重ねて言うと、デジレは寂しげに微笑んだ。

「……兄弟の、家族の絆《きずな》というものはそれほどに強いものなのだな。やはり、うらやましく思える」

デジレに兄弟はなく、唯一の家族である両親は離れて暮らしている。かつて彼が語ったところによると、彼は両親と親しく過ごした記憶がほとんどないのだそうだ。一日の限られた時間だけ、礼儀正しく顔を合わせる。それが、彼ら親子の日常だったのだ。

もちろんそれは、王家に連なる公爵家としてはごく当たり前のことらしい。けれどデジレは、そんな暮らしがほんの少しだけ寂しいと、ずっとそう思っていたのだそうだ。だから麗しく堂々たる見た目とは裏腹に寂しがりの彼は、こうして時折私のことをうらやましがっているのだ。

「いずれ、あなたもその一員になりますから。その……お人よしの家族が、何人も増えます。うらやましがることなどありません」

彼を励ましたいと思って口を開いたものの、途中で恥ずかしくなってしまった。次第に消え入るような声になりながら、何とか最後まで言い切って視線をそらす。そんな私の傍に、デジレが歩み寄ってきた。

「そうだな。君と出会えてから、私の世界はどんどんまぶしく、温かくなっていく。ありがとう」

柔らかな微笑みを浮かべて、デジレがゆっくりとかがみ込む。彼の唇が私の前髪にそっと触れた。

今は二人きりで誰も見ていないけれど、それでもちょっと恥ずかしい。思わず目を伏せた私の肩に、彼の手が置かれる。

「さあ、客間に戻ろう。調べ物も大切だが、同じくらい休息も必要だからな」

そう言って彼は、私の肩を抱いたまま書庫の入り口に向かう。

「……私もあなたに出会えてから、世界がとても色鮮やかになりました」

彼と一緒に歩きながら、勇気を出してそうつぶやいてみる。返ってきたのは、とても満足げな、うっとりとしたため息だった。

◇

それから私たちは毎日書庫に通っては調べ物をし、王宮の中をふらついては聞き込みをしていた。もちろん、女性に出くわさないように気をつけながら。

けれど、成果はほとんど出ていない。パッセ伯爵家の領地が王都からかなり離れていたからなのか、王宮には伯爵家のことを知る者すらろくにいなかったのだ。

焦っている私たちのもとに、ミハイル様から知らせがもたらされた。かつてのセレナとエドワー

ドは一見すると仲睦《なかむつ》まじく見えたが、あれはエドワードが一方的にセレナに執着しているだけのようだったと、古株の侍女たちがこっそり教えてくれたのだそうだ。

そのことを聞いた私はいてもたってもいられず、デジレを客間に残して一人で飛び出し、その侍女たちに会いに行った。

王宮仕えになって日の浅いメイドはともかく、古株の侍女ともなればきっちりとしつけが行き届いている。だから彼女たちがよその者に噂話を漏らすようなことはまずないらしいのだが、ミハイル様があらかじめ口をきいていてくれたおかげで、彼女たちはあらいざらい喋《しゃべ》ってくれた。それも、楽しそうに。年配の女性が噂好きなのは、どこも同じらしい。

おっとりとして人を疑うことを知らない箱入り娘のセレナに、きざったらしいエドワードがべったりと張りついていたのだと、侍女たちは口を揃えてそう言っていた。あの男の目つきがどうにも嫌な感じだったわと、そんな感想を漏らしていた者もいた。

この情報自体は、特に役に立つものではないかもしれない。でも、あの手紙から受けたエドワードの印象、薄気味悪くて嫌な人物だという印象がさらに強くなったことは、嬉しかった。

彼が心底悪い人間であれば、それだけレナータが助かる可能性も高くなるように思えたから。こんな風に考えてしまう自分に、ちょっぴり嫌気が差してもいたけれど。

そうして数日が経《た》った頃、ローレンス兄様がまた客間にやってきた。

「ようやく、ある程度調査が済みました。お待たせして申し訳ありません」

そう言って頭を下げる兄様の顔は少々やつれてはいたが、その青緑の目には強い光が浮かんでいた。

「王宮の外を君一人で調べているのだから、時間がかかるのは当然だろう。むしろ、思ったよりも早いくらいだ。それで、どうだった」

「はい、色々と興味深いことが分かりました」

「そうか。それではまず、君の話を聞かせてもらえるだろうか」

デジレが兄様に椅子を勧める。全員が腰を下ろしたとたん、兄様はせきを切ったように話し始めた。

「両親は、エドワードの名だけは知っていました。セレナさんを我が家に迎える時に、彼女の口から聞いたそうです」

じっと話に耳を傾ける私とデジレを交互に見ながら、兄様は続けた。

「元々婚約していた相手がいるのなら、その人と一緒になった方がいいのではないかと両親は提案したのですが、セレナさんはがんとして首を縦に振りませんでした。『エドワード兄様の行く末が気にならないといえば嘘になりますが、私はあなたがたと共にいたいのです』と、そう彼女は言っていたのだそうです」

それは彼女が恩義を感じていたからだろうか。それとも、父様たちに好感を持ってくれたからだろうか。いつか、父様たちに尋ねてみよう。

「彼女にとって、エドワードは兄のような存在だったようですね。婚約についても、互いの親が決めたことであって、特に未練はない、そうも言っていたそうです」

デジレにちらりと目くばせすると、彼もまたこちらを見て無言でうなずいていた。兄様がもたらした情報は、侍女たちの証言と一致しているように思えた。

兄様は小さく息を吐いて、さらに話し続ける。

「僕は両親に頼んでセレナさんの遺品を見せてもらいましたが、その中にはエドワードからの手紙もありました」

「もしかして、それはレナータ宛ての手紙と同じようなものだったのだろうか」

「いえ、どちらかというと、ごくありふれた恋文のようなものでした。……おかげで少々、目を通すのが申し訳なく思えてしまいましたが」

兄様はほんの少しの間、気まずそうに視線をさまよわせていた。けれどまたすぐに、真剣な顔になる。

「ですがその手紙のおかげで、様々なことが分かりました」

デジレと二人、口を閉ざしてじっと次の言葉を待つ。兄様は一呼吸おいて、すらすらと語り始めた。

「パッセ伯爵家が取り潰された時、エドワードは用事で遠方に出ていたようです。彼が王都に駆けつけてきた時には、既にセレナさんはアンシア家に嫁いだ後でした。そして結局エドワードは、そのまま城下町の、それもアンシアの屋敷から離れた下町に住み着いたみたいですね。代筆業や、教師の真似事をして食いつないでいたようです」

「愛しい人と共にあることができないとしても、せめて近くにいたい。そう思ったのかもしれないな」

「僕もそう思います。そしてセレナさんは、アンシアの家に引き取られた後もこっそりエドワードと時折会っていました。僕たちに見つからないように、屋敷の外で。それらはみな、エドワードの指示だったようです」

「おそらくエドワードは、秘密の逢引《あいびき》のつもりだったのだろう。セレナがアンシアの側室になってからも恋文を送りつけるくらいだからな」

デジレが深々とため息をつく。私たちはエドワードのことをほとんど知らない。けれど、彼の指摘は当たっているような気がしてならなかった。

兄様も私と同じことを考えているらしく、重苦しい表情でまた口を開いた。

「……セレナさんが亡くなってからは、レナータがたびたび彼のもとに顔を見せていたようです。二人の様子はまるで実の親子同然だったと、彼の家の近所に住む者たちはそう言っていました。マルク様からの情報と一致しますね」

あの夜のレナータの叫び声が、頭の中で反響する。私の家族は一人だけ、彼女はそう言っていた。それに続いて、エドワードの名を口にしたマルク様の静かな声も。

「それと、やはりエドワードは僕たちアンシアの者に対して、並々ならぬ恨みを抱いていたようです。近所の者たちは、彼が幾度となく独り言をつぶやいているのを聞いたと、そう教えてくれました。俺からセレナを奪ったあいつらを、絶対に許さない。必ず目にもの見せてやる。彼はいつも、そう言っていたそうです」

　そこまで語り終えたところで、兄様は私たちの顔を順に見た。

「僕の話は以上です。そちらはどうでしたか」

「ああ、こちらもいくつか情報をつかんだ」

　すぐに、デジレが語り出す。書庫で調べたこと、ミハイル様から聞いたこと、侍女たちが教えてくれたこと。兄様はとても真剣な顔で、デジレの話を聞いていた。

「……つまり、父が介入しなければ、まず間違いなくセレナさんは破滅していたということですね」

　兄様の指摘に、デジレが大きくうなずいている。

「いわば、君たちの父君はセレナの恩人だ。もっともエドワードは、完全に逆恨《さかうら》みしているようだが」

「十七年分の、逆恨みですか……恐ろしい執念ですね」

　自然と、私たちの間に沈黙が漂う。兄様もデジレも、静かに目を伏せていた。

　どれくらいそうしていたのか、ふとデジレがつぶやいた。

「しかし、エドワードという男はよく分からんな。愛しいセレナの忘れ形見とはいえ、レナータはアンシア男爵の娘だろう。エドワードはアンシア男爵のみならず、その一族にまで並々ならぬ恨みを抱いていた。そんな血を引く娘を、実の娘のように慈しむことができるものなのだろうか……」

　そこまで言ったところで、デジレははっと赤い目を見張った。そのまま目線を落とし、口の中で何やらつぶやいている。

「……いや、しかし……だがそうなら、全て説明が……」

どうしたのだろうとデジレの方をのぞきこむと、彼はそのまま目をそらしてしまった。明らかに、何か様子がおかしい。

「デジレ様も、その可能性に思い至りましたか」

向かいに座る兄様の顔からは、表情が消え失せていた。いつになく冷徹な雰囲気を漂わせている兄様が、何だかとても恐ろしい。

「エドワードのセレナへの執着と、並々ならぬアンシアへの憎しみ。それなのに、彼がアンシアの娘であるレナータを可愛がっていたこと。そしてもう一つ、聖女を取り違えた不完全な神託。これら全てを合わせると、ある仮説が浮かび上がります」

淡々と述べる兄様に、デジレはそろそろとうなずいた。いつになく、苦しそうな表情をしている。いや、あれは哀れみの表情かもしれない。

二人は、いったい何について話しているのだろう。ただまばたきを繰り返すしかできない私の目の前で、兄様はその仮説を、短く口にした。

「レナータの父親は、エドワードだった。そして神託は『アンシアの血を引く末娘』が正しかった」

「それは……！　兄様、仮説であっても言っていい事と悪い事とがあります！」

気がついたら、立ち上がって叫んでいた。兄様の言葉を打ち消すように。けれど私にも分かっていた。兄様が言っていることは、きっと正しいのだと。

私たちは五人兄妹。上から順に、既に嫁いでいった二人の姉様たち、ローレンス兄様、私、そしてレナータ。もしレナータがアンシアの血を引いていないとすれば、『アンシアの血を引く末娘』は私ということになってしまう。

立ち尽くす私を見ることなく、兄様は静かに言葉を続ける。

「父様と母様に、セレナさんの人となりについても聞いてきました。彼女はおっとりとしていて、良く言えば育ちがいい、悪く言えば人を疑うことを知らない方だったそうです。強く自分の意志を主張することもない、深窓《しんそう》の令嬢と呼ぶにふさわしい女性だったと」

「故人を悪く言うのは気が進まないが、そういった女性であれば、エドワードの熱意に押し負けるということがあってもおかしくはないな」

「そしてエドワードは実の娘に執着し、アンシアが敵であると長年かけて教え込んだ。だからレナータは、ためらいなくあのような行いに手を染めることができた。そう主張すれば、減刑を勝ち取れるかもしれません」

「気分の悪くなる話だが、私も同感だ」

兄様とデジレの会話が、胸にぐさぐさと突き刺さる。耳をふさぎたいのをじっとこらえて、ただ肩を震わせていた。

「フローリア、済まない。君には少し……酷な話になってしまったな」

デジレが私の手を引いて、そっと座らせた。それからしっかりと、私の手を握ってくる。すがりつくようにその手を握り返して、うつむいたままつぶやいた。

「……それでも、レナータは私たちの妹で……たった一人の、大切な」

デジレも兄様も、何も言わない。私の手を握るデジレの手に、力がこもっていく。

「血がつながっていなかったとしても、憎まれていても。私のことを、殺そうとしても」

どうしても、レナータのことを憎むことができなかった。彼女のことが怖い、恐ろしいとは思ったけれど、嫌いにはなれなかった。どうにかして、また前のような仲の良い家族に戻れないかと、そんなことを心の片隅でずっと思っていた。

けれどきっと、もう戻ることはできないのだろう。私たちがたどり着いてしまった仮説、それは私たちと彼女との間につながっていた細い細い糸を断ち切る、無慈悲な刃物のように思えてならなかった。

「私はただ、あの子のことを、助けたかっただけなのに……」

胸の奥が、焼けつくように熱くて痛い。

レナータは聖女ではなくて、重い罪を犯した罪人で、でも私の妹で。どうにかして救いたくて。でも彼女は、きっと私たちに救われることを望んでいなくて。

「ねえ、フローリア」

ぐるぐるとめぐる私の思考を、兄様の穏やかな声が優しく押しとどめる。

「君は、レナータがアンシアの娘ではないと言われて、はいそうですかって引き下がれるかい?」

兄様が何を言おうとしているのか分からず、顔を上げて兄様を見つめた。兄様は、いつもと同じ優しい笑みを浮かべていた。私を励ましてくれる、あの笑顔だ。

「僕にはできないよ。血がつながっていなかったとしても、僕たちのことを嫌っていても、それでも僕にとってあの子は、大切な妹だから」

柔らかな声でそう言い切って、兄様はにっこりと微笑んだ。

「君もさっき、そう言っていたよね。だから、答えは簡単だ。僕たちは手を尽くして、レナータを救う。それだけだよ」

兄様の言葉が、少し遅れて頭に入ってくる。そうだ。私は何を思い悩んでいたのだろう。真実がどうとか、神託がどうとか、そんなことは関係ない。私たちがしたいことは変わらない。

「……はい、兄様。そうですね。そうでした」

だから大きくうなずいて、にっこりと笑った。兄様も同じように笑い返してきたが、すぐに肩をすくめた。

「とはいえ、手に入った情報と仮説を、どうしたものか悩んでいるんだよ。普通の事件なら、書面にまとめて裁きの場に提出するところだけど……裁きの場に直接乗り込んで、僕たちの言葉で語るのが一番だとは思う。でも、そもそも裁きの場が開かれるのかどうか……」

「ならば、いい方法があるぞ」

すかさずデジレが口を挟む。その赤い目は、いたずらっぽくきらめいていた。

「今までに集めた全てを携《たずさ》えて、伯父上に直談判すればいい。私が面会の約束を取りつけよう」

デジレは力強くそう言うと、にやりと不敵に笑った。

「エドワードとセレナ、それにアンシア家の因縁。レナータはそれに巻き込まれただけなのだと、そう主張しよう。ああ見えて伯父上は情に厚いし、子供にも甘い。きっと、いや必ず大丈夫だ」

私を励まそうとしているのだろうか、彼はいつも以上に堂々と、自信たっぷりに言い放っていた。

「デジレ様、その場には僕も同席させてはもらえませんか？　この中でエドワードについて一番詳しいのは僕ですから」

「ああ、もちろんだ。むしろ、君にはぜひ来て欲しいと思っていた。筋道を立てて物事を説明するのは、君の方がうまいからな」

デジレは陛下相手に堂々と意見を言える立場だし、兄様は優れた頭脳の持ち主だ。この二人に任せておけば、陛下との交渉もきっとうまくいくだろう。私にできることは、もうないのかもしれない。

そう思ったが、口を開かずにはいられなかった。それでも、どうしても最後まで見届けたかった。

「……あの、私も」

そこまで言ったところで、デジレと兄様が同時にこちらを見た。デジレは両手でしっかりと私の手を握り、微笑んでくる。兄様も身を乗り出して、まっすぐに私を見つめていた。

「もちろん、君も一緒だ、フローリア。そもそも私たちがこうして動いているのは、君の願いをかなえるためなのだからな」

「兄と姉として、大切な妹を救いに行こう」

にっこりと笑いながらそう呼びかけてくる二人に、同じように笑いながらうなずく。その拍子に、温かな涙が一粒、ころりと転げ落ちていった。

◇

その日の夜、おそらくもう真夜中に近い頃。寝台に横たわり、浅い眠りの中をたゆたう。ふと、控えめに扉を叩く音が聞こえてきた。

ゆっくりと目を開けながら、寝ぼけた頭でぼんやりと考える。そういえば、前にもこんなことがあったな、と。

あれは、まだレナータと共に王宮で暮らしていた頃のことだ。真夜中にローレンス兄様がこっそり訪ねてきて、私はそのままデジレの屋敷へ逃げ込むことになった。あれからまだ数か月しか経っていないのに、もう何年も前のことのように思える。

「……フローリア、もう眠っているのだろうか」

考え事を続けていた私の耳に、押し殺したようなデジレの声がそっと忍び込んできた。起き上がって扉の方に向き直り、小声で答える。

「いえ、起きています。どのような御用でしょうか」

「君さえ良ければ、散歩に付き合ってもらいたいのだが……」

「はい、着替えるので少し待っていてください」

彼は時折、こうやって夜中に散歩をすることがあった。女性を警戒して自由に動けない彼にとって、夜の散歩は数少ない、くつろげる時間の一つだった。そしてそれは私にとっても、いい気晴らしになっていた。

けれどさっきの彼の声は、妙にためらいがちで、何かを思い悩んでいるように聞こえた。どうしたのだろうと首をかしげながら、手早く着替えて部屋を出る。

「遅くに済まない。さあ、行こうか」

デジレは私の手を引いて、迷うことなく王宮の廊下を進んでいく。やがて、一階の片隅にある小さな入り口にたどり着いた。ここを抜けると、離宮へ続く森の小道に出られる。

離宮には近づきたくない。燃えてしまったあの庭を見たくない。そんな思いが、私の足を自然と重くしていた。

「……あの、この先は……」

「君に見せたいものがあるのだ。気が進まないとは思うのだが、どうか一緒に来てはもらえないだろうか」

そう言ってデジレは、私の顔をまっすぐに見つめてくる。その赤い目には、どことなく必死な色が浮かんでいるように見えた。少しだけ迷ってから、こくりとうなずいた。この先に進みたくないという気持ちより、デジレが何を見せようとしているのかが気になるという思いの方が勝っていた。

手を取り合ったまま、森の小道に足を踏み入れる。涼しい夜の風も、さわやかな森の香りも、私の緊張をほぐしてはくれなかった。触れているデジレの温もりだけを頼りに、歩き続ける。じきに、離宮にたどり着いた。

離宮の屋敷は、前と全く変わらない姿を見せていた。ありがたいことに、煙の臭いももうすっかり薄れている。

表門を守る兵士たちは、私たちの姿を見て静かに会釈《えしゃく》してきた。ぎこちない笑みを返して、ゆっくりと門を、そしてそのまま屋敷の玄関をくぐる。

屋敷の中も、いつも通りだった。かつてデジレと二人、のんびりと過ごしていた頃のまま。そのことが余計に寒々しく、悲しく感じられた。

デジレはためらうことなく、庭に続く扉に手をかけた。かすかに蝶番《ちょうつがい》がきしむ音がして、扉が大きく開かれる。

反射的に身をすくめ、うつむいて胸をぎゅっと押さえる。扉の向こう側を見るのが恐ろしかった。炎に包まれた庭でレナータがひときわ高らかに笑っている、そんな光景を思い出してしまって、鼓動が速くなる。

「……やはり怖いか、フローリア。大丈夫だ、もう煙の臭いはしないだろう？　ほら、ここは花の香りで満ちている。とても美しい庭だ」

その言葉に背を押されるようにして、恐る恐る顔を上げた。そこに広がっている光景を見て、息を呑む。控えめな白い花の匂《にお》いに導かれるようにして、ふらふらと庭に進み出た。

舞踏会の後、デジレと一緒に夜の庭を見た。今私の目の前に広がっているのは、あの時の庭に少しも劣らない、いやそれ以上に美しい光景だった。

燃えてしまった木や草は、既に庭師たちの手によって取り除かれていた。そうして前よりもほんの少し見晴らしが良くなった庭一面に、月光花《げっこうか》が輝いていた。

淡く光る花たちは可愛らしい葉を精いっぱい伸ばして、全身で月の光を浴びていた。気持ち良さそうに夜風に揺れている。それはまるで、花たちが楽しげに踊っているように見えた。

「月光花も、燃えてしまったと思っていたのに……」

あの晩、確かに見た。火に包まれて、灰になっていく花たちを。

「ああ、確かに一部は燃えてしまった。だが、その生き残りがこうして今も元気に咲いているのだ。むしろ、前より数が増えているようだな」

驚きに何も言えないまま、目の前に現れた花畑をただ見つめる。デジレも月光花を見つめながら、静かに言った。

「数日前の夜、どうにも寝付けなくてな。夜中なら女性に出くわす可能性も低いだろうと、ふと思い立って離宮を見に来たのだ」

隣を見上げると、彼の赤い目に花たちのほのかな光が映り込んで、宝石のようにきらめいているのが見えた。

「私もこのさまを目にした時は驚いた。……そして、どうしてもこれを君に見せてやりたいと、そう思ったのだ。だが、中々言い出すことができなくてな。君にこれ以上、恐ろしい思いをさせたくなかったから」

確かに、さっきまでは恐ろしくてたまらなかった。けれどもう、恐怖は消えていた。あの炎の記憶を、揺れる花たちが覆い隠してくれたから。恐ろしい炎の赤ではなく、デジレの赤がここにいてくれるから。

胸の中に、温かく優しい思いが湧き上がってくる。ゆっくりと深呼吸すると、控えめな花の香りが全身を満たしてくれるように思えた。

「ありがとうございます。この光景を見られて、本当に良かった……あなたが連れてきてくれたおかげです」

自然と笑みが浮かぶのを感じながら、そう答えた。固唾《かたず》を呑んでこちらを見ていたデジレが、ほっとしたように息を吐いた。

「そう、か。……月光花は海の向こうの異国からもたらされた植物ということもあって、こちらの環境はあまり合わないらしい。私の知る限り、この国の中でこの花が咲くのは私の屋敷と、この離宮だけだ」

遠くに目をやりながらそう語るデジレの声に、かすかな笑いの響きが混ざる。

「だが花たちは、この離宮をよほど気に入ったようだな。場所が空いたのをいいことに、さらに茎を伸ばし葉を広げ、自分たちの居場所を増やしている。たくましいものだと思わないか？」

デジレは光る花畑をうっとりと見つめ、微笑む。まるで自分の子供を見守っているかのような優しい横顔に、思わず目を奪われた。

「そうですね。こんな小さな花なのに、驚くほど生命力にあふれていて……まるでこの庭を乗っ取ろうとしているようにすら見えます」

胸の高鳴りをごまかすように、そんな言葉を返す。デジレはくすりと笑って、こちらを見た。

「ああ。……この庭が、まるきり元通りになることはないだろう。だがきっと、前よりも素晴らしいものになっていくに違いない。だからだな、その……」

さっきまで朗らかに話していたデジレが、不意に口ごもる。一転して困ったような声で、彼は続けた。

「うまく言葉にできないのだが……そこまで悲観することはないのだと、そう思う」

デジレは視線をそらし、困ったような横顔を見せながら話している。

「君とレナータとの関係は、もう元には戻らない。彼女がしたことを、なかったことにはできない。だがそれでも、これから前を向いて歩いていけば、いつかきっと、君は……君たちは、より良い未来をつかむことができる。マルクが、良い方に変わり始めたように。私は、そう思う」

考え考え、つっかえながらデジレは言葉を紡ぐ。それから彼は、深々と息を吐いた。

「済まない。私はどうも、誰かを励ますのは不得手らしい。悔しいことに、うまく言葉が出てこない」

心底無念そうに、デジレは眉をひそめている。その表情と彼の気持ちに、胸が温かくなる。

「謝らないでください。あなたの気持ちは、ちゃんと伝わりましたから」

つないだままのデジレの手を優しく引き寄せて、両手で握りしめる。祈るように目を伏せて、静かに言葉を続けた。

「……レナータが聖女に選ばれてから、たくさんのものが変わってしまいました。神官たちが私たちの屋敷に来た日の、その前の日に戻れたらと、何度もそう思いました」

顔を上げて、ゆっくりとデジレに向き直る。ひどく真剣な赤い目が、まっすぐにこちらを見つめていた。私を気遣うように、いたわるように。

「そんな私がここまでやってこられたのは、全部あなたのおかげです。いつもあなたが支えてくれて、励ましてくれたから」

デジレがいなければ、私はただ嘆き悲しむことしかできなかっただろう。何も行動を起こすことなく、ただ激しく変わりゆく状況に流されていただろう。彼には、どれだけ感謝してもし足りない。ありったけの思いを込めて、微笑みかける。

「もう、恐れません。より良い未来のために、私は進んでいきます」

はっきりと宣言すると、デジレの目が愛おしげに細められた。その口元にも、薄く笑みが浮かんでいる。

「ですから、どうかあと少しだけ、私を支えてください。……レナータを、助けるために」

「あと少しだけなどと、寂しいことを言わないでくれ。許されるのなら、私は一生君を支えていきたいと思っているのだから。私は君の幸せのためなら、なんだってする。恋する男とは、そういうものだ」

おどけて胸を張ってみせるデジレがおかしくて、小さく笑う。デジレもほっとしたように、柔らかな笑みを向けてきた。

月光花の控えめで優しい香りが、私たちを包んでくれていた。まるで花たちも、私たちを励ましてくれているように感じられた。

# 第七章　残酷な真実

夜の離宮でそんなやり取りをしてから、数日後。

今、私は陛下の私室にいる。かつて緊張しながらお茶を飲んでいたあの場所に、私は堂々と立っていた。ゆったりと座る陛下の視線を、まっすぐに受け止めて。もちろん、デジレとローレンス兄様も一緒だ。

以前は一国を統《す》べる王とは思えないほど気さくな雰囲気を漂わせていた陛下は、今は恐ろしいほど威厳に満ちていて、近寄りがたい存在のように思えた。

私たちをじっと見つめていた陛下がかすかに目を細め、静かに口を開く。

「レナータがあのような行いに手を染めた理由について、酌《く》むべき事情がある。そなたたちはそう言いたいのだな？」

陛下の口調は重々しく、その声には何の感情もこもっていない。圧倒されるような感覚におじけづきそうになりながら、精いっぱい背筋を伸ばす。

兄様が一歩進み出て、力強くうなずいた。

「はい。私たちは彼女の身の回りを調べ上げ、彼女がアンシアの人間を憎むよう誘導していた者がいることをつきとめました」

古びた紙束《かみたば》を手に、兄様は落ち着いた口調で語る。陛下の目がゆっくりと動き、紙束に向けられた。

「こちらは、城下町に住まうエドワードなる人物がレナータに送っていた手紙の一部です。彼は私たちアンシアの者に見つからないように、秘密裏にレナータと交流していました。二人は実の親子と見まごうほどに仲睦《なかむつ》まじくしていたそうです」

兄様は紙束から二枚の紙を取り出すと、並べて陛下に差し出した。

「片方がその手紙、そしてもう片方は、エドワードが代筆した書類です。彼の家の近所に住む者から借りてまいりました。この通り、二つの筆跡は一致しています」

エドワードは代筆業や教師の真似事をして生計を立てている。そして兄様は抜かりなく、エドワードの手による書面を手に入れてきていたのだ。この手紙を書いたのが確かにエドワードであると、証明するために。

「ふむ、そなたの言う通り、これらの文字は同一人物によって書かれたものだな。しかし、その文面は……」

陛下がエドワードの手紙をさっと眺め、眉間《みけん》に薄くしわを寄せる。兄様はそんな陛下に、たたみかけるように説明した。

「はい。レナータがアンシアの者たちにより虐《しいた》げられていたという虚偽の内容と、報復をそそのかす文言。どの手紙にも、同様のことが書かれています。アンシアへの憎しみをレナータに植えつけ、あおったのは、間違いなくエドワードです」

一気にそう言い切って、兄様はちらりとこちらを見た。ここからは、私の出番だ。

「彼はただ漠然と憎しみをあおっただけではありません。もっと具体的に、レナータを操《あやつ》ろうとしていました」

そう言いながら進み出て、別の手紙を差し出す。レナータの文箱《ふばこ》の隠し底から出てきたものの一つだ。

「こちらの手紙では、エドワードは私の……誘拐を示唆しています」

手紙を持った自分の手が、小刻みに震えている。一番決定的で、一番恐ろしいこの証拠を陛下に説明するのは、私の役目だと思った。一番レナータに憎まれた、この私の。

だから私のことを案じて反対するデジレと兄様を押し切って、私はこの手紙を抱えてここに来た。

「ふむ。読み上げよ」

誘拐という恐ろしい言葉にも、陛下は眉《まゆ》一つ動かさなかった。相変わらず威厳に満ちた声で、そう命じてくる。

お腹《なか》にぐっと力を入れて、震えを無理やり抑え込む。一つ息を吸って、手紙の文面を声に出していった。エドワードの気取った言葉だけが、静かな部屋に響く。

『君が直接その女を追い払う必要はない。思いっきり怖がらせて、家に帰りたいと思わせてやればいいんだ。そうだな、例えば……さらってどこかに閉じ込めてしまう、というのはどうだろう？』

『そのフローリアという女はずいぶんとしぶといようだけれど、それだけ恐ろしい目にあえば、震え上がること間違いなしだ』

『レナータ、君にはとっても素敵な婚約者がいるだろう？　彼なら、君の力になってくれるんじゃないかな。何といっても、彼は王子様なんだからね』

私が手紙を読み終えてしまっても、陛下はじっと宙を見つめたまま微動だにしなかった。仕方なく、もう一通の手紙を取り出して説明する。

「そしてこちらは、聖女の儀式の直後に書かれたものです。……エドワードは、私とデジレ様を消してしまえばいいと、そうそそのかしていました」

ひるみそうになる気持ちを奮い立たせて、ゆっくりと一言ずつ読み上げた。

『可哀想《かわいそう》なレナータ。君をないがしろにし、ひどい目にあわせた二人をそのままになんてしておけないだろう？　だったら二人とも、まとめて始末してしまえばいい。なあに、フローリアがいなくなってしまえば、みな今まで通りに君をまつり上げるほかなくなるさ。君が聖女なのだというお触れは、既に国中に回ってしまっているのだからね』

『でも、君はとてもか弱いし、力ずくでどうにかするのは難しいね。だったら、火をつけるというのはどうだろう？　うまく庭におびき出して、炎で取り囲むんだ。お祭りの時のように、メイドのふりをすれば離宮にだって忍び込めるんじゃないかな。そうやって、罠《わな》を仕掛けるんだ。やり方は色々ある。そうだね、俺《おれ》が知っているのは……』

そこからはずっと、具体的な作戦をレナータに授けていくエドワードの言葉が続いていた。見ているだけで気分が悪くなるような手紙を、どうにかこうにか読み終える。

部屋の中には、居心地の悪い沈黙が満ちていた。さっきから陛下は少しも表情を変えない。もしかして今の話は、陛下の心にこれっぽっちも響かなかったのだろうか。陛下はレナータに下す罰を、既に決めてしまったのだろうか。

胸の内に不安が膨れ上がってくる。なんでもいい、陛下の心を動かさなくては。焦《あせ》りに突き動かされるように口を開きかけたその時、陛下が大きく息を吐いた。

「レナータがエドワードなる者と親しくしていたということ、そのエドワードが何やら不穏なことを考えていたらしいということは、私もマルクから聞いている。だが思っていた以上に、厄介なことになっていたようだな。なるほど、そなたたちがわざわざ面会を申し込む訳だ」

陛下の声には、はっきりと困惑が表れていた。さっきまでの近寄りがたい雰囲気も消えている。それだけのことに、驚くほど安堵《あんど》している自分がいた。

「そうなると、次に問題となるのはエドワードの動機だな。なにゆえ彼がそのような手紙を書いたのか。その理由についても、そなたたちはつきとめているのではないか？」

陛下の問いに、それまで少し後ろで様子をうかがっていたデジレが進み出た。

「はい、伯父上。レナータの亡き実母セレナは、エドワードの従妹であり、元婚約者でした。二人はかつて、パッセ伯爵家の者だったのです」

真剣な顔で話に耳を傾けている陛下に、デジレはよどみなく語りかけていく。

「しかし十七年前、パッセ伯爵家は不祥事により取《と》り潰《つぶ》されました。それにより当主の一人娘セレナは平民となった上、莫大な借金を背負ったのです。その借金の全《すべ》てをアンシア男爵が肩代わりしたのだと、ミハイルから聞いています」

その時、陛下がわずかに眉を上げ、目を見張った。その口から、独り言のようなつぶやきが漏《も》れている。

「……十七年前……ああ、あれか。家の名前までは覚えていなかったが、確かにそのような事件があったな。このようなところでその話を聞くことになろうとは」

デジレは大きくうなずき、さらに説明を続ける。

「そしてセレナは、アンシア男爵に感謝し、彼の側室となることを望んだのだそうです。アンシア男爵は、元婚約者のエドワードと一緒になってはどうかと提案したのですが、セレナはその道を選びませんでした」

「なるほど、それではエドワードは面白《おもしろ》くなかろうな。セレナを奪われたと考えてもおかしくはない」

「はい。自分がセレナと結ばれなかったのは、全てアンシア男爵のせいなのだと、そうエドワードは考えたのでしょう。そしてその恨みが、男爵のみならず、その家族にまで及んだのだと思います」

デジレは赤い瞳《ひとみ》で、まっすぐに陛下を見つめている。なめらかに続いていた彼の言葉が、ほんの一瞬だけ不自然に途切れた。

「……彼は、セレナの忘れ形見であり、同時にアンシアの一員であるレナータの力を借りて、セレナを奪われた恨みを晴らそうとした。あくまでも推測ですが、間違ってはいないでしょう。レナータは、利用されただけなのです。どうかその旨を、考慮していただけませんか」

陛下とデジレは向かい合ったまま、微動だにしない。じっと固唾《かたず》を呑《の》んでなりゆきを見守っていると、やがて陛下が大きく息を吐いた。

「そなたたちの言いたいことは分かった。しかし、ただならぬ行いに手を染めることを決断したのは、やはりレナータ自身であろう。エドワードについては一度召喚して話を聞くとして、レナータの処分をどうするかは、まだ何とも言えぬな。一応、考えてはおこう」

話は終わりだ、とばかりに陛下がそう締めくくる。陛下は目を閉じて、両手の指を緩く組み合わせていた。まるで私たちを、拒んでいるかのように。

駄目だ、このまま終わってしまっては。私たちはレナータを救うためにここまで頑張ってきたのに、ここで引いたら全部無駄になってしまうかもしれない。それだけは、絶対に駄目だ。

じわりと涙がにじんできて、陛下の姿がぼやけてきた。震える唇を噛《か》みしめて、強く手を握りしめる。手のひらに爪《つめ》が食い込んで痛い。その痛みを力に変えて、叫んだ。

「ですが、レナータに最後のきっかけを与えてしまったのは、あの神託です！」

思ったよりもずっと大きな声が出てしまい、そのことに一瞬ひるむ。けれどすぐに足を踏ん張って、もう一度叫んだ。

「聖女に選ばれたことで、レナータは凶行に及ぶことのできる力を得てしまったのです！　聖女の選定さえ、正しく行われていたなら！　そうであったなら、彼女が罪を背負うことはなかったでしょう！」

がくがくと、自分の体が震えているのを感じる。兄様が息を呑む気配がした。デジレは私の腕に手をかけている。私を引き留めようとしているのか、支えようとしているのか。

けれど私はそれ以上二人の方を見ることなく、もう一度正面から陛下を見すえた。陛下がはっきりと目を見張り、それからすっと目を細める。射貫《いぬ》くような鋭い視線が、こちらに向けられた。

「……聖女フローリア。つまりそなたは、私たちにも責任があると……そう言いたいのだろうか」

そう厳《おごそ》かに言う陛下の目は、底知れぬほど深い。その目をのぞき込むように、その視線を全て受け止めるように、ひたすらに見つめ返す。陛下に口答えなど、普段の私なら絶対にできはしなかっただろう。しかし今は、不思議なくらいに怖さを感じなかった。

「はい」

ぐっとお腹に力を入れて、ためらうことなく言葉を吐き出す。

「私たちは神官長に会い、聖女と神託についての隠された真実を知りました」

「……そうか、そなたも知ったか」

痛ましげに息を吐く陛下に、大きくうなずいてみせる。確かにあの真実は衝撃的だった。けれど今は、それどころではなかった。

「これまで神託は、きちんとした文章の形で得られていたと聞いています。しかし今回得られた神託は、ぶつ切りの二つの単語でしかなかった。そのことに、神官たちや陛下がほんの少しでも、疑いを持っていただけたなら。アンシアの家に来る前に、神託を得る儀式をやり直していてくれたなら」

我ながら、ひどい物言いだとは思う。これではまるで、ただの責任転嫁だ。けれどもう、なりふり構っていられない。どんな手を使ってでも、陛下の考えを変えなくてはならないのだから。

案の定、陛下は目を糸のように細めて、ため息交じりに反論してきた。

「確かに、こたびの神託は以前のものとは違っていた。だが、『アンシア』『末娘』という言葉が揃《そろ》っていれば、聖女を選定するには十分だと、普通はそう思うだろう」

私を非難するような声音で、陛下はさらに続ける。

「そこまで言うからには、そなたたちは私たちがどう間違ったのか、きちんと推測しているのだろうな？　ただ他人の非をあげつらうだけなら、誰《だれ》にでもできる」

その言葉に、答えに詰まる。もちろん、考えてはいる。けれど、できることならこの先は言いたくない。さっきデジレも、私を気遣ってそのことに触れないでいてくれた。

でも、もうそんな甘えたことを言っていられる状況でもない。私の感傷とレナータの命、どちらが大切かなんて分かりきっている。

「……『アンシアの血を引く末娘』」

私が口にした一言に、陛下がわずかに首をかしげた。それに構わず、淡々と説明を続ける。少しでも感情的になったら、泣いてしまいそうだったから。

「エドワードは、不思議なほどレナータを溺愛《できあい》していました。彼にとって、レナータはセレナの忘れ形見で……そしておそらくは、彼の実の娘なのでしょう。レナータは、アンシアの血を引いてはいなかった。だから彼の憎しみは、レナータには向かわなかった」

このことには触れないまま、全てを終わらせたかった。できることなら、ずっと隠しておきたかった。

「私たちアンシアの兄妹の中で、レナータだけが全く似ていません。それは彼女だけ母親が違うからだと、私たちはそう思っていました」

ここからは、ただの空想だ。そうであったらどんなに良かったかと思わずにはいられない、別の未来の。

「もし、正しい神託が得られていたのなら。迎えの神官は私たち兄妹の姿を見て、迷ったのではないでしょうか」

もちろん、確証はない。ただその可能性があったというだけで。

「聖女を決める前に、私たちについて調べ、エドワードの存在にたどり着いたのではないでしょうか。マルク様がそうされていたように」

心臓がひどく暴《あば》れている。鼓動がうるさくて、耳鳴りがする。でも、あと一言だけ、どうしても言わなくてはならないことがある。

「レナータは、人間の思惑と不完全な神託に振り回された、被害者なのです！」

一気に言い切って、食らいつくように陛下を見つめる。もはや、にらみつけているといった方が正しいかもしれない。

肩で息をしている私と、黙ったままの陛下。針一本落としても聞こえそうなくらいの静寂の中、ゆっくりと膝《ひざ》を折り、ひざまずいた。

「どうか、恩情をお願いいたします。私は彼女に殺されかけましたが……それでも、レナータは私の、たった一人の妹なのです」

床に額《ひたい》がつきそうなくらい、深く頭を下げる。隣で、人の動く気配がした。そっと横目でそちらをうかがうと、兄様が同じように膝をつき頭を垂れていた。

デジレが大きく一歩進み出る。いつになくひどく堅苦しい声が、頭の上から聞こえてきた。

「私からも、お願いします。もしレナータが死罪となれば、フローリアは一生悔やみ続けるでしょう。妹に何もしてやれなかった、守れなかったと、いつまでも自分を責め続けるでしょう」

ふわりと、デジレが身をかがめる気配がした。驚きに顔を上げると、ひざまずいた彼の背中と、さらりと揺れる白銀の髪が見えた。

「私は彼女が苦しむ未来など、見たくはないのです。最愛の人の必死の願いをかなえたい、そんな私の思いを酌んではいただけませんか」

デジレは優雅に膝をつき、顔を伏せている。それはまぎれもなく、臣下の礼だった。

「そして、一つの国を背負う王として、より多くの者を救う道を、どうか選んではいただけないでしょうか。陛下、、」

いつもは陛下のことを伯父上と呼び、親しげに話していたデジレ。彼のこんな振る舞いを目にするのは、初めてだった。

彼の言動に驚いているのは、私だけではないようだった。陛下はいつになく動揺した様子で、目を見開いてデジレをじっと見つめていた。

部屋の中に、静けさがぴんと張りつめる。誰も、身動き一つしない。永遠に続くかとさえ思われたそんな時間の後、深々と息を吐く音がした。

「……そなたたちの申し分、承知した。死罪だけは免除しよう。ただし、レナータの罪そのものは、決して許されるものではない。したがって、罰が不当に軽くなることもない」

ああ、最悪の結果だけは避けられた。感謝の意を込めて、もう一度頭を深く下げようとする。けれど緊張の糸が切れてしまったせいなのか、そのまま崩れ落ちそうになる。

次の瞬間、両側から腕が伸びてきた。デジレと兄様が二人して、私を支えてくれていた。

「ありがとうございます、伯父上」

私の肩をしっかりと抱いたまま、デジレが言う。彼の声は、元の朗らかさを取り戻していた。陛下もまた、穏やかな声で言葉を返している。

「礼を言うには早いと思うがな。命は取られぬとしても、死んだ方がましだというような目にあうかもしれないのだぞ」

「伯父上は温厚で善良で、おまけにとても寛大な方だと、私は知っていますから」

わざとらしくしかつめらしい顔をする陛下と、ことさらに明るく笑って返すデジレ。そんな二人を、私は兄様と手を取り合いながら見つめていた。

◇

フローリアたちがレナータの減刑を求めてきた、その日の夜のこと。王は私室に、二人の息子を呼んでいた。

側近たちも全て下がらせて親子三人だけになると、王は昼にあったことを息子たちに語って聞かせた。フローリアたちが証拠として置いていった数々の書面を示しながら。

それらを見聞きしたミハイルは、かすかに目を見張っていた。先日デジレたちが調べ物を頼んできたのは、このためだったのか、と。

「フローリアたちは、抜かりなく様々な証拠を集めていた。あれをもってすれば、レナータの刑を減ずることもできよう。もっとも、エドワードなる者の話を聞いてからではあるが」

王はそこで言葉を切り、口ごもる。大きくため息をついて、苦しげにつぶやいた。

「ただ、死罪を免れたところで、それがレナータにとって良い結果になるのかどうか……」

「……そうですね。おそらく彼女は残りの一生を、日も差さぬ牢《ろう》の中で過ごすことになるのでしょうから」

ミハイルが切なげに目を伏せて、そう相づちを打つ。マルクはこの部屋に入ってからずっと黙りこくったままだった。

「生きてさえいれば、またどこかでやり直す機会も与えられるに違いない。フローリアはそう考えていたようだが……」

レナータは死罪を免れる。そう告げた時の、フローリアたちの様子を王は思い出していた。

フローリアは純粋に、これで妹が救われるのだと信じていた。その妹に疎《うと》まれ憎まれ、あげくには命まで狙《ねら》われたというのに、それでも妹が死なずに済むことを、ただひたすらに喜んでいた。

デジレと、そして聖女の兄であるローレンスは、そんな彼女を支えながら、王にじっと意味ありげな目線を送っていた。おそらく彼らは、王の考えを正しく読み取っていたのだろう。その上で、どうかフローリアの思いを酌んでくれと、そう訴えていたのだろう。

「父上、私たちがここに呼ばれたのは、レナータへの罰と……マルクとの婚約をどうするか、決めるためですね」

暗い顔で記憶をたどっていた王に、ミハイルが静かに声をかける。王はゆっくりとうなずき、息子たちの顔を見渡した。

「ああ。それに、マルクが聖女の誘拐に関与した件についてもだ」

「そちらについては、内密に処理するのが良いかと思います。あくまでも、マルクは手下の者を貸しただけに過ぎません。それに本人も深く反省していますし、そもそもマルクがしたことを知っている者は限られていますから」

やけに平坦な声で、ミハイルがそう言った。彼は次の王として、常に冷静たろうと心がけている。しかしそれを抜きにしても、今の彼は少々不自然なほどに落ち着き払っていた。

そんなミハイルの目を正面から見つめ、王はゆっくりと大きくうなずいた。つい先ほどまで物憂《ものう》げにしていた王もまた、いつも通りの悠然とした雰囲気に戻ってしまっていた。

「お前もそう思うか、ミハイル。ならばマルクについては秘密裏に罰を与え、レナータとの婚約は破棄させよう。王族が罪人と婚約するなど、あってはならないからな」

淡々と返す王に、やはり静かに答えるミハイル。二人の会話は、気味が悪いほどなめらかに進んでいた。

「婚約の破棄について、民に対してはどう説明なさいますか？　真実を民に知らせれば、無用な混乱を招くだけかと」

「そうだな……レナータは国を救う代償として病を得て、人前に出られなくなったと偽るか……あるいは、そのまま命を落としたということにしても良いやもしれぬな。そうして名前も素性も変えさせて、どこか遠くに幽閉するか。余計なことを触れ回らぬよう、見張りをつけて」

「でしたら、改めて神託が下り、フローリアが新たな聖女として選ばれたと、そういう筋書きにするのはいかがでしょうか」

「なるほどな。聖女の危機に、神は新たなる聖女を遣わされた、か。それはいい考えだ」

まるで天気の話でもしているような口ぶりで、二人は話し合っている。薄ら寒いほど明るい空気が、部屋には満ちていた。

「では、マルクの方はどうしましょうか」

「前例がない話ゆえ難しいが、しばらくの間謹慎させればいいだろう。表向きは、レナータの喪に服すということにして」

「そうですね」

これでひとまずは片付いたか、とばかりに王とミハイルがうなずき合う。マルクは青ざめた顔で二人をじっと見ていたが、不意に口を開いた。

「父上、兄上！　俺をかばうのは、もうやめてください！」

奇妙なまでに穏やかな会話を、マルクの鋭い声が切り裂いた。彼の淡い水色の瞳は激しく揺らめいている。

「俺に、正しい罰を与えてください！」

ミハイルが一転して悲しげな顔になり、口を閉ざす。王は表情のない顔で、マルクを見つめた。それは王が昼間フローリアたちに見せていたものと同じ、威厳に満ちた近寄りがたい顔だった。

「俺はレナータの言葉に乗り、愚かな行いに手を貸しました。人として許されざる、卑劣なる行いに」

かすかに震えた声で、マルクは言葉を続ける。

「フローリアは聖女でした。俺は、聖女を誘拐させたのです。聖女の身に危害を加えた者は、たとえ王族であっても厳罰となります。法にはそう明記されています」

王は肩をすくめ、小さくため息をつく。子供のわがままに手を焼いているような、そんな表情だった。

「お前が罪を犯した時、彼女はまだ聖女として認められていなかった。法を厳密に解釈すれば、お前に与えられるべき罰は、さほど重いものにはならない」

「いいえ、父上。それでは足りません。そして俺は、レナータとの婚約を解消するつもりもありません。彼女を表向き、亡き者とすることにも反対です」

マルクの声音が変わった。先ほどまでの苦しげなものではなく、凛《りん》とした、はっきりとした意志を感じさせるものに。王が、ミハイルが、同時に目を見開く。

「俺が彼女と婚約などしなければ、彼女が誘拐や放火に手を染めることもなかったでしょう。彼女に力を、恐ろしい思いつきを実行できるだけの力を与えてしまったのは俺なのです」

実際にフローリアを誘拐したのはマルクの腹心の兵士だったし、離宮の門を守る兵士を眠らせた薬もまた、マルクが入手したものだったのだ。

「しかも俺は、レナータがフローリアたちに向ける並々ならぬ敵意を知りながら、何も手を打たずに放置しました。この惨事を未然に防ぐことができたのは、おそらく俺だけでした」

そう語るマルクは、まるで一人前の成熟した男性のような風格を漂わせていた。マルクは目を伏せ、それから顔を上げる。とても力強く、彼は言い切った。

「王族である俺の妻となれば、多少なりとも彼女の罰を軽くすることができます。そうすれば彼女は、一生を牢で送らずとも済むのではないでしょうか。俺が彼女の見張りとなりましょう。どこか遠くへ、俺たちを追放してください」

「マルク、しかしそれでは、お前は……私たちはお前を、守りたくて……」

ミハイルが呆然《ぼうぜん》としながら、声をかける。マルクはそんな兄を見つめ、静かに首を横に振る。

「いいのです、兄上。俺はレナータと共に罰を受けたい。彼女に対して、責任を取りたい。彼女にも、やり直すための機会を与えてやりたい。それでようやっと、彼女ときちんと向き合える気がするのです」

弟の決意を悟ったのか、ミハイルは返す言葉もなく唇を震わせていた。王はそんな息子たちを静かに見つめていたが、やがて大きく息を吐いた。息子たちは気づいていなかったが、王の目はほんのわずか切なげに揺らいでいた。

「分かった。お前の覚悟のほど、見届けた」

　重々しい声で、王は告げる。息子を裁く、その言葉を。

「マルク、お前の王位継承権を剥奪《はくだつ》する。以降は辺境を治める公爵として、かの地の開拓にその身を捧げよ。……妻、レナータと共に」

「父上！」

　ミハイルが悲鳴のような声を上げる。それも無理のないことだった。

　遥かな昔、当時の王が辺境を開拓しようとした。しかしそれは失敗に終わり、かの地はそのまま打ち捨てられた。険しい山に囲まれたその地ではろくに作物も育たず、家畜を飼うのに十分な草すら生えていなかったのだ。

　そんな辺境を治める公爵となるということの意味に、ミハイルは身震いした。その領地には、ただ一人として民はいない。流罪同然の、あるいはそれ以上に過酷な暮らしが二人を待ち受けることになる。

「その命、確かに承りました」

　しかしマルクは、少しも動じることなく深々と頭を下げている。

「マルク、今からでも考え直せ！　確かにお前は罪を犯したが、だからといって！」

　取り乱すミハイルに、マルクは優しく微笑《ほほえ》みかけた。かつては不機嫌にしかめられていたその顔には、ほれぼれするような見事な笑みが浮かんでいた。成人しているミハイルよりも、マルクの方が年上に見えてしまうほどに、マルクの笑みは穏やかなものだった。

「これは俺のけじめです。兄上を憎んだ果てに、レナータを巻き込んでしまったことへの」

マルクは言葉を切り、ミハイルをまっすぐに見つめる。同じ色をした目が、正面から向かい合った。

「……それに、もしも俺が辺境を開拓できたなら……その時は、自分の力で兄上に勝ったのだと、胸を張ってそう言えます」

少し照れくさそうに言うと、マルクは王に向き直った。まだ幼さの残る顔を精いっぱい引き締めて、背筋を伸ばす。

「父上、ありがとうございます。俺はこの試練に、全力で立ち向かっていきます」

「ああ。頑張ってこい」

王は優しく微笑み、大きくうなずいた。そして彼は、驚くべき行動に出た。なんと王は、目の前に立つ息子たちに向かってゆるゆると頭を下げたのだ。

ミハイルとマルクが同時に目を見開き、父の姿を言葉もなく見つめている。息子たちは、父が頭を下げるところを今までに見たことがなかったのだ。

「マルク、今まで済まなかった。お前がミハイルに対して抱く思いに気づいていながら、何もしてやることができなかった」

その言葉に、マルクがぎゅっと口を引き結ぶ。

「ミハイル、お前にも苦労をかけた。私が手をこまねいていた分、お前はマルクの行いを正そうと頑張ってくれていた。そのせいで、お前たちの間の溝がさらに深まっていたというのに」

王を呆然と見つめていたミハイルが、力なく首を横に振った。

「私は、王としてこの国を平らかに導いてきた。しかし父親としては、まるで失格だったな」

静かに言った王の声は、底知れない苦悩と後悔、そしてあふれんばかりの愛情に満ちていた。

マルクが奥歯を噛みしめ、肩を震わせる。胸の中には様々な思いが渦巻いているのに、どれ一つとしてうまく言葉にすることができない。彼は今、そんなもどかしさを噛みしめていた。

「……申し訳ありませんでした、父上。俺が子供だった、そのせいで父上を苦しめてしまいました」

全力を振り絞るようにして、マルクが低くつぶやく。その声には、うっすらと涙の気配がにじんでいた。ミハイルが弟の肩に手を置き、うなだれる。何も言わぬまま、兄弟はじっと支え合うように立っていた。


それから夜遅くまで、王の私室からはずっと話し声が聞こえていた。落ち着いた王の声、いつも通りに穏やかでありながらどこか寂《さび》しげなミハイルの声、そして清々しいマルクの声。

三人は、思いつくまま色々なことを語り合い続けていた。今まで彼らの間に横たわっていた隙間《すきま》を埋めるかのように、これからやってくる別離の時に備えるかのように、彼らの話はいつまでも続いていた。

◇

王と息子たちの静かな語らいから一週間ほど経《た》ったある日、レナータは兵士に付き添われて王宮の地下牢を訪れていた。そこに、エドワードが捕らえられているのだ。

フローリアたちの必死の訴えがあった次の日、王はすぐにエドワードを呼び出し、事情を聞き出していた。

最初のうちこそエドワードはのらりくらりと言い逃れていたが、尋問の果てに全てを白状した。

レナータに数々の嘘《うそ》を吹き込んで、アンシアへの憎しみを植えつけたこと。彼女がフローリアへ危害を加えるよう仕向けたこと。そして、レナータが自分の実の娘であるということ。全ては、自分からセレナを奪ったアンシアの人間たちへの復讐なのだと、彼はそう言い切っていた。

他家の側室に不義を働き、その娘に誘拐や放火をそそのかした。しかも彼は、フローリアがおそらくは聖女であるということを知った上で、彼女を亡き者にせんとしていた。

エドワードの罪状はまだ正式に決まってはいなかったが、大変重いものとなることだけは明らかだった。彼はどうあっても地下牢から出ることはかなわないだろうし、死罪となることも十分にあり得る。

そのことを知らされたレナータはいてもたってもいられず、大急ぎでエドワードに会いに来たのだ。

とはいえ彼女もまた裁きを待つ身であるため、自由に出歩くことはできない。マルクに頼み込んで、どうにか牢代わりの部屋を出ることは許されたものの、今も付き添いの兵士たちが地下牢の入り口に立ち、少し離れたところから彼女を見張っていた。

かつてのけばけばしいドレスではなく、上質だが質素な服をまとったレナータが、おぼつかない足取りで一番奥の鉄格子に駆け寄っていく。その向こう側には、以前よりずっとやつれた様子のエドワードがいた。彼は粗末な木の寝台に腰かけ、ぼんやりと宙を見つめている。

「……伯父様」

レナータは鉄格子にすがりつき、エドワードに恐る恐る声をかける。彼が実の父なのだと知ってなお、レナータは彼を『父』と呼ぶことをためらっていた。どうしてそんな風に思ってしまうのか、彼女自身は理解できていなかった。

「私が持っていた手紙のせいで、伯父様がこんなことに……その、ごめんなさい……手紙を、焼き捨てておけば……」

「俺が投獄されたことは、どうでもいいんだ」

こともなげにそんなことを口にするエドワードに、レナータは肩透かしをくらったかのような顔をした。しかし続く彼の一言は、彼女を打ちのめすのに十分なものだった。

「でも、君には失望したよ、レナータ」

レナータの方を見ることなく、エドワードが静かに吐き捨てる。レナータは青ざめながら、鉄格子を両手で強く握りしめた。エドワードはこれまで、一度たりとも彼女を否定する言葉を口にしたことがなかったのだ。

「君はフローリアをしとめ損なって、罪人として捕まってしまった。これじゃあ、もうセレナの無念を晴らすことができないじゃないか」

彼の声から絶望の響きを聞き取って、レナータが息を呑む。エドワードは力なくうなだれたまま、のろのろと話し続けていた。

「俺にとってセレナは、世界の全てだった。彼女のいないこんな世界で俺一人生きていたって、何の意味もない。だから俺は残りの命を、彼女の復讐に捧げることにしたんだ」

エドワードが、ゆっくり顔を上げてレナータを見る。何の感情も浮かんでいない、不気味なくらいに静かな面持ちだった。

「俺たちの血を引く君が聖女に選ばれて、ようやくその復讐も果たせると思ったのに……」

しかしエドワードは、すぐに彼女から視線をそらしてしまった。彼の暗い紫の目に、どす黒い怒りの炎がともり始める。彼は寝台から立ち上がり、牢の真ん中で仁王立ちになった。

「アンシアの連中は、絶対に許せない。俺からセレナを奪い、俺たちの娘から聖女の地位を奪った、あいつらだけは」

「伯父、様……」

いつになく激しさを帯びてきた彼の口調に、レナータが戸惑いながら口を挟む。けれどエドワードは彼女に何一つ言葉を返すことなく、さらに大きな声で言い放った。

「セレナが愛していたのは俺だけだ。あんなお人よしで間抜けなアンシア男爵なんかじゃない。アンシア男爵は、ただのおせっかいの、邪魔者だったんだ」

エドワードのやつれた顔に、猛烈な怒りがたぎる。その面差しは、驚くほどにレナータと似ていた。あの夜、燃える庭で炎に照らされながら叫んでいた、その時のレナータの顔と。

もちろん、そんなことにレナータが気づく筈《はず》もなかった。彼女はエドワードが初めて見せる激しい顔に、ただ戸惑いおびえることしかできなかったのだ。

「レナータ、君なら分かってくれるね。悪いのは全部あいつらだって」

「……どうして」

エドワードの気迫に呑まれてしまったのか、レナータは呆然とつぶやく。彼の問いにきちんと答えるだけの余裕は、今の彼女にはなかった。

「どうして、私が伯父様の実の娘だって、教えてくれなかったんですか……？　どうして私を、憎いアンシアの家に置き去りにしたんですか」

レナータもまた、アンシアの家の連中を憎んでいた。底抜けにお人よしの偽善者たちに囲まれて、その一員として生きるのは、耐《た》え難《がた》い苦痛だった。

もちろんその感情は、エドワードによって育てられた偽りのものに過ぎなかった。けれどレナータにとってその憎しみは、苦痛は、現実のものにほかならなかった。

自分の実の父親が誰なのか知った時、レナータはこう考えた。もしエドワードが、もっと前に本当のことを打ち明けてくれていたなら。自分はあの家を出て、大切なエドワードと二人、つましくも幸せに暮らすことができたのかもしれないと。

そんな思いを吐き出して、レナータはエドワードをじっと見つめる。どうかいつものように笑って欲しい、自分の望む優しくて甘い答えを返して欲しいと、そう願うような目だった。

まるで彼女の願いが通じたかのように、エドワードはレナータににっこりと笑いかけた。けれど次の瞬間、彼はさらに残酷な言葉を、軽《かろ》やかに紡《つむ》いでいく。

「ああ、そのことか。君がアンシアの家で暮らし続けることは、俺の、セレナの復讐においてどうしても必要なことだったんだ。俺では、あいつらの懐《ふところ》には入り込めないから」

「でも、私は……あそこでずっと一人ぼっちで、ずっと不幸で」

「そんな君にも、あいつらは親切にしてくれただろう？　あの底抜けのお人よしどもは、たとえ君が実の娘でないと知ったとしても、変わらずに君を愛しただろうね」

エドワードはあざけるように、声を立てて笑う。レナータは鉄格子をつかんだまま、ただ立ち尽くしていた。

レナータの小さな胸に生まれつつあった違和感は、どんどん濃く、強くなっていた。いつもエドワードは、アンシアの連中が彼女を虐《しいた》げていると、そう主張していたのだ。それが今では、まるで違ったことを言っている。

彼女の脳裏を、様々な記憶がよみがえってはまた消える。それはずっと、彼女が胸の奥底に押し込めてきた、必死に見ないようにしてきた温かい思い出のかけらだった。

しつけは厳しかったけれど、とても優しかった両親。勉強嫌いで引っ込み思案なレナータのことをずっと気にかけてくれていた、兄や姉たち。

どれだけ憎しみをぶつけても、私はあなたの姉なのだと必死に言い張り続けていたフローリアの、あの澄んだ青緑の目。

　ぽかんとしていたレナータの口から、言葉がひとりでにこぼれ落ちていく。

「私は……みんなに、愛されていた、の？　だったらこの憎しみは……全部、嘘……？」

　宙を見つめたまま呆然とつぶやくレナータに、エドワードは実に楽しげに笑いながら声をかけた。

「疑うなら、あいつらに正面切って聞いてみるといい。きっと聞くにたえない、甘ったるい言葉を返してくれるだろうさ」

「でも、私にとって大切なのは、伯父様だけで……伯父様はいつも、私のことを愛しているって、そう言ってくれて」

「ああ。もちろん愛しているよ、レナータ。君は俺の娘で、アンシアへ復讐するための最高の手駒だった」

　レナータは弾かれたように、鉄格子から手を離した。そのまま、自分で自分を抱きしめるように腕を体に回す。彼女の華奢《きゃしゃ》な体が、静かに震えていた。

「けれど俺にとって一番大切なのは、セレナなんだ。だから俺は、彼女を奪ったアンシアへ復讐し、彼女の無念を晴らす、そのためだけに生きてきた」

「だから私に、誘拐や放火をそそのかしたの……？　失敗したらどうなるかって、伯父様は考えなかったの……？」

　見開かれたレナータの暗い紫色の目は、不安を映して揺らいでいた。エドワードはいっそ気味が悪いくらいにすらすらと、彼女の問いに答えている。

「考えたさ。でも君もうまい具合にアンシアの連中を憎むようになってくれたし、きっとやり遂げてくれると思っていたんだ」

絶句しているレナータとは対照的に、エドワードの表情は場違いなほど明るい。

「それに何といっても、君は一応『聖女様』だったのだからね。もし君の行いがばれたとしても、他の連中とは違う扱いを受けるだろうと思っていたよ。現に、そうなっているだろう？　ほら、君だって罪人なのに、君は鉄格子のそちら側にいる」

彼の言葉に、レナータは返す言葉もなく唇を噛んだ。表沙汰にはなっていないとはいえ罪人である彼女がこうやってエドワードに会うことができたのは、まさに特別扱いによるものだったからだ。

エドワードはふらふらと鉄格子に歩み寄り、崩れ落ちるようにして床に座り込んだ。同じ色をした目が、鉄格子を挟んで向かい合う。

「ああ……本当に君は、セレナにそっくりだ……どうして、ここにセレナがいないのかな……セレナ、俺には君しかいないんだ、愛しいセレナ……」

焦点の合わない目でレナータを見上げて、エドワードはうっとりとつぶやき続ける。そんな彼を、レナータはぼんやりと見つめ返していた。途方にくれた幼子のような表情を浮かべていた顔が、不意に大きくゆがむ。

「伯父様は、私を通してお母様を見ていた……私のことは、見ていなかった……」

ひゅっと音を立てて、レナータは息を吸い込む。次の瞬間、荒々しい叫び声がその唇からほとばしった。

「あなただけは私の味方だって、ずっと信じていたのに!!」

レナータは声を張り上げると、胸元《むなもと》で輝いていた銀のペンダントを握りしめた。すぐに、その中から小指ほどの長さの刃が飛び出す。とても小さな、かろうじて身を守るくらいにしか使えなさそうな、か弱い刃だった。

離れたところにいる兵士たちから見えないようにして、レナータはそのペンダントをしっかりと握りしめる。

「ああ、それはセレナの形見だね」

エドワードが陶酔しきったような声でつぶやいた。その目は、食い入るようにペンダントを見つめている。レナータにだけ聞こえるようなかすかな声で、エドワードは優しく語りかけた。

「レナータ、どうか俺を殺してくれ。もうどうあがいても、アンシアの連中に復讐することはできない。セレナのいないこの世界に、いつまでも留まっていたくはないんだ」

熱に浮かされたようにつぶやきながら、エドワードは鉄格子に近づきひざまずく。痩せて筋の浮き出た首を、ぴったりと鉄格子に寄り添わせた。すぐ傍《そば》のレナータにだけ聞こえるような小さな声で、甘くささやく。

「ほら、ここを狙うといい。まっすぐに、深く刺すんだ。そうすればその小さな刃でも、俺の命を奪うことができる」

ペンダントを握りしめたままのレナータの手に、力がこもる。彼女の目は、哀願するように微笑むエドワードの顔にひたとすえられていた。

「……殺して、やる。私をずっとだましてきた、私の人生をめちゃくちゃにした、あなただけは絶対に許さない」

怒りに満ちたその言葉とは裏腹に、レナータの顔は悲しみに大きくゆがんでいた。それでも彼女は、懸命にエドワードを見つめ続けていた。

「許さないいん、だから……」

レナータの小さな手がペンダントから離れ、宙をさまよう。まるで何かにすがりつこうとするように、何かをつかもうとするように手が動き、そして何もつかめずにゆっくりと下がっていく。

「殺してやる、殺してやる、絶対に、許さない」

うわごとのように、レナータは繰り返す。彼女は力なく崩れ落ちると、両手を床について顔を伏せた。その細い肩が、荒々しく震える。ずっと内に秘めていた激情が、あふれ出ているかのように。

「……信じてたのに、ずっと……」

泣きそうな声で、レナータはつぶやく。淡い亜麻色の髪がふわりと垂れ下がり、彼女の顔をすっかり隠してしまっていた。

エドワードは何も言わない。彼のやつれた顔には幸せそうな薄ら笑いが浮かび、レナータと同じ暗い紫色の目はあらぬ方を見つめていた。彼の目には、寒々しい地下牢も震えているレナータも、何一つ映っていないようだった。

暗く静かな地下牢に、か細いすすり泣きの声が響く。やがてその声は大きくなっていき、悲痛な叫び声になっていった。

悲しい、辛《つら》い、寂しい、苦しい。そんな思いがぐちゃぐちゃに混ざり合った幼い泣き声は、冷たい地下牢の中に幾重にも反響していった。

地下牢へ続く階段の途中、レナータたちからは見えないその場所に、マルクが一人立っていた。彼のがっしりした手は、関節が白く浮き上がるくらいにきつく握りしめられていた。

# 第八章　それぞれの行く先

レナータへの裁きが、とうとう下った。

彼女はマルク様と共に、辺境に追放されることになったのだ。それが、彼女に与えられた罰だった。

王宮の客間に滞在し続けている私たちのもとを訪れたミハイル様は、淡い水色の目を伏せたままそのことを告げてきた。話している間、彼は一度も私たちと目を合わせようとしなかった。

「そうか。……あの辺境を開拓、か」

窓の外を見やりながら、デジレがぽつりとつぶやく。

「……いっそ死罪になった方が良かったと、レナータはそう思うかもしれないな」

私は何も言えず、ただ胸を押さえてうつむいていた。今しがた聞いたばかりの言葉が、頭の中でぐるぐると回っていたから。

レナータたちが向かう辺境、そこは険しい山に囲まれた不毛の地なのだそうだ。そして、彼女たちに付き従う者もほんのわずかしかいない。貧乏なアンシアでの暮らしよりも遥かに苦しい、過酷な生活がそこには待っているのだ。

デジレは私の方を見ることなく、ミハイル様に向き直った。

「……ミハイル、もしマルクと話す機会があるのなら、伝言を頼む。お前に感謝している、と」

その言葉に、私は弾かれたように顔を上げた。

「私からもお礼を述べさせてください。レナータの力になってくださって、ありがとうございました。どうか、そう伝えてください」

てんでに頭を下げる私たちに、ミハイル様は黙って首を縦に振った。

ミハイル様によれば、マルク様もレナータの減刑を申し出てくれたのだそうだ。そしてそのためにマルク様は、レナータを妻とした。王族の妻となれば、多少なりとも刑を軽くすることができる。

けれどその結果、マルク様はレナータと共に追放されることになってしまった。

マルク様は私の誘拐に間接的に手を貸した。けれど、それだけだ。辺境に追放されるほどのことはしていない。

それなのにマルク様は、レナータと共に行くことを自ら望んだのだそうだ。過去の自分にけじめをつけるために。そしておそらくは残りの一生を冷たい牢獄《ろうごく》の中で過ごすことになるだろうレナータに、やり直すきっかけを与えるために。

マルク様にはどれだけ感謝してもし切れない。そんな思いを込めて、深々と頭を下げ続けた。

やがて、デジレが顔を上げる。彼に続いてそろそろと顔を上げると、ミハイル様は悲しげな目で私たちを見ていた。デジレがそっと、そんなミハイル様に声をかける。

「あいつは変わったな。先日会った時、その変わりように驚いた。ついこの間まで子供のようにふてくされていたのが、嘘《うそ》のようだ」

「ああ。……私は、マルクの兄であることを誇らしく思う」

優しい笑みを浮かべて、ミハイル様は答える。けれどその目元は、泣き出しそうに下がっていた。見ているこちらまで苦しくなるような、そんな切ない笑顔だった。


「しかし、本当にあれで良かったのか？　『聖女』の件についてのことだが」

ミハイル様が帰っていった後しばらくして、デジレがぽつりと問いかけてくる。その表情からすると、彼はずっとそのことが気にかかっていたようだった。レナータのことが話題になったのをきっかけに、尋ねてみることにしたらしい。

「はい。……聖女と呼ばれるのは、やはり辛《つら》いので」

陛下も神官たちも、真の聖女は私であると認めていた。けれど表向き、今でも聖女はレナータということになっている。彼女が犯した罪の数々も、結局公にされてはいない。

神託は神の言葉。その正しさについて、万が一にも民が疑うようなことがあってはいけない。民の心の平穏のために。だから聖女交代の旨を民に納得させるには、用意周到な作り話が必要だ。陛下や神官たちはそう考えていた。

そして彼らは、私に相談を持ちかけてきた。この件については、私が一番の当事者だからだ。聖女様のご要望を可能な限り反映させますと、彼らはそう言っていた。

自分が聖女であることを可能な限り伏せておく。それが、私の出した結論だった。聖女という言葉を聞くたびに、レナータとのことを思い出して悲しくなってしまう。だから、そんな名で呼ばれたくない。わがままかもしれないとは思ったが、どうしても譲れなかった。

それに聖女の儀式を終えた私には、もう果たすべき使命はない。聖女が公の場に出てくる必要は、もうないのだ。聖女が誰《だれ》であろうと、もう関係ないのだ。

私はあくまでもアンシアの娘で、デジレの恋人。ただ、それだけの存在でいたい。その願いがかなったことは、嬉《うれ》しかった。

「……聖女という肩書を譲られても、あの子はただ怒るだけでしょう。でも、それでも……」

国を救った聖女は、さらに国を栄えさせるため辺境に旅立った。その夫である、第二王子と共に。これが、私たちがみんなでこしらえた作り話だ。王宮にも城下町にも、聖女レナータをたたえる声が満ちていた。

「私にできることは、もうこれくらいしかありませんから」

せめて形だけでも、民に愛され慕われる聖女という名を、彼女に持たせてやりたかった。それが自己満足に過ぎないことは、十分に理解していたけれど。

自嘲の笑みが、口元に浮かぶ。それ以上何も言えなくなって、ただ黙ってデジレの手を握りしめた。彼もまた無言で、私の手を握り返す。

どれくらいそうしていたのか、デジレが静かにつぶやいた。

「いつか、君の思いが彼女に届く日も来るだろう。彼女は生きている。そしてこれからも、生きていくのだから。マルクが変われたように、レナータも、いつか、きっと」

「はい。そう、信じたいです」

顔を全く動かさないまま、彼の言葉に答えた。うっかりうなずいてしまったら、涙がこぼれ落ちてしまいそうだったから。

◇

レナータに裁きが下ってからしばらく経《た》ったある日、私たちは人気のない草原に立っていた。今日、レナータはマルク様と共にひっそりと王都を発つ。それを見送るために。

空には灰色の雲が重く立ち込め、季節外れの冷たい風が吹いている。まるで私たちの心中を映しているかのような、陰鬱《いんうつ》な光景だった。

集まっているのは私とローレンス兄様、それに父様と母様。私の隣には、デジレがそっと寄り添っている。私たちの視線の先には、王宮を取り囲む城壁がそびえていた。その片隅に、小さな通用門がある。普段は使用人たちが使っているその門は、今はきっちりと閉ざされていた。

もうじき、レナータとマルク様を乗せた馬車があの通用門から出てくる。私たちは二人を見送るために、その馬車をここで待ち構えていたのだった。

表向き、二人は国のさらなる繁栄のために辺境へ旅立つことになっている。しかし実際のところ、二人は罪を償うために追放されるのだ。だから民たちの盛大な見送りも、別れの式典もなしだ。二人が今日旅立つことを知っているのは、私たちや陛下、それにミハイル様といったごくわずかな人間だけだ。

レナータは、私たちに会いたいとは思っていない。私たちは今までに幾度となく彼女と面会しようとしたのだけれど、そのたびに拒まれていたのだ。けれどそれでも、私たちはどうしても彼女に会いたかった。だからミハイル様に相談して、ここで一度馬車を止めてもらうことにしたのだ。

彼女が辺境に追放されてしまえば、もう顔を見ることすらできないだろう。きっとこれが、最後の別れになるのだ。まるで葬儀の列を待っているかのような暗い気持ちで、じっと立ち続ける。

ふと、あることに気がついた。さっきまで激しく吹きつけていた冷たい風が、ずいぶんと弱くなっている。

不思議に思いながら、周囲を見渡す。すぐに、その理由が分かった。デジレが私のすぐ傍《そば》に立って、風除けになってくれていたのだ。彼の長い白銀の髪が、荒々しい風に吹き散らされて乱れている。

思わずデジレの方をじっと見つめると、彼はその視線に気づいたらしく目元だけで微笑《ほほえ》んだ。感謝の意を込めて、そっと目配せする。そんなささいなやり取りが、驚くほど心を温めてくれていることを感じながら。

その時、不意に母様が声を上げた。ああ、と悲嘆のため息を漏《も》らしながら、震える手で口元を押さえている。

前を向くと、通用門がゆっくりと開いているのが見えた。やがて、その向こう側から一台の馬車が姿を現す。

屈強な二頭の馬に引かれた質素な馬車は、城下町でしばしば見かける普段使いの馬車と大差ないものだった。少しずつ近づいてくるその姿を見ていたら、胸がぎゅっと苦しくなった。それはみな同じらしく、父様や兄様、それにデジレまでもが、悲しげに目を細めていた。

もう少し馬車が近くまで来たら、進み出て声をかけよう。そう思って身構えていると、私たちから離れたところで突然馬車が止まった。

見守る私たちの前で、静かに馬車の扉が開く。上質だが飾り気のない服をまとったマルク様が、たった一人で降りてきた。彼の背筋はぴんと伸び、水色の目はどこまでも澄み切っている。その表情は、立派な一人前の男性を思わせるものだった。

彼はしっかりとした足取りで私に近づき、静かに頭を下げた。潔《いさぎよ》いその仕草に、ミハイル様を思い出さずにはいられなかった。

「お前たちには迷惑をかけた。重ねて、謝罪させてくれ。おそらくはこれが最後になるだろうから。本当に、済まなかった」

彼の目は、私をまっすぐに見つめていた。微笑みながら、同じようにしっかりと見つめ返す。

「はい。その言葉、確かに受け取りました」

「……そうか。ありがとう」

「礼を言うのはこちらです、マルク様。レナータに未来を与えてくださって、ありがとうございました。私たちには、彼女の命を救うことしかできませんでしたから」

返ってきたのは、底抜けに晴れやかな笑顔だった。

「兄上を介して、その言葉はもう聞いた。それに、礼は不要だ。俺《おれ》がそうしたいと思った、ただそれだけのことなのだから」

「それでは、せめてこれからの幸運を祈らせてください」

マルク様の行く手には、数多くの困難が立ちはだかるだろう。けれどどうか彼の未来が、少しでも明るいものになりますように。そんな思いはマルク様にも伝わったらしく、彼はほんの少し照れくさそうにうなずいた。

そしてマルク様は、デジレに向き直る。愉快そうな、いたずらっぽい笑みを浮かべて。その笑みは、デジレがよく浮かべているものと似ていた。

「デジレ、俺は今度こそ自分の力で兄上に勝ってみせる。もちろん、お前にもな」

「楽しみにしている。……お前がずっといじけていたのが気にかかっていたのだが、まさかこんな形で自分の殻を破るとは思いもしなかった」

「意外だったか？　俺も甘く見られたものだ」

「はは、見くびって済まなかった。今のお前なら、あちらでもやっていけるだろう。……達者でな」

「お前こそ、そいつをきっちり守ってやれ。とかくお前は、他人に好かれやすい。その分、嫉妬《しっと》なども呼び込んでしまう。側仕《そばづか》えだか恋人だか知らんが、余計な苦労をかけさせてやるな」

「ああ、肝《きも》に銘じておこう」

二人の間には、まるで長年の親友のような、とても打ち解けた空気が漂っていた。最後にもう一度笑顔を見交わしてから、マルク様は父様たちの方へ一歩進み出る。

「アンシア男爵とその妻、そして息子のローレンス」

父様と母様が同時に背筋を伸ばす。兄様も神妙な顔で、マルク様を見つめていた。

「お前たちの娘にして妹のレナータは、俺が責任を持って守ろう。そんなことしか約束してやれないが、許せ」

その言葉に、父様たちが恐縮しながら言葉を返している。ついこないだまでは想像もしていなかった光景に、どうにもくすぐったいものを感じていた。

さらにもう二言三言話してから、マルク様は私たちに背を向けて馬車に戻っていく。最後にちらりと見えた横顔には、たいそう穏やかな、頼もしい笑みが浮かんでいた。

マルク様の姿が消えてからも、馬車の扉は開いたままだった。相変わらず冷ややかな風が吹き荒れる中、みなで馬車を見つめてじっと待つ。

少しして、レナータがゆっくりと姿を現した。彼女は以前よりずっと質素な、しかし上品な身なりをしていた。豪華なだけが取り柄のドレスよりこの服の方がよっぽど似合うなと、そんなことをぼんやり考える。

レナータは相変わらずいらだたしげな足取りで、こちらに向かって歩いてくる。けれど彼女は馬車と私たちのちょうど中間、手を伸ばしても到底届かないところでぴたりと立ち止まった。その顔には、こちらを見下すような不敵な表情が浮かんでいる。

あの子のところに駆け寄りたいと思うのに、足が動かない。レナータはその全身で、私たちを拒んでいた。今までと、同じように。

彼女はエドワードの企《たくら》みについて、全《すべ》てを知らされている筈《はず》だった。それなのに彼女は、今まで通りのふてぶてしい態度を少しも崩していなかった。

誰も動かない。何も言わない。冷たい沈黙を破ったのは、レナータのやけに明るい声だった。

「相変わらずしょぼくれた顔ばっかりね。ああもう、辛気《しんき》くさいったら」

その言葉が引き金になったのか、母様が悲鳴のような声で叫んだ。

「レナータ、ああ、レナータ！」

母様は両手を強く握り合わせて、力なく泣き崩れた。父様は震える手で母様を支えながら、じっとレナータを見つめている。彼女の姿を、目に焼きつけておこうとするかのように。

しかしレナータは、そんな二人を見ても顔色を変えなかった。腰に手を当てて、大きく息を吸い込んでいる。驚くほど大きな声で、彼女は言い放った。

「きっとこれで最後だから、はっきりと言っておくわ。私、あなたたちのことが、嫌で嫌で仕方なかったの。どいつもこいつもおせっかいで、綺麗事《きれいごと》ばっかり口にして」

びくりと肩を震わせる母様と、身をこわばらせる父様。兄様は顔色一つ変えず、静かな目でじっとレナータを見つめていた。

レナータは暗い紫の目を細めながら、ふんと鼻で笑う。

「だから、あの忌々《いまいま》しい神託にも、一応は感謝しているの。あれのおかげで、あなたたちのところを離れることができた」

父様と母様が息を呑《の》んで立ち尽くす。あの神託。あれさえなければ、私たち家族がこんな目にあうこともなかったのかもしれない。そう思うと、私はあの神託が憎くてたまらなかった。不完全な神託をそのままにした神官たちを、恨みたくなるほどに。

それなのにレナータは、あの神託に一番振り回された彼女は、あの神託に感謝していると言い切った。

思いもかけない言葉に、頭の中が真っ白になる。彼女に言っておきたいことが山ほどある筈なのに、舌がちっとも動かない。

「私は後悔していないわ。私は私として生きたんだもの。その結果がこれだというのなら、甘んじて受けるわよ」

レナータは堂々と、そう言い切っている。けれどその暗い紫の瞳《ひとみ》は、わずかに揺らいでいるように思えてならなかった。

母様のすすり泣きが、さらに大きくなる。レナータの顔に浮かんでいた笑みに、ほんの少しひびが入ったように思えた。けれど彼女はそれ以上動揺することなく、さらに言い放つ。

「私はレナータ。聖女でも、アンシアの娘でも、ましてやパッセの娘でもない。ただのレナータなんだから」

それは、奇妙なまでに晴れやかな宣言だった。けれど今までの自分全てを否定しているその言葉には、強がっているような響きが混ざりこんでいた。

レナータは私たちの顔を順に見渡して、これみよがしに大きく笑う。

「二度とあなたたちの顔を見なくて済むなんて、最高だわ！」

軽《かろ》やかな笑い声が、寒々しい草原に響く。あの夜、炎の中で聞いた笑い声に似た、それでいて恐ろしさを全く感じさせない、調子外れに明るい声だった。

「じゃあね、偽善者のみんな」

ひとしきり笑って満足したような顔で、レナータがくるりときびすを返しかけたその時。

「待ってくれないか。ひとつ、聞きたいことがある」

不意に、デジレが口を開いた。その静かな口調に、レナータがぴたりと動きを止める。

「……君は、その憎しみがまがい物であると、既に知っているのだろう。それでもまだ、その思いを手放さないのか」

ひどくゆっくりと、デジレはそんな問いを口にする。その声に非難するような響きはなかった。ただ純粋に、疑問に思っている口調だった。そしてその中に、一筋の同情が見え隠れしている。

その同情の匂《にお》いをかぎとったのか、レナータは鼻に思いっきりしわを寄せた。足音も荒く、デジレの方に向き直る。かつて彼をあんなに甘ったるい目で見ていたとは思えないほどいらだたしげな、生意気な子供のような仕草だった。

「うるさいわね、この憎しみはまぎれもなく私のものよ。何もかもが馬鹿馬鹿《ばかばか》しいくらいに嘘と間違いだらけだったけど、この思いだけは本物なの。勝手に偽物扱いしないで」

まるで牙《きば》をむく獣のような表情で、レナータはデジレに言い放つ。彼女の小さな手は、胸元《むなもと》できつく握りしめられていた。気のせいか、その手がかすかに震えているように見える。

さっきまでの軽やかな声とは全く違う、低く押し殺したような声が彼女の唇から漏れた。

「私は自分だけを信じるの。自分の中にある、この憎しみと怒りだけを」

冷たい風が、ひときわ強く吹く。その風に乗って、とぎれとぎれに声が聞こえてきた。もうこれ以上、私のものを奪わないで。この憎しみまで、取り上げないで。その声は、そんなことを言っていたように思えた。

レナータに声をかけてやりたい、二度と会えなくなる前に、彼女に何か伝えたい。そんな思いが、さらに強くなっていく。

けれど次に口を開いたのは、私ではなかった。

「……レナータ」

今までずっと黙っていた兄様が、そっとレナータに呼びかける。それはかつてみんなで暮らしていた時と全く同じ、穏やかで温かい声だった。

「僕たちは、家族だよ。これまでも、これからも」

母様が涙をぬぐいながら顔を上げ、レナータに呼びかける。

「あなたは私たちの娘よ。何があってもそれは変わらない。大切な、愛しい娘だから」

「ああ。いつかまた、お前が戻ってこられる日が来るかもしれない。その時を、私たちはいつまでも待っているよ」

優しくそう言った父様の目にも、うっすらと涙が浮かんでいた。

ゆっくりと首を動かして、レナータをまっすぐに見つめる。自然と、柔らかな笑みが浮かぶのを感じながら。

「あなたの幸せを、ずっと祈っているから」

やっと、言葉が出てきた。届かないと分かっていても、どうしても伝えたかった言葉が。

一方のレナータは、暗い紫の目を真ん丸にして、呆然《ぼうぜん》と立ち尽くしていた。やがて彼女はゆっくりと大きく息を吸って、一気に吐き捨てた。

「……やっぱり、あなたたちなんか大っ嫌いよ！」

ひときわ大きな叫び声が、寒々とした草原に響き渡る。彼女が聖女に選ばれてから嫌というほど聞いた、いらだたしさにあふれた声。けれど私の胸に湧《わ》き起こるのは恐怖でも戸惑いでもなく、どうしようもない愛おしさと悲しさだけだった。

きっと、父様たちも同じような思いだったのだろう。私たちは何も言えずに、ただレナータを優しく見つめていた。そんな私たちをもう一度にらみつけて、レナータは元気良くばたばたと馬車に駆け寄り、姿を消した。

レナータとマルク様を乗せて、馬車が走り去っていく。きっともう、彼女たちに会うことはない。あの二人が辺境で生き延びることができたとしても、この王都に戻ってくることは、もうないのだから。

がたんがたんという規則正しい音が、少しずつ遠ざかっていく。くすんだ草原とよどんだ曇り空の狭間に、馬車が吸い込まれるようにして消えていく。私の目には、ただ一面の灰色しか見えなかった。その灰色がぼやけ、にじんでいく。

きっとレナータも、理解しているのだろう。彼女が大切に抱えている憎しみが、エドワードによって作られたものでしかないということを。

けれど彼女は、それでもその憎しみにすがるしかなかった。たくさんの嘘に目をくらまされ、何もかもなくしてしまった彼女は、私たちを憎むことでどうにか自分を保っているのかもしれない。ならば、私はその憎しみを受け入れよう。それがきっと、私にできる最後の償いだから。あの子の思いに、裏で起こっていたことに気づかないまま、自分たちは仲の良い家族なのだと思い込んで安穏と生きてきた、愚かな私への罰でもあるから。

熱い涙が、頬《ほお》を滑り落ちていった。口に手を当てて、嗚咽《おえつ》を必死に噛《か》み殺《ころ》す。ただひたすらに、悲しかった。レナータともう二度と会えないことが、悲しくてたまらなかった。

かつて彼女に嫌がらせをされていた時、どうにかして彼女から逃れたいと思ってしまった。そんな私には、こんなことを思う資格はないのかもしれない。

それでも、悲しかった。次々あふれ出る涙の感触に、悲しみがさらに増していく。

子供のように大きな声を上げながら、ひたすらに泣いた。デジレが私を抱き寄せ、腕の中にすっぽりと包み込んでくれる。その温《ぬく》もりに甘えながら、さらに泣き続ける。

前にも、こんなことがあった。あの廃屋《はいおく》から救い出された、あの時。けれどあの時とは違って、これは安堵《あんど》の涙ではなかった。ただ純粋な、悲しさだけが溶け込んだ涙。

そのまま私は、声が嗄《か》れるまで泣き続けた。疲れ果てて、何も考えられなくなるまで。

気がつくと、私は王都に向かって歩いていた。すぐ前には、母様を支えている父様と兄様の背中。

隣のデジレは私を守るように、腕をしっかりと私の背中に回している。肌にまとわりつくような重たい空気の中、私たちはただ黙々と足を動かし続けていた。

いつの間にか、私たちは城下町の中にいた。そこの街角、あっちの通り、どこもかしこもレナータと歩いた場所だ。そのことに気づいたとたん、涸《か》れたとばかり思っていた涙がまたにじんでくる。

見ると、前を行く父様と母様の肩が震えていた。兄様とデジレも、何も言わずに顔を伏せている。すれ違う人たちが、ちらちらとこちらを見ている。それにも構わずに、ただひたすらに歩き続けた。

やがて、分かれ道にさしかかった。ここを右に行ったところに、アンシアの屋敷がある。左に行ってしばらくすると、王宮の正門が見えてくる。

父様と母様が立ち止まって振り返り、何も言わずに私とデジレを見ている。二人とも、泣きはらした真《ま》っ赤《か》な目をしていた。

帰っておいで、フローリア。私たちの、あの屋敷へ。二人の目は、そう訴えているように思えた。娘を一人失ったばかりの父様と母様には、私がついていなくては。私が二人を、支えなくては。

ふらりとそちらに一歩踏み出した私の前に、兄様がすっと立ちはだかる。兄様は私の肩にそっと手を置くと、まっすぐにこちらを見つめてきた。とても優しい、けれどどこか寂《さび》しげな目だった。

そのまま、兄様の青緑の目だけをただ見つめる。言葉はないのに、とてもたくさんのことを話しているような不思議な心地がした。

少しして、兄様がふっと目元を緩ませた。そしてその視線が、私の後ろに向けられる。そこにいるデジレに向かって、兄様は静かに言った。ほんの少しだけ、震えた声で。

「……デジレ様、妹をよろしくお願いします。僕たちの大切な、家族を」

背後から返ってきたのは、ゆったりとした穏やかな声だった。悲しみに切り刻まれた心を癒《い》やしてくれるような、そんな声。

「ローレンス、君に彼女を託されるのは、これで二度目だな」

父様が、母様が、のろのろとデジレを見る。ゆっくり振り返ると、とても優しい赤い目が見えた。

「君からの最初の手紙を読んだ時、私は感じた。この差出人は、妹のことをそれは大切に思っているのだと。だから私は、君の願いを聞き届けてやることにした」

懐かしそうに、デジレが語る。その豊かに響く声に、私たちはみな聞きいっていた。

「そうして私はフローリアと出会った。今では、彼女は私にとってなくてはならない存在だ。彼女がいなければ生きていけない、そう断言できるほどに」

デジレが静かに一歩進み出る。彼は父様と母様に向かって、静かに頭を下げた。にぶい曇り空の下であっても変わることなくまばゆく輝く白銀の髪が、さらりと流れる。

「アンシア殿、そして奥方殿」

普段の父様と母様なら、おそれ多いとあわてふためいただろう。けれど二人は、ぎゅっと唇を噛んだままデジレを見つめるだけだった。

「あなた方の大切な娘御は、私が必ず幸せにする。だから、私が彼女を連れていくことを、どうか許して欲しい」

デジレはそのまま動かない。父様と母様も、無言でたたずんでいる。

季節外れの冷たい風が、分かれ道を吹き抜ける。沈黙を破ったのは、兄様だった。

「ほら、いっておいで。大丈夫、父様と母様は僕に任せて。……幸せになるんだよ、フローリア」

兄様は私の肩をそっと押して、デジレの方に追いやる。ためらいつつも足を踏み出す私を、今度はデジレが優しく受け止めた。彼は私の肩を抱き、父様と母様にもう一度向き直る。

父様と母様は、泣いていた。けれどそれは先ほどレナータを見送った時の悲しい涙ではなく、切なくも温かいものだった。

ほうと大きく息を吐いて、父様が背筋を伸ばす。威厳に満ちた、それでいて泣きたくなるくらいに穏やかな声で、父様は答えた。

「ドゥーガル様、どうか娘を、フローリアをお願いいたします」

「ああ」

デジレは私の肩を抱いたまま、力強く答えた。彼の顔は見えなかったけれど、きっと微笑んでいたのだろう。だって、父様も母様も、そして兄様も、みんな笑っていたのだから。愛情がたっぷりこめられた笑顔が三つ並んで、こちらに向いていた。

そして私は、デジレと共に歩き出した。分かれ道を左へ、王宮へ向かって。背後では、大切な家族のみんなが私たちを見守ってくれていた。レナータを見送った時と、同じように。

◇

レナータとマルクが辺境に向けて旅立ってから、ひと月以上の時が流れた。ミハイルが王の私室に呼ばれたのは、そんなある夜のことだった。

「父上、どういった御用でしょうか」

そこでは王がただ一人、息子のことを待っていた。王の姿は普段と何も変わらないようだったが、ミハイルの目には、父はどことなく悲しげに見えていた。

「ああ。……マルクから、便りが届いた」

その言葉に、ミハイルは息を呑む。ということは、弟は無事に辺境にたどり着くことができたのか。

マルクが辺境へ向けて旅立ってから、ミハイルはしばしば一人で祈るようになった。彼は王族であり、国を守っているのが神ではないのだということを知っている数少ない人間の一人だった。

しかしそれでも、彼は祈らずにはいられなかったのだ。人ならぬ、何かへと。どうか、弟のこれからを守ってくれと、そんな思いをこめて。

そんな彼の思いを知ってか知らずか、王はひどく静かな、感情のない声で言葉を続ける。

「あれらは無事に辺境に着いたようだ。今のところ、特に問題はないらしい。これからも定期的に状況を知らせると、マルクはそう言っている」

「そうですか。……良かった」

ミハイルは顔をほころばせ、ふと何かに気づいたように唇を引き結んだ。ためらいがちに、王に向かって問いかける。

「……レナータは、どうしているのでしょうか」

その言葉に、王は静かに首を横に振る。

「以前と変わらず、自室にほぼ引きこもっているそうだ。マルクともろくに口をきいていないらしい。一応、健康ではあるようだが」

「そう、ですか。……彼女は、今もなお全てを拒み続けているのですね。フローリアが、アンシアの者たちが哀れでなりません」

ミハイルの顔に浮かんでいるのは混じりけのない同情だった。王はすっと目を細め、そんな息子を見すえる。

「哀れむことはない。確かにアンシアの者たちは、あの神託に翻弄された被害者だ。だが、お前が思っているよりもずっと強い」

王の脳裏には、レナータの減刑を願い出てきた時のフローリアの姿がよみがえっていた。

彼女は王の目をまっすぐに見つめ、背筋を伸ばして、必死に訴えかけてきたのだ。長く国を背負ってきた王ですらひるみそうになるほどの気迫を、彼女は放っていた。かつてデジレと二人でこの部屋に来た時の彼女は、身の置きどころがないといった顔で大いにうろたえていたというのに。

そんなことを思い出しながら、王は断言する。

「彼女たちであれば、悲しみに負けてしまうことはない。そしてレナータもいずれは、正しい心を取り戻すだろう。根拠はないが、私はそう信じている」

幼子を見守るような慈しみ深い王のまなざしに、ミハイルは黙って目を見張った。その顔にゆっくりと、笑みが広がっていく。

「……そう、ですね。時間はかかるでしょうが、いつか、レナータも変わっていくのだと、そう信じましょう。……マルクと私が、ほんの少し歩み寄ることができたように」

「ああ。どうもレナータは、マルクと似たところがあるように思える。今のマルクであれば、レナータを支え、心を開かせることも可能かもしれん」

「マルクなら、必ずやり遂げます。私たちの自慢の家族ですから」

「そうだな。私たちにできるのは、遠くから祈るだけだ……どうかあの二人が、この騒動の中で人生を狂わせた二人が、少しでも幸せになれるように、と」

王の声音は、ひどく切なげだった。ミハイルも無言で、目を伏せる。

「……フローリアは言っていた。今回の神託について私たちがもっと注意を払っていたなら、こんなことにはならなかったのかもしれないと」

その言葉に、ミハイルが目を見張る。王は目を伏せたまま、さらにつぶやき続けた。

「何が何でも妹を救おうとして、とっさに出た言葉なのだろう。だが私は、一瞬言葉に詰まってしまった。……図星を指されたような、そんな気がしたのだ」

ミハイルの口が、きつく引き結ばれる。王の手も、また強く握りしめられていた。

「私たちが神託を少しでも疑っていたなら。聖女に選ばれ増長したレナータを、きちんといさめていたなら。マルクがあそこまで思いつめる前に、腹を割って話せていたなら。そう思わずにはいられないのだ」

「父上、それは……私も同じことです。父上だけの責任ではありません」

いつになく低くかすれた声で言葉を返すミハイルを、王は優しい目で見ていた。その口元に、わずかに笑みが浮かぶ。

「そうだな。きっと私たちは、みな少しずつ過ちを犯してきたのだろう。……ああ、月が美しいな。あの汚れのない姿は、今の私には少々まぶしすぎる」

王の目は、窓の外に向けられていた。ミハイルもつられてそちらを向く。彼らの視線の先には、大きな月が輝いていた。ひときわ大きな、澄んだ明るい月だった。

それっきり二人とも口を閉ざし、ただ窓の外を見つめ続けていた。柔らかな月の光だけが、部屋の中を優しく照らしていた。


清らかな月を見つめていた王が、ふと我に返ったように笑みを浮かべた。

「そうだ、フローリアと言えば……今朝方、二人揃《そろ》って挨拶《あいさつ》に来たな。これからデジレの屋敷に戻るのだと、そう言っていた」

「はい、私のところにも顔を出してくれました。二人仲良く寄り添って」

「……幸せそうだったな、あの二人は」

「ええ、とても」

王とミハイルは顔を見合わせ、穏やかに微笑み合った。しかし次の瞬間、王はくるりと目を回して肩をすくめた。行儀の悪い子供のような仕草に、ミハイルが目を見張る。

「それにしても、あのデジレに恋人ができた、か……実のところ、まだ信じがたい。舞踏会の時も目を疑ったが、本当に雪くらい降ってもおかしくないな。まだ秋の初めだが」

どうやら王は、わざと明るく振る舞っているようだった。そのことに気づいたミハイルが、上品にくすくすと笑って答える。

「私も驚きました。どうして彼を前にして平然としていられるのか、フローリアに尋ねずにはいられませんでした」

「ほう、彼女はなんと？」

「すぐに慣れました、だそうです」

ミハイルの返事に、王はおかしそうに笑う。

「まさか、あれの美貌を『慣れた』の一言で片づけるとはな。やはり彼女は、見た目よりもずっと肝がすわっている」

「そうですね。そんなところも、デジレの心をとらえたのでしょう」

「だろうな。まったく、大した女性だ」

二人はどこかぎこちなくも、和やかにそんなことを話し合っていた。ふとミハイルが、何かに気づいたようにつぶやく。

「……デジレはああ見えて子供のようなところがありますから、フローリアに愛想をつかされないといいのですが」

「確かに、それは心配だな」

王も考え込んでいるようだったが、じきに真顔でミハイルに向き直った。

「……ミハイル、これからも時折デジレたちのところに顔を出して、それとなく様子をうかがって来てくれないか」

ミハイルもまた、生真面目《きまじめ》にうなずいた。

「奇遇ですね、父上。実は今ちょうど同じことを申し出ようかと思っていたのです」

「ああ、頼んだぞ。ついでに、デジレをよろしく頼むと彼女に伝えておいてくれ」

「父上じきじきの願いだなんて、フローリアがたまげてしまいそうですね」

「なに、多少驚くやもしれんが、大丈夫だ。彼女は私に面と向かって意見するほどの度胸の持ち主だ。あれほど強い目で見すえられたのは、いつぶりだろうな」

先日のことを思い出しているらしく、王はたいそう愉快そうに大きく笑う。けれどすぐに、彼はすっと目を細めた。優しくも切なげな声で、静かに言う。

「デジレと、フローリア。あの二人が思いを通じ合わせたこと、それがこの騒動が生み出した、唯一の救いかもしれないな」

「ええ、そうかもしれません」

親子は二人きり、穏やかに微笑み合う。王と王子としてではなく、ただの父と子として、二人は見つめ合っていた。

# エピローグ　新たな日常

そうして、神託をきっかけに始まった目まぐるしい日々はようやく終わりを告げた。私はデジレの屋敷に戻り、今もそこで暮らしている。

今日も今日とて、私は掃除に精を出していた。デジレの私室のすぐ外の廊下を、はたきをかけながらゆっくりと歩く。新しく仕立てた私服の上に、ほこり除けのエプロンをまとった姿で。

本来ならば、これはもう私の仕事ではない。全《すべ》てを終えて彼の屋敷に戻ってきてすぐ、デジレは言ったのだ。今後は君のことを側仕《そばづか》えとしてではなく、婚約者と同等の者として取り扱う、と。

いずれ折を見て、君の実家を訪ねて正式に婚約を申し込む。それまでは、この立場で我慢してくれ。彼はそう言いながら、たいそう申し訳なさそうに頭を下げてきた。

しかし私は、彼と共にいられるのなら側仕えでも婚約者でも同じようなものだと思っていた。だから我慢も何もなかったのだが、彼の律義な気遣いは素直に嬉《うれ》しかった。

それにジョゼフやマーサに至っては、とっくの昔に私のことをデジレの婚約者のようなものだとみなしていた。実のところ二人は、私とデジレが思いを告げ合うよりも前から、私たちがいずれそういった関係になるだろうと確信していたらしい。

そうして側仕えではなくなった私だったが、それでも最低限の家事だけはこなし続けていた。すっかり習慣になってしまっていたというのもあるけれど、デジレの世話を他の人に譲ってしまいたくないと、そう思っていたのだ。

私の立場が変わったのをきっかけに、デジレは新しい私服も用意してくれた。それは私がこの屋敷に来てからまとっていたお仕着せよりもさらに上等な、普段着にするのがためらわれるようなものだった。

大いにうろたえる私に、彼は「君は私の婚約者のようなものだろう？　愛しい婚約者に服を贈るなど、当たり前のことだ」と熱っぽい目で迫ってきた。そう言われてしまっては、私はもう白旗をあげるしかなかった。

私はもう彼の側仕えではなく、彼の恋人で、じきに正式な婚約者になる。そしていずれは、妻として彼の隣に立つ。これからの私は、家族のお下がりの古着ではなく、もっときちんとした身なりをする必要があるのだ。少しずつ慣れていかなくては。

自分にそう言い聞かせて、私は今まで着ていたお仕着せをしまい込み、贈られた私服をまとうようになったのだ。上等ながらも飾り気が少なめの服は、私の好みにも合っていた。

掃除の手を止め、窓の外に広がる青空に目をやる。その澄み渡った水色に、昨日のことが自然と思い出された。


昨日の午後、ミハイル様が突然この屋敷を訪ねてきた。レナータとマルク様が無事に辺境にたどり着いたという、その知らせだけを携えて。今のところ、二人とも元気にしているらしい。たったそれだけのことが、とても嬉しかった。

そうして三人であれこれと話した後、ミハイル様は帰り際にデジレに言った。少しだけフローリアと話したいことがある、済まないが席を外してくれないか、と。

デジレは思いっきり眉間《みけん》にしわを寄せていたが、やがてしぶしぶその場を立ち去っていった。玄関で待っている、と言い残して。

そうして二人きりになると、ミハイル様はデジレが去っていった方を見て、くすりと愉快そうに笑ったのだ。

「本当に、今のデジレは幸せそうだ。しかし恋をした彼が、ああも可愛《かわい》らしくなるとは思いもしなかった」

「可愛い、ですか?」

とんでもない言葉に目を白黒させていると、ミハイル様は楽しそうな目でこちらを見た。

「ああ。君を見つめているさまなど、まるで初めて恋を知った少年のようだ。純粋な称賛と憧《あこが》れに満ちたまなざしを、ずっと君に向けていて」

従兄弟という関係にあるからなのか、ミハイル様は実に遠慮なくデジレのことを評している。

「それに、彼があそこまでやきもち焼きだとも知らなかった。舞踏会の直後など、彼はあからさまに私を警戒していたからな。あれはどういうことなのだろうかとずっと疑問に思っていたが、君たちが結ばれたと聞いて納得した」

デジレはずっと、ミハイル様が私に近づくたびにやきもきしていた。嫉妬《しっと》というなら、自分も相当のものなのだと、お祭りの夜に彼が語っていたのを思い出す。

「……でも、そうやって妬《や》いてもらえるのも、嬉しいですから……」

ちょっぴり恥ずかしくなって目を伏せながら、本音を言ってみた。ミハイル様は楽しそうに笑っている。

「そうか、君たちは本当に仲が良いのだな」

ふと、ミハイル様が姿勢を正した。どうしたのだろうと顔を上げて、ミハイル様の顔をまっすぐに見る。さっきまで和やかで穏やかに微笑《ほほえ》んでいた彼は、一転してとても真剣な顔をしていた。

「フローリア、どうかデジレのことをよろしく頼む。子供っぽくて嫉妬深くて不器用だが、それでも彼は、君のことをとても大切に思っているのだ」

「……はい。あの方は、私にとって誰《だれ》よりも大切な方です。許されるのならいつまでも、あの方のお傍《そば》にいます」

思いのたけを込めて、ゆっくりと言葉を紡《つむ》ぐ。それを聞いたミハイル様が、穏やかに微笑んだ。透き通るような、どことなく切なげな笑みだった。

「きっと彼も、同じようなことを言うのだろうな。君たちがずっと共にいられるよう、私も力を尽くそう。……どうか、末永く幸せに」

そのまま、静かに見つめ合う。王子と二人きりで向き合っているというのに、不思議なくらい居心地の悪さは感じなかった。

ふと、ミハイル様が何かを思い出したように口元を緩めた。淡い水色の目が、意味ありげにこちらを見ている。

「そうだ、父上も『デジレをよろしく頼む』とおっしゃっておられた」

「陛下が、ですか？」

思いもかけない言葉に、少々裏返った声が出てしまった。それがおかしかったのか、ミハイル様はとても愉快そうに笑った。どことなくデジレを思わせる、いたずらっぽい笑い声だった。

「ああ。父上も、君たち二人の幸せを願っておられるのだ。……その、いずれまた、ここを訪ねてもいいだろうか」

「はい、もちろんです。デジレ様ともども、お待ちしております」

そうしてミハイル様は私たちに別れを告げて、来た時と同様に唐突に帰っていったのだった。ひときわ明るい笑顔を残して。


「……ミハイル様もお元気そうで、良かった。それに、マルク様と、……レナータも」

昨日のことを思い出しながら、せっせと掃除を続ける。レナータのことを思い出すと、今でも胸がひどく痛む。数々の後悔や悲しみを胸の奥に押し込んで、無心に手を動かし続けた。

その時、穏やかな声が横合いから聞こえてきた。

「フローリアさん、今日も精が出ますね」

そちらを振り向くと、いつも通りの温かな笑みを浮かべたジョゼフが立っていた。

「じっとしているのは苦手なんです。子供の頃からずっと、こうして家事をしていましたから」

はたきを下げて、軽く会釈《えしゃく》する。その拍子に、自分がまとっている真新しい青いスカートが目に入った。君にはこの色が良く似合う、と嬉しそうに微笑んでいたデジレの顔を思い出して、少し照れ臭くなる。

「ええ、あなたは前から働き者でしたし、それ自体はとても良いことだと思いますよ。……ただ」

ジョゼフが声を落として、視線を動かす。その先には、デジレの私室に通じる扉があった。

「そろそろ、デジレ様のもとに戻っていただけないでしょうか。あなたが長い間席を外されているので、デジレ様がむずかっておられます」

「むずかる、ですか……」

どうもミハイル様といいジョゼフといい、デジレのことを子供扱いしている節がある。しかし私にも、むずかっているデジレの姿は容易に想像できてしまった。ついつい微笑みながら、言葉を返した。

「分かりました。それでは戻りますね」

「ええ。デジレ様を存分に、構って差し上げてください」

妙にお茶目なジョゼフの言葉に、また笑いがこみ上げてくる。ちょうどその時、マーサが小さなワゴンを押しながら近づいてきた。

「あら、だったらちょうど良かったわ。フローリア、これを持っていって」

おっとりと微笑みながら、彼女は小ぶりのワゴンを私の方に押し出す。そこにはいつも通りに二人分の茶器と、蓋をかぶせたお茶菓子の皿が整然と並べられていた。

「料理人たちが胸を張っていたわよ。今日のお茶菓子は会心の出来なんですって」

「そうなんですか、とても楽しみです。デジレ様もきっと喜んでくれると思います」

素直な気持ちを口にすると、マーサは一瞬目を見張り、それから泣きそうな笑顔を浮かべた。

「……本当に、フローリアはいい笑顔をするようになったわねえ」

「ええ、まったくです。フローリアさんも、そしてデジレ様も」

マーサの言葉に、すかさずジョゼフが同意している。あわてて首を横に振り、二人の言葉を打ち消そうとした。

「その、デジレ様はともかく、私はそこまで変わっていないと思うのですが」

彼の傍にいるようになって、恋人になって。胸の内にはとても幸せな気分が満ちているけれど、それをそのまま顔に出すような浮かれた真似はしていないつもりだ。

しかし今度は、ジョゼフとマーサが同時に首を横に振った。それも、力いっぱい。

「変わったわよ。とっても幸せそう。いずれもっともっと、幸せそうな顔をするようになるのね。その時が楽しみだわ」

「その時、というのは……」

「それはもちろん、あなたのことを『フローリア様』とお呼びできる時のことですよ」

戸惑い気味の私の問いに、ジョゼフがすかさず答えを返す。マーサはふっくらした両手を握り合わせて、感極まったようにうっとりと言った。

「デジレ様に恋人ができて、その恋人は婚約者になって。妻になるのも、そう先のことではないわ。

ああ、なんて素晴らしいの」

「そうですね、マーサさん。これでもう思い残すことはありません」

「何を言っているの、ジョゼフ。次は、デジレ様とフローリアのお子様のお世話が待っているのよ。私たち、これからまだまだ頑張らなくちゃ」

あっけにとられている私を置き去りにして、二人はどんどん盛り上がっている。あれよあれよという間に、とんでもないところまで話が進んでしまっていた。

私とデジレは恋人同士で、同じ屋敷で暮らしている。けれどまだ正式に婚約もしていないというのに、もう子供の話とは。いくらなんでも、話が飛躍しすぎではないだろうか。

恥ずかしさといたたまれなさに、頬《ほお》も耳も熱くてたまらない。ワゴンの持ち手をしっかりとつかんで、まだ和やかに話し合っている二人に言い放つ。

「お茶が冷めてしまいますので、もう行きますね」

くるりと二人に背を向けて、そそくさとその場を立ち去った。

「初々しいわねえ。本当に、可愛いわ」

「そうですね。何とも愛らしい方です。デジレ様は良いお方を見つけられました」

二人のそんな言葉に、見送られながら。

「ああ、やっと戻って来てくれたのだな、フローリア」

扉を開け、ワゴンを押しながらデジレの私室に入る。そのとたん、待ちくたびれた顔のデジレに出迎えられた。彼は私が押しているワゴンに目をやると、執務机を離れていそいそと窓際のテーブルに向かっていく。

席に着いたデジレの白銀の髪が、明るい陽《ひ》ざしを受けてきらきらと輝いている。雪の日の朝を思い出させるその輝きにこっそりと見とれながら、微笑んで言葉を返した。

「そこの廊下を掃除するために、少し席を外していただけですよ。まだ三十分も経《た》っていません」

「三十分？　そうだったか？　まるで何時間も、一人で放置されていたような気分だ」

そう言って、デジレはかすかに頬をふくらませる。ジョゼフが言っていた通りの、むずかる子供のような表情だ。顎を引いて、上目遣《うわめづか》いにこちらを見てくる。

「できることなら、一瞬たりとも君と離れていたくないというのに。掃除はマーサに任せておけばいいだろう。君が私の側仕えになる前は、この辺りの掃除は彼女の担当だったぞ」

「あなたと一緒にいたいのは私も同じです。けれど家事の手も、抜きたくないんです」

テーブルの上に茶器やお菓子の皿を手早く並べながら、胸の内の思いを少しずつ言葉にしていく。

「……あなたの身の回りの世話ができるのが、とても嬉しくて。ちょっとした掃除だって、他の人には譲りたくありません。この喜びは、私だけのものにしたいんです」

私の言葉を聞いて、デジレがそれは嬉しそうにくすりと笑う。見せかけだけの不機嫌さは、あっさりと吹き飛んでしまっていた。

「私だけのもの、か。そうやって君に独占されるのも、悪くないな」

「独占……そうかもしれません」

デジレの言う通り、私のこの気持ちは独占欲と呼ぶべきものなのかもしれない。そのことに気づいたら、急に恥ずかしくなってしまった。あわててうつむき目をそらすと、テーブルの向こうで彼が笑う気配がした。

「やはり君は可愛らしいな。どんな顔も、たまらなく私を引きつける」

その声音は、いつも以上に甘く豊かな響きを帯びていた。驚いて顔を上げ、彼の方を見る。デジレはゆったりとした笑みを浮かべ、私をじっと見つめていた。薔薇《ばら》の花がほころんでいくさまを思わせる、恐ろしいほどあでやかな笑みだった。

思わず、彼に見入ってしまう。心臓が高鳴って仕方がない。彼の笑顔はしょっちゅう見ているというのに、彼から目が離せない。ひときわ魅惑的で、それでいてなんとも無邪気な、不思議な微笑み。

ほう、と甘い吐息《といき》を漏《も》らした拍子に、我に返った。いつの間にか止まってしまっていた手を一生懸命に動かして、お茶の用意を再開する。そうこうしているうちに、少しずつ動揺も収まってきた。

そういえば以前も、よくこうやって心を落ち着けていたものだ。彼に恋をするなという命令に縛られていた、あの頃のことだ。彼に惹《ひ》きつけられそうになるたびに、私はその感情に気づかなかったふりをして、目の前の作業に集中していた。

そんなことを思い出したからか、口元に笑みが浮かぶのを感じた。いつも通りの落ち着きを取り戻している自分に気づき、今度は安堵《あんど》の息を吐く。

しかしその時、ふと妙な気配を感じた。顔を上げると、眉間にしわを寄せたデジレと目が合った。

彼は赤い目を不満そうに細めていて、明らかにすねた顔をしている。つい先ほどまで浮かべていたこの世のものとは思えないほど魅惑的な笑みは、もうかけらほども見当たらない。

「……つまらん。期待外れだ」

わざとらしく唇をとがらせて、デジレがつぶやく。駄々っ子のようなその表情は、先日ミハイル様が言っていたようになんとも可愛らしいものだった。そんな思いを隠しながら、冷静に問いかける。

「期待外れとは、いったい何のことでしょうか？」

「もう少し、うろたえてくれるかと思っていた。この私が、本気を出して全力で微笑みかけたのだぞ。なんなら、君を本気で魅了してやろうとさえ思っていたのに」

やけに堂々と、そしてとても残念そうに彼は答えた。椅子《いす》の肘掛けに頬杖《ほおづえ》をついて、切なげにため息をついている。

どうやら彼は、久々に私をからかおうとしていたらしい。しかし思ったほど私が揺らがなかったのが、どうにも面白《おもしろ》くなかったのだろう。

「魅了だなんて、私がうっかりのぼせ上がって正気を失ったらどうされるつもりだったのですか。いつぞやのメイドたちのように」

「ああ、それについてはこれっぽっちも心配していなかった」

何故《なぜ》か自信たっぷりに、デジレは言い切っている。

「もし君が私にのぼせ上がったとしても、君は私の意思に反して一方的に迫ってくるようなことはない。きちんと節度を守ったまま迫ってきてくれるに決まっている。だから私は、君から逃げ回らなくていい。ほら、何一つ問題はないだろう」

節度を守ったまま迫るとは、いったいどんな状態なのだろう。そんなことが気になってはいたが、ひとまず別のことを尋ねてみる。

「どうして、そこまできっぱりと断言できるのでしょうか」

「簡単な話だ。君は人一倍自制心が強く、思慮深くて思いやりにあふれている。私は、そんな君のことを信頼しているからな」

彼の側仕えになってすぐの頃、私は彼の信頼を得ようとやっきになっていたものだと、今度はそんなことを思い出す。懐かしさと、あと過度に褒められたくすぐったさに微笑んでいると、デジレがふと私から視線をそらした。やけに真剣な表情で、独り言をつぶやいている。

「……それにしても、わずかに頬を赤らめただけとは。考えてみれば、彼女に迫られたところで痛くもかゆくもない。むしろ嬉しい。……もう一度、笑いかけてみるか……？」

「デジレ様、言っていることがめちゃくちゃです」

苦笑しながらそう返すと、デジレは眉《まゆ》をひそめてこちらを上目遣いににらんできた。

「たまには恋人に思いっきり甘えて欲しいと願うことの、どこがめちゃくちゃなのだ。ああ、私は不幸だ。たったひとりの、何よりも大切な恋人が冷たい」

大げさに肩をすくめて、デジレは嘆く。しかしそんな言葉や表情とは裏腹に、彼の目はとても優しく凪《な》いでいた。まるで私を、気遣うように。

最近の彼は、こんな風におどけた振る舞いをすることが多くなっていた。おそらくは、私の気をまぎらわせようとしているのだろう。

今もなお、私の胸の奥にはレナータのことが重くよどんでいた。できるだけ意識しないでいようと努力してはいるものの、それでも時折、考えずにはいられなかったのだ。

もっと何か、できることがあったのではないか。あの子は今、どうしているのだろうか。そんな後悔と、答えのない問いがちくちくと胸を刺し続けている。きっと彼は、そんな私の思いに気づいているのだろう。

小さく息を吐いて、デジレに微笑みかける。彼への感謝をこめて。

「ふふ、済みません。これからはもっと、あなたに甘えることにします。……あなたが私の恋人で、良かった」

「そうだろう、そうだろう。……そうだ、少しこちらに来てくれないか、フローリア」

ついさっきまでふてくされていたデジレが、ころりと表情を変えて楽しげに笑う。あれは間違いなく、何かを企《たくら》んでいる顔だ。

しかしだからといって、彼の頼みを蹴《け》るつもりはない。彼はいたずら好きだが、私が本気で嫌がるようなことはしない。照れくさくなるようなことは、しょっちゅう仕掛けてくるけれど。

言われた通りにテーブルを回り込み、彼の傍に立つ。次の瞬間、私の体は宙に浮いていた。

デジレはするりと席を立つと、そのまま私を抱き上げてしまっていたのだ。ちょうど私がさらわれたあの夜、デジレと共に森を抜けたあの時と同じように。

「あの、デジレ様、これは、その」

「肩透かしを食らった分、少し埋め合わせをしてもらおうと思ってな」

私を抱き上げることが、どうして埋め合わせになるのだろうか。それより、この状況をなんとかしなくては。誰も見ていないとはいえ、さすがにちょっと恥ずかしすぎる。

どうにかして彼の腕から逃れようと、もぞもぞと身じろぎする。

「動くと危ないぞ。落ちでもしたら大変だ」

「でしたら、そうなる前に下ろしてもらえませんか」

そう訴えても、デジレの腕は少しも緩むことがない。もがく私をしっかりと抱えたまま、嬉しそうに私の髪に頬を寄せている。

「いつぞやはあんなにおとなしく抱かれていたのに、今日はずいぶんと抵抗するのだな？」

「当たり前です！　まだ昼間です！」

「なるほど、夜なら構わないのか。覚えておこう」

デジレの指摘に思わず口をつぐみ、かあっと熱くなった頬を押さえる。そんな私のすぐ傍で、デジレの楽しそうな笑い声が響いていた。


その日の夜遅く、使用人たちがみな離れに引き下がった後。

私とデジレは二人きりで、中庭をゆったりと歩いていた。寝間着に上着を羽織っただけのくつろいだ姿で。

「ああ、いい夜だ。君と共に過ごすにはうってつけだな」

緑の香りをはらんだ夜風が、私たちの髪をなでていく。デジレは私の隣で、心地良さげに目を細めていた。

薔薇《ばら》の盛りは過ぎていて、ぽつりぽつりと小ぶりな花をつけているだけだった。しかし月光花《げっこうか》の群れは相変わらず、庭いっぱいにのびのびと広がっていた。どれだけ季節が変わろうと、夜の世界は変わらず自分たちのものなのだと、そう主張しているようだった。

辺りを埋め尽くす小さな花々を見ながら、デジレがどこか呆《あき》れたように言う。

「今夜も、月光花は元気だな。むしろ、元気すぎるな。……放っておくと、中庭が埋まりかねん」

まるで彼の言葉に抗議するかのように、花たちが一斉になびく。そんなさまも、とても美しかった。淡く光る中庭をうっとりと眺めていると、不意にデジレがつぶやいた。

「フローリア。私が今から少しだけ出しゃばることを、どうか許して欲しい」

やけに真剣なその声に、驚いて彼の顔を見上げる。けれど彼は、こちらを見ようとはしなかった。彼は周囲の花たちを見つめたまま、ゆっくりと言葉を紡ぎ始めた。

「レナータはこの地を離れ、今は過酷な辺境にいる。だが彼女はマルクと二人、あの地で生き抜くことができるのではないかと、私はそう思うのだ。遠い異国からやってきた月光花が、こうしてここに根付いたように」

目の前の花畑に、かつて見た光景が重なる。一度は無残に焼け焦《こ》げた離宮の庭で、よりいっそう華やかに、生き生きと咲き誇っていた月光花の群れ。逆境などものともしない、あの姿。

「……だから、レナータとのことをただ悔やむのではなく、これからの彼女を信じてやれ。彼女は儚《はかな》げな見た目からは想像もつかないほどたくましい。そのことは、君も十分に思い知っているだろう」

デジレはきっぱりと、そう言い放つ。私の迷いを断ち切るような、そんな声音だった。強くて、そして泣きたくなるほどに優しい。

「そして、自分を許してやれ。君は、やれるだけのことをやった。君の行いをずっと傍で見ていた私が言うのだ、間違いない」

そこまで言い放ったところで、唐突にデジレが深々とため息をついた。打って変わって悔しげに口を引き結んでいたが、やがて小声で付け加えた。

「……これだけのことを言うのに、花を引き合いに出さねばならない自分の口下手さがもどかしい。しかも、花の力を借りるのはこれで二度目だ」

ふてくされたような顔で、月光花をにらむデジレ。すっかり見慣れた、子供のような表情だ。けれどそんな表情が、たまらなく愛おしい。

心の奥底で、重くよどんでいた暗い思い。それが、少しずつ軽くなっていくのを感じた。自然と口元に笑みが浮かんでいく。

「ふふ、ありがとうございます。いつもあなたには、助けられてばかりですね」

「少しでも君の力になれたのなら、嬉しいのだが」

デジレは微笑んで、私の肩にそっと手を置いた。そこから伝わるこの上なく愛おしい温《ぬく》もりと、辺りに広がる輝く花の海。風に乗って運ばれてくる香りは、花の香りか、デジレの香りか。

それらを全身で感じていると、胸の中に湧《わ》き上がってくるものがあった。その何かに突き動かされるように、口を開く。

「……デジレ様、あなたにめぐり合えて、良かった」

自然と言葉が、こぼれ落ちていく。

「あなたに愛されて、良かった」

心からの思いを、乗せて。

「あなたを愛することができて、良かった」

まるで風に散る花びらのように、私の声はふわりと広がっていく。

「どうかずっと、私をあなたの傍にいさせてくださいね」

それは自分でも驚くほど、優しい声だった。普段隠してしまいがちな甘く柔らかい思いが、ありのままににじみ出ていた。

私の言葉を聞いたデジレは、予想外の反応を見せた。彼は闇夜《やみよ》でもなお赤く透き通った目を大きく見張ると、そっと手を口元に当てたのだ。

どうしたのだろう、と不思議に思いながら彼の顔をのぞきこむ。その目元が、月明かりにきらりと光った。あわてた様子で、彼は目元を指で拭う。

「済まない、少し動揺してしまったようだ。……こんな年になって嬉し泣《な》きすることになるとは、思いもしなかった」

まだほんの少し涙のにじんだ、けれどこの上ない喜びをたたえた声で、デジレはささやく。

「私からも、言わせてくれ」

胸に手を当てて、ほんの少し緊張した様子で、彼はゆっくりと話し続ける。

「君を翻弄した過酷な運命は、私のもとに君を連れてきてくれた」

彼は、穏やかに微笑んでいた。ほんの少しだけ申し訳なさそうに。

「私に、君を愛するという喜びを与えてくれた。君に愛されるという幸福をくれた」

そこまで言って、彼はふと言葉を途切れさせた。宝石のような赤い目を恥ずかしそうにさまよわせてから、彼はもう一度口を開いた。

「フローリア、どうかいつまでも、私の傍にいて欲しい」

「はい、もちろんです」

心からの笑顔と共に、言葉を返す。デジレは目を細めて私の頬に触れ、静かに息を吐いた。

「幸せだ。こんなに幸せでいいのか、心配になるくらいに」

デジレはひたむきに、私を見つめている。その素晴らしく美しい顔に、胸が苦しくなるほど無邪気な笑みを浮かべて。輝く月光花を思わせる白銀の髪が、その笑顔をきらきらと彩《いろど》っていた。

彼はとんでもなく魅惑的で、堂々としていて、そのくせ驚くくらいに子供っぽくて寂《さび》しがりだ。

そんな彼の全てが、どうしようもなく愛おしい。

「心配しないでください。もし今の幸せが壊れたとしても、その時はもっともっと幸せになってしまえばいいんです。私たち、二人で」

「ああ、君の言う通りだ。私がいて、君がいる。何も恐れることなどなかったな」

目の前のデジレの顔が、ゆっくりと近づいてきた。いや、私の方が近づいているのかもしれない。

そんなことを気にかける余裕すらないくらいに、私は彼に見入っていた。彼の赤い目以外、何も見えなかった。

かぐわしい吐息と、唇に触れる柔らかな感触。その温もりにうっとりと酔いながら、彼にそっと寄り添う。彼の手が、しっかりと私の背中を支えていた。

愛している、フローリア。

愛しています、デジレ様。

吐息まじりの小さなささやき声が、すぐ近くで交わされる。見つめ合ったまま、くすくすと楽しげに笑い合う。

そんな私たちを、淡く輝く花たちだけが見守っていた。まるで私たちを祝福しているかのように、さわさわと揺れながら。

## あとがき

こんにちは、一ノ谷鈴です。

色々ありましたが、無事に2巻をお届けできました。

1巻でレナータがマルクを巻き込んで大暴れ、それに振り回されたフローリアはなんだかんだでデジレと結ばれ、しかしレナータとその伯父様はまだ陰でうごめいている、さてここからどうなるのか！　といったところで止まっていたので、ようやく一通りの答えをお見せすることができてよかったなあ、とほっとしています。

そして1巻に引き続き、「小説家になろう」版からの大幅な加筆修正を行っています。正確には、骨組みだけを残して一から書き直してます。ボリュームはざっと4倍超に。けれどそのおかげで本来書きたかった、温めていたものをきっちり書き出せました。

レナータの結末については賛否両論あるかと思われますが、悪者があっさり処刑されてめでたしめでたし、という形にすることに、どうしても抵抗がありました。これも一つの終わり方として受け止めてもらえれば幸いです。

あと、コミカライズ版の単行本もこの2巻と同月に発売されます。安康マイ先生のかっこいい絵で、とても生き生きとキャラクターが描かれています。よければ、そちらもよろしくお願いします。フローリアがとっても健気で、デジレがものすごく表情豊かで、レナータの顔芸が最高に素晴らしいです！

最後に、謝辞を述べたいと思います。

色々ばたばたする中、東奔西走してくださった編集様。本当にお世話になりました。
今回もとんでもなく美しい絵をつけてくださった八美☆わん様。ラフの時点で既にきらきらしていて、幾度となくうっとりとため息をついていました。
この本がみなさまの手に届くまでに関わってくださった、多くの方々。
そして、1巻に引き続きこの本を手に取ってくださったみなさま。
本当に、ありがとうございました。

それでは、またどこかでお会いできることを願って。

一ノ谷鈴

GAノベル

# 聖女の姉ですが、なぜか魅惑の公爵様に仕えることになりました2

2023年3月31日　初版第一刷発行

著者　一ノ谷鈴
発行人　小川 淳
発行所　SBクリエイティブ株式会社
〒106-0032　東京都港区六本木2-4-5
03-5549-1201　03-5549-1167（編集）

装丁　attic
印刷・製本　中央精版印刷株式会社


ISBN978-4-8156-1360-0
Printed in Japan

ファンレター、作品のご感想をお待ちしております。
〒106-0032　東京都港区六本木 2-4-5
SBクリエイティブ株式会社
GA文庫編集部 気付

「一ノ谷鈴先生」係
「八美☆わん先生」係

本書に関するご意見・ご感想は
下のQRコードよりお寄せください。
※アクセスの際に発生する通信費等はご負担ください。

https://ga.sbcr.jp/

試読版は
こちら!

試読版は
こちら!

試読版は
こちら!

第16回 GA文庫大賞
GA文庫では10代~20代のライトノベル読者に向けた
魅力溢れるエンターテインメント作品を募集します!
物語が、華ひらく。
イラスト/風花風花
大賞賞金300万円+コミカライズ確約!
◆募集内容◆
広義のエンターテインメント小説(ファンタジー、ラブコメ、学園など)で、日本語で書かれた未発表のオリジナル作品を募集します。希望者全員に評価シートを送付します。
※入賞作は当社にて刊行いたします 詳しくは募集要項をご確認下さい
リニューアルで選考課程を一新!!!
応募の詳細はGA文庫公式ホームページにて
https://ga.sbcr.jp/